INTROITUS

Waidhofen an der Ybbs, im Herbst 1896

Christian Schacherreiter

BRUCKNER STIRBT NICHT

Christian Schacherreiter

BRUCKNER STIRBT NICHT

Romanbiografie in vier Sätzen

OTTO MÜLLER VERLAG

Zur Erinnerung an Wilhelm Zauner
(1929–2015),
den Theologen, den Musiker, den Freund

Die Drucklegung dieses Buches wurde gefördert
von:

STADT : SALZBURG LAND SALZBURG LAND OBERÖSTERREICH

www.omvs.at

ISBN 978-3-7013-1315-0

Satz: MEDIA DESIGN: RIZNER.AT
Lektorat: Christine Rechberger
Druck und Bindung: Florjančič tisk
Covergestaltung: wir sind artisten, unter Verwendung eines
Notenblattes aus Bruckners 8. Sinfonie, ©: Bruckner,
Anton: 8. Sinfonie 1886–1890. Partitur, Bd. 1: Teil-Autograph.
Signatur: Mus.Hs.19480. Musiksammlung der Österreichischen
Nationalbibliothek, © Anton Bruckner-Silhouette:
Shutterstock-Vektorgrafik von OMIA silhouettes.

„'S is eh nix g'scheg'n"
(Anton Bruckner über sein Leben)

INHALT

Bruckner ist tot, *mein Bruckner* noch nicht am Leben. Ich bin sein erster Biograf. Nicht treuherziger Verfasser eines kleinen Lebensbilds wie dieser Franz Brunner, sondern ein *echter* Biograf: Schöpfer einer wegweisenden Schrift, die den Musikliebhaber erfreuen und die professionelle Musikwelt bereichern wird. Doch *die Kunst ist lang und kurz ist unser Leben*! Ähnlich wie Fausts Famulus Wagner wird auch mir *bei meinem kritischen Bestreben um Kopf und Busen bang*! Papiere über Papiere, das meiste noch ungeordnet und unbearbeitet. Lose Notizen, Partituren, Notenblätter, Gesprächsprotokolle, Impressionen, teils die Person betreffend, teils das Werk, teils die Zeitumstände. Darunter Anekdotisches, Faktisches, Persönliches, aber auch wissenschaftlich Profundes, wie ich hoffe.

Das Zimmerchen, das ich beim Fleischermeister Hatzinger in Ottakring vor fünf Jahren gemietet habe, ist zu eng geworden für mein stetig wachsendes Anton-Bruckner-Archiv, zumal ich ein eigenes Klavier benötige. Daher bat ich meinen Vater, der es im Bäckereigewerbe zu einigem Wohlstand gebracht hat, mir im Waidhofener Elternhaus ein geräumigeres Studierzimmer einrichten zu dürfen. Der Vater, der, so weit meine Kindheitserinnerungen reichen, immer schon der Hilfsbereite und Großzügige war, stellte mir im Obergeschoß zwei wenig genutzte Räume zur Verfügung, deren

Fenster nicht zur Straße gerichtet sind, sondern zum ruhigeren Innenhof. Öffne ich sie, strömt der köstliche Geruch der Backwaren in meine Räume.

Um meinen Eltern nicht zu sehr auf der Tasche zu liegen, gebe ich einigen Kindern Unterricht auf dem Violoncello oder auf dem Klavier. Meine Anwesenheit in Wien ist nur mehr von Zeit zu Zeit erforderlich, denn mein Studium am Konservatorium steht vor dem Abschluss. Den Großteil meiner Tage verbringe ich daher in meiner Heimatstadt, dem – wie mir scheint – geeignetsten Ort für mein großes Vorhaben, das noch in den Anfängen steckt, von dessen glücklichem Fortgang und erfolgreichem Abschluss ich aber überzeugt bin.

Vor einer Woche, am 11. Oktober 1896, ist Anton Bruckner gestorben. Drei Tage lag sein Leichnam aufgebahrt im Kustodenstöckl des Oberen Belvedere, das Bruckner durch die Gunst der kaiserlichen Familie in seinem letzten Lebensjahr bewohnt hatte. Viele Freunde und Bewunderer erwiesen ihm dort die letzte Ehre, auch meine Wenigkeit. Bruckners Leichnam war auf seinen eigenen Wunsch einbalsamiert und in einen dunklen Frack gekleidet worden. Unfassbar war das Ausmaß meiner kaum beherrschbaren Ergriffenheit, als ich vor dem Toten stand, der Leiche eines für immer verstummten Genies.

Am 14. Oktober erfolgte die Einsegnung in der Karlskirche. Die Stadt Wien, an der Bruckner so oft gelitten hatte, bereitete ihm einen würdigen Abschied. Der Trauerzug war lang, katholisch, barock: Professoren aller Fakultäten, Kollegen, Freunde, Schüler, Chargierte, Abordnungen von Vereinen, viele mir unbekannte Trauergäste; hinter dem sechsspännigen Leichenwagen die Wagen der Verwandten des Verblichenen, des Bürgermeisters, der Stadträte; zahlreiches Publikum der *schönen Leich* am Straßenrand, das Spalier der letzten Ehre. Universität und Rathaus waren beflaggt. Vor dem Aufbruch vom Belvedere sang der Akademische Gesangverein, begleitet von einem Hornquartett der Hofoper, den Mittelsatz *In Odins Hallen ist es licht* aus Anton Bruckners *Germanenzug*. Pfarrer Dobner, assistiert von zahlreicher Geistlichkeit, nahm die Einsegnung vor. Der Wiener Männergesang-Verein sang *Libera* von Johann von Herbeck, der Singverein *Am Tage Aller Seelen* von Franz Schubert, Ferdinand Löwe hatte das Adagio aus Bruckners Siebenter Sinfonie für Bläser eingerichtet.

Nach dem Ende der Zeremonie wurde der goldbronzierte Metallsarg zum Westbahnhof gebracht und in einem Leichenwaggon der Eisenbahn-Waggon-Gesellschaft nach St. Florian überführt, wo Anton Bruckners sterbliche Überreste am 15. Oktober in der Gruft unter der großen Orgel feierlich beigesetzt wurden, so wie es sich der Meister gewünscht hatte. Immer noch stehe ich unter dem ebenso bedrückenden wie erhebenden Eindruck des Ereignisses, und ich verschweige nicht, dass mir die Vorstellung, dieser einbalsamierte Körper läge bis zum Jüngsten Gericht in konservierender Metallhülle und zerfalle nicht zu Erde und Staub, alles andere als angenehm ist. Ein irritierendes Memento Mori!

Anton Bruckners Tod, der nicht unerwartet gekommen ist, ist für mich der ernste Anlass, eine – wie mein Vater, der Bäckermeister, sagen würde – redliche Zwischenbilanz zu erstellen. Dabei werde ich hin und wieder auch auf meine Person zu sprechen kommen. Die Bilanzierung einer großen Sache beinhaltet notwendigerweise die kritische Selbstbesichtigung des Menschen, der sie zu verantworten hat. Selbstverständlich werde ich diese privaten, bisweilen sogar intimen Anmerkungen zur eigenen Person nicht in die Druckfassung meiner Bruckner-Biografie übernehmen.

II

Ich, Jakob Wendelin Weinberger, wurde am 21. Jänner 1872 in Waidhofen an der Ybbs geboren und stelle im selbstkritischen Rückblick fest: In Waidhofen, da kann man gut Wunderkind sein! Die Konkurrenz der Altersgenossen ist überschaubar, ebenso die Urteilskraft des in Summe wohlwollenden Publikums. Melodien nachzusingen fiel mir schon als Knabe leicht, ich sang gerne, ich sang laut, auch in der Schule und in der Kirche. Der Regens chori vertraute mir Solistisches an, als meine Stimme noch im hellen Sopran erklang. Im Stimmbruch mutierte ich glücklich zum Tenor, und ab meinem achten Lebensjahr erhielt ich Instrumentalunterricht – zunächst auf dem Violoncello, das in der Waidhofener Kirchenmusik und auf dem Tanzboden notorisch unterbesetzt war, dann auch auf dem Klavier.

Ich war ein guter Schüler, prädestiniert für das Gymnasium und der einzige Bildungsstolz meines Elternhauses. Von meiner jüngeren Schwester Maria sagte man nämlich, sie habe einen zwar hübschen, aber langsamen Kopf. Franz Xaver, mein älterer Bruder, war immer schon der Tüchtige, er unterstützte den Vater in der Bäckerei und konzentrierte seine Bildungsanstrengungen frühzeitig auf die Aufgaben des künftigen Betriebserben. So blieb für mich der exklusive Part des Künstlers und Geistesmenschen, den ich nicht nur im Waidhofener Kulturleben gerne spielte, sondern auch im Stiftsgymnasium Seitenstetten.

Nicht wenige Mitschüler litten an Heimweh, nach ihren Müttern, ihren Großeltern und Geschwistern, auch nach Haustieren und Obstbäumen. Manche hassten ihre Internatsexistenz geradezu, verzweifelten an Latein und Griechisch, an Demütigungen durch Lehrer oder an den

Herrschaftsritualen, die Ältere über sie verhängten. Ich hingegen litt nicht und hasste nicht. Meine Schulleistungen waren durchschnittlich, sie hätten besser sein können mit mehr Fleiß und Ernsthaftigkeit, wie in meinen Zeugnissen zu lesen war, aber die Schulnote, so dozierte der große Raimund, sei bloß das Allerheiligste der Krämer- und Beamtenseelen, für den wahrhaft überragenden Geist hingegen sei sie unerheblich.

Raimund, der eine Schulstufe über mir stand, gehörte in der Internatshierarchie zu den unangreifbaren Autoritäten. Jüngere, die so wie ich zu seinem „Orden“ gehörten, genossen das Ansehen der Erwählten und waren vor grausamen Mitschülerschikanen sicher. Nach welchen Kriterien Raimund seine Jünger auswählte, blieb sein Geheimnis. Nur die Zahl hielt er konstant. Immer waren es zwölf. Severin war überragend in den alten Sprachen, Matthias ein melancholischer Komödiant, Leopold träumte davon, der neue Leonardo da Vinci zu werden. Unter den Erwählten waren aber auch unscheinbare Knaben, der zarte, blasse, schweigsame Johann zum Beispiel, dem Raimund den Ordensnamen Patroklos gab. Der kräftige Derflinger Wiggerl, vierter und jüngster Sohn eines Großbauern, war von seiner frommen Mutter für die Priesterlaufbahn bestimmt worden, er träumte aber von Expeditionen nach Afrika und Brasilien und wurde von uns Achill genannt.

Raimund selbst hieß Zeus, mich nannte er Orpheus. Ich spielte für Raimunds Tafelrunde auf dem Violoncello, mit Vorliebe Romantisches, frei und vereinfacht nach Schubert, Mendelssohn und Schumann, einladend zum Mitsummen, gelegentlich auch eine Eigenkomposition, die immer heftig beklatscht wurde. So ließ sich auch in Seitenstetten gut Wunderkind sein.

Nachdem Raimund-Zeus maturiert hatte, lud er uns beim Kirchenwirt zu seinem letzten Abendmahl ein und verschwand dann für immer. Unser Heldenorden löste sich auf, nicht abrupt, sondern so nach und nach, verklingend in schwachen Kleinaktivitäten. Letzte, leise Zitate waren es, nostalgische Erinnerungsfragmente einer lebhaften Vergangenheit. Niemand hätte sich angemaßt, Raimunds Stelle einzunehmen.

Ein Jahr später hatte auch ich maturiert. Für mein Waidhofener Umfeld war klar, dass das Wunderkind nun im Wiener Konservatorium seinen Weg fortsetzen werde, um in gar nicht so ferner Zukunft als großer Sohn der Stadt zurückzukehren. In jugendlicher Einfalt genoss ich zwar die schmeichelhaften Vorschusslorbeeren, hatte aber auch meine sorgenvollen Stunden. Bei sich daheim ist bald einer weltberühmt, aber im großen, fremden Wien?

So selbstverliebt und verblendet war ich nicht, dass ich die Grenzen meiner musikalischen Kunst nicht gekannt hätte. Dass es Bessere und Begabtere als mich gäbe, dessen war ich mir sicher, in Wien und anderswo, in Rom, in Paris, in London, selbst in Berlin. Ich würde den Rückstand gewiss aufholen, würde fleißiger und zielstrebiger sein als bisher, wohl auch bessere Lehrer finden. Man musste mir aber die Möglichkeit dazu geben. Was tun, wenn man mir die Aufnahme am Konservatorium von vornherein verweigerte? Wie würde ich zurechtkommen mit der Scham und der Schande, mit der Enttäuschung derer, die an mich geglaubt hatten, und mit Hohn und Häme anderer, die insgeheim immer schon davon überzeugt waren, dass dieser Weinberger Jakob, dieser Bäckerbub, überschätzt wird?

Als ich vor der hohen, schweren Tür stand, hinter der die Aufnahmeprüfung stattfinden sollte, spürte ich einen ziehenden Schmerz in der Bogenhand, Beklemmungen in Hals und Herz, als kündigte sich eine mysteriöse Lähmung an. Ich hielt mich für nicht prüfungsfähig und war nahe daran wegzulaufen.

Meine Furcht erwies sich als unbegründet. Begeisterung löste mein verkrampftes Spiel zwar nicht aus. Man sagte mir aber, dass es für eine Aufnahme ans Konservatorium ausreiche, ich sei wohl wegen meiner erkennbaren Nervosität ein wenig unter meinen Möglichkeiten geblieben. Allerdings müsse mir bewusst sein, dass ich nur mit beherztem Einsatz und Lerneifer weiterkommen würde. Ich bedankte mich kleinlaut und hätte jubeln wollen vor Glück. Das stolze, mir gewogene Waidhofen wartete mit einem Festessen.

II

Mein erster Wiener Oktober war sonnig und bunt. Am dritten Sonntag meiner Anwesenheit in der Kaiserstadt wagte ich den ersten Ausgang ins Freie und Heitere, beschränkte mich aber auf die innere Stadt, die mir mehr Sicherheit zu bieten schien als die Unübersichtlichkeit der Außenbezirke. Ich genoss die räumliche Großzügigkeit der Ringstraße, konnte mir nicht vorstellen, dass hier noch vor wenigen Jahrzehnten eine Stadtmauer gestanden war, und gefiel mir erstmals in der Rolle des sorglosen Flaneurs.

Auf dem Rathausplatz begrüßte mich – ebenso unerwartet wie warmherzig – ein junger Herr im modischen Feiertagsanzug, den ich seit mehr als einem Jahr nicht mehr gesehen hatte: Raimund. Raimund-Zeus. Er hatte nur wenige Minuten Zeit – *ein Rendezvous wartet, du verstehst, lieber Freund* –, lud mich aber sehr herzlich für die folgende Woche in ein Josefstädter Gasthaus ein, wo er mit zwei anderen Alt-Seitenstettenern gerne Mittagstisch hielt.

Den Stammtisch *Zum Mostviertler Kleeblatt* bildeten neben Raimund sein ehemaliger Klassenkamerad Ferdinand, der mir bekannt war, weil er in Seitenstetten unter dem Ordensnamen Eumaios zur Bruderschaft gehört hatte, und Guido Brunnenfeld, ein Jahr älter als Raimund, eine große, kantige Erscheinung, die ich nur in blasser Erinnerung hatte. Ferdinand und Guido begrüßten mich freundlich, Raimund hob den Bierkrug und drückte in einem Toast seine Freude darüber aus, dass aus dem dreiblättrigen Mostviertler Kleeblatt nun ein vierblättriges geworden sei, womit es seine glücklichste Form erreicht habe. Prosit, meine Herren!

Wenig Brauchbares konnte ich in meinen ersten Wiener Monaten zum politischen Tischgespräch beitragen. Im März, so hörte ich zum ersten Mal, hatten Wahlen zum Reichsrat stattgefunden. Ferdinand verteidigte die Politik des Ministerpräsidenten Taaffe, sprach umständlich von der Gefahr des einseitigen Parteigeistes, der die Gesellschaft spalte in Klassen, Nationen, Religionen und Rassen, warnte vor Chaos, Anarchie und Zerfall des Reichs, für das alle destruktiven Kräfte gleichermaßen verantwortlich seien, die Sozialisten mit ihrem Klassenkampf, die Nationalen mit ihren Selbstbestimmungsansprüchen, Christlichsoziale und Deutschnationale mit ihrem Antisemitismus. Was bliebe denn da noch als Klammer? Der Kaiser und sein redlicher, loyaler Ministerpräsident, immer bemüht um Ausgleich und Versöhnung …

... Um aufschieben und durchwurschteln, widersprach Guido. Er nannte Ferdinand einen Konservativen und Katholischen alten Stils, der besser in das Metternich-System gepasst hätte als in die neue Zeit. Ob er denn nicht sähe, wohin die Jugend strebe? Nation, das sei die Zukunft! Wenn die Tschechen und Ungarn und Rumänen ihre eigenen Länder wollen, sollen sie sie haben. Weg mit den Bedientenvölkern, diesem dumpfen Klotz am Bein! Das habsburgische Völkergemisch sei am Ende. Anstatt es einzusehen, annektiere der Kaiser auch noch Bosnien und Herzegowina, Regionen am Rande, stecken geblieben im tiefsten Mittelalter. Dass in all dem keine Zukunft liege, zeige sich am besten daran, dass sich der Thronfolger Rudolf, dieser verwirrte Schwächling, beizeiten erschossen habe! Aus völkischer Sicht gehöre das deutsche Österreich zum deutschen Reich – ob mit oder ohne Kaiser, das sei ihm letztlich egal. Der deutsche Wilhelm sei gewiss kein größeres Übel als unser Franz Joseph, der Judenfreund.

Raimund hörte lächelnd zu und genoss seine Zigarre. Als sich die Kontrahenten erschöpft hatten, sagte er: Vielleicht ist weder die Donaumonarchie noch die deutsche Nation unsere Zukunft.

Was dann?

Sozialismus. Klassenlose Gesellschaft.

Das ist nicht dein Ernst!

Warum nicht? Das Proletariat hat sich vor zwei Jahren in Hainfeld organisiert. Die Sozialdemokratie tritt seither selbstbewusst auf. Und Viktor Adler ist ein ehrenwerter Mann! Sogar der Kaiser schätzt ihn mehr als den demagogischen Lueger, von deinem polternden Schönerer ganz zu schweigen, lieber Guido.

Der deutsche Arbeiter und der bosnische Knecht in geschlossenen Reihen?, entgegnete Guido wütend, nie und nimmer! Proletarischer Internationalismus ist eine semitische Schimäre.

Ich sag auch nicht, dass ich mir das wünsche, beschwichtigte Raimund. Zu viel gemeines Volk auf einem Haufen, das widert mich sowieso an. Egal ob Klasse oder Rasse, die Schweinerei liegt in der Masse. Alles gleich, ja, klar, weil alles niedrig. Der Geistesmensch ist immer nur ein Einzelner, sehr einsam geworden, seit ihm auch noch der liebe Gott weggestorben ist. Apropos, habt ihr das Neueste vom Bahr gelesen? Hört euch das an: *Es kann sein, dass wir am Ende sind, am Tode der erschöpften Menschheit, und das sind nur die letzten Krämpfe. Es kann sein, dass wir am Anfange sind, an der Geburt einer neuen Menschheit, und das sind nur die Lawinen des Frühlings. Wir steigen ins Göttliche oder wir stürzen, stürzen in Nacht und Vernichtung – aber Bleiben ist keines.* Genial, was?

Ferdinand verabschiedete sich als Erster, nach ihm Guido.

So schweigsam, mein Freund?, sagte Raimund, und ich stammelte verlegen etwas von Müdigkeit und zu viel Bier.

Du wirst dich so nach und nach schon zurechtfinden. Und wenn es Sorgen gibt, hast du ja mich. Wien … weißt du, Wien, das ist der süße, aber aussichtslose Traum des Melancholikers von der ewigen Leichtigkeit … *Drum muss ich dich vor allen Dingen in lustige Gesellschaft bringen*. Kennst du das Zitat?

Ich kannte es nicht. Auch das kannte ich nicht und schämte mich.

Egal, sagte Raimund, das wird schon noch …

Unser politischer Mittagstisch *Zum Mostviertler Kleeblatt* scheiterte an der sogenannten Judenfrage. Ich selbst kannte keinen Juden, und vom Volk wusste ich nur, dass es den Kreuzestod unseres Herrn Jesus Christus verschuldet hatte, zweifellos kein Kavaliersdelikt in der metaphysischen Rechtsordnung des christlichen Abendlandes. Ich greife trotz des ernsten Gegenstands zu einer ironischen Formulierung, weil mir schon in meinen Seitenstettener Schuljahren aufgefallen war, dass die Ausführungen unseres Paters widersprüchlich waren. Einerseits prangerte er die schwere Schuld der Messias-Leugner an, die nur durch reumütige Bekehrung zum Christentum zu tilgen sei. Andererseits erklärte er Jesu Opfertod am Kreuz zum Herzstück des göttlichen Heilsplans. Gott Vater opfert seinen Sohn aus Liebe zu uns Menschen am Kreuz. Betrachtet man die unerhörte Begebenheit so, dann wären doch die Juden, die *Ans Kreuz mit ihm!* gerufen hatten, nur ein Werkzeug in der erlösenden Hand des Herrn. Da stimmt etwas nicht, dachte ich schon als Schüler, hätte allerdings nicht gewagt, unseren Pater um die Klärung des theologischen Widerspruchs zu bitten.

Es war auch nicht der Kreuzestod Jesu, der bei Guido Brunnenfeld Abscheu und Hass gegen die vermeintlichen Gottesmörder auslöste, denn er wetterte gegen das *Pfaffengeschwätz* nicht weniger als gegen die Juden. Es war das Volk, die Rasse, die er für geldgierig, materialistisch, skrupellos und hinterlistig hielt. Raimund hielt mit Witz und Ironie dagegen, Ferdinand mit wachsendem Zorn. Zwei seiner besten Freunde an der Fakultät seien jüdischer Herkunft und er kenne keine hilfsbereiteren, feineren und liebenswürdigeren Menschen als die beiden, patriotisch durch und durch. Eine Familie sei sogar zur römisch-katholischen Religion konvertiert.

Die wahren Übeltäter, so Ferdinand, seien nicht die Juden, sondern die deutschen Burschenschaftler, strohdumme Saufköpfe, die harmlose Menschen nicht nur anstänkerten, sondern auch körperlich insultierten. Meine jüdischen Freunde, sagte Ferdinand, schleichen sich durch einen Hintereingang in den Hörsaal, damit sie in den Gängen nicht euren

Schlägerbanden begegnen. Ihr missbraucht die akademische Freiheit für Gewalttaten. Dass die Polizei auf der Universität nicht gegen euch einschreiten darf, ist ein Skandal. Ihr gehört nämlich allesamt ins Kriminal mit euren Verbrechervisagen!

Guido sprang auf: Du beleidigst nicht nur mich, sondern das deutsche Volk, schleimiger Judenknecht! – Und indem er Ferdinand sein Bier ins Gesicht schüttete, schrie er: Ich fordere dich!

Ferdinand erstarrte für einige Sekunden, dann trocknete er mit einer Serviette Haar und Gesicht und sagte mit der ruhigsten Verachtung: Fordern willst du mich? Soso. Am Arsch kannst du mich lecken, du germanischer Volltrottel!

Damit war der Mittagstisch *Zum Mostviertler Kleeblatt* Geschichte.

Ich weiß nicht, was die Leute gegen die Juden haben, sagte Raimund zu mir, als wir das Gasthaus verlassen hatten. Gerade als akademisch gebildeter Mensch müsse man doch anerkennen, dass unsere wichtigsten und großzügigsten Kunstförderer reiche Juden sind. Und auch unter den Kunstschaffenden unseres Jahrhunderts findet man immer mehr jüdische Geister, denk an Mendelssohn-Bartholdy oder an Gustav Mahler. Übrigens wirst du bald ein paar hervorragende jüdische Köpfe selbst kennenlernen, lieber Jakob. Wenn ich dir nämlich unser Wien erklären soll, musst du mich unbedingt ins Kaffeehaus begleiten.

II

Die Kaffeehäuser, in die ich Raimund von nun an regelmäßig und mit wachsendem Vergnügen begleitete, waren anders als die Gastwirtschaften, die ich bisher kennengelernt hatte. Die dichte, weiche Rauchmischung aus Zigarre, Pfeife und Zigarette legte sich über das Mobiliar. Kaffee wurde in großen Mengen getrunken, man bekam aber auch Bier, Wein, kalte und warme Speisen, Pikantes und Süßes, und gegen Abend hörte man dort und da dezente Klaviermusik. Die pekuniären Verhältnisse, die mir mein Vater ermöglichte, waren zwar solide, keineswegs eng, aber bei Weitem nicht so großzügig wie die von Raimund. Der Vorteil des Kaffeehauses bestand für mich darin, dass ich hier schwadronieren, diskutieren, in zehn verschiedenen Zeitungen lesen, gelegentlich auch Schach oder Karten spielen konnte – und nach sechs Stunden, die mir wie eine einzige erschienen waren, nicht mehr zu bezahlen hatte als zwei Tassen Mokka.

In der Schule des Kaffeehauses, die ich jetzt besuchte, wurde mir bewusst, wie wenig mir hier das bisher erworbene Schulwissen nützte. Es machte mir nichts aus zu schweigen und zuzuhören. Angst hatte ich nur davor, dass mich einer um meine Meinung fragen könnte zu Namen und Dingen, die Gegenstand des Gesprächs, mir aber unbekannt waren: Schopenhauer, Kierkegaard, Nietzsche, Karl Kraus, Hermann Bahr. Von Richard Wagner und Guiseppe Verdi hatte ich zwar gehört, aber Kluges und Haltbares zu ihren Opern zu sagen war mir unmöglich gewesen. Von Johannes Brahms kannte ich einige Lieder, von Johann Strauß einige Walzer. Meine Befangenheit war groß. Die jungen Männer, mit denen wir im Kaffeehaus viele Nachmittags- und Abendstunden verbrachten, trugen ihre Anzüge stilsicher, ihre Bärte selbstbewusst. Sie redeten gewandter als ich und zitierten aus Büchern, die ich nicht gelesen hatte. Es gab auch einige, die ihr Äußeres vernachlässigten, weil für sie nur Kunst und Geist Wert hatten. Sie lasen ihren Schopenhauer angeblich bis in die frühen Morgenstunden und hatten vielleicht sogar in ihren Straßenkleidern geschlafen. Sie nachzuahmen, erschien mir aussichtslos. Dazu fehlt mir diese absolute Leidenschaft für Geist und Kunst, wohl auch die Rücksichtslosigkeit gegen mich selbst. Ich brauche eine warme Mahlzeit und meinen gesunden Schlaf.

Was mich in Wien gleichermaßen überraschte wie faszinierte, war die überragende Bedeutung der Musik und des Theaters, die in Ausläufern sogar die unteren Volksschichten erreichte. Raimund erklärte es mir so: Schau, wenn bei uns irgendein Graf Burlibinski stirbt, dann beißt das höchstens ein paar andere Adelige, unterhalb vom Erzherzog ist so ein Verstorbener nicht besonders interessant. Aber wenn ein Publikumsliebling aus dem Burgtheater oder aus der Oper wegstirbt, dann trenzen alle, vielleicht sogar der Kaiser selbst, und jedes Stubenmadl möchte dabei sein bei seiner schönen Leich. Ein Prominentenbegräbnis ist hier nichts anderes als ein Kirchweihfest, eine Fronleichnamsprozession oder eine Militärparade. Die Traurigkeit kann genauso schön sein wie die Lustigkeit, man muss sie sich nur gescheit herrichten. Viel zum Schauen muss es geben, Musik sowieso, und vor allem muss nachher tüchtig gegessen und getrunken werden, damit man wieder ans Leben glaubt. Carpe diem!

Als mich Raimund zum ersten Mal in die Freudenau einlud, waren es nicht so sehr die Pferderennen, die mir auf Anhieb gefielen, sondern das Ensemble als Ganzes: der Blick auf die Praterbäume vor blauem Himmel, das satte Wiesengrün, die weißen Planken, die Hürden und Wassergräben, Jockeys in grünen, roten, gelben Seidenblusen, das gemischte Publikum aus allen Ständen, einfaches Volk auf den Zwanzigkreuzer-Plätzen, Mittelstand auf dem Guldenplatz, wo Raimund und ich uns meistens aufhielten, auch Herren mit Zylinder, oft in Begleitung eleganter Damen, deren Kleider in Frühlings- und Sommerfarben leuchteten. Kamen wir neben ihnen zu stehen, bezauberte mich der weiche Duft ihrer Parfüms, der sich mit den härteren Gerüchen von Gras, Heu und Pferdestall vermengte. Das Leben war schön in diesen Kulissen.

Raimund kannte die Namen der Pferde, auch die ihrer Reiter und Besitzer. Er begrüßte Bekannte, kam mit einigen ins Gespräch über Favoriten und Außenseiter unter den Rennpferden, holte sich Tipps oder gab selbst welche, setzte mit sichtlichem Vergnügen auf Pferde und Reiter seines Vertrauens, gewann manches Sümmchen, verlor auch so manches, aber so wenig ihn ein Gewinn begeisterte, so wenig verdross ihn ein Verlust. Sein Interesse war ausschließlich sportlicher Natur, und hätte man in der Freudenau nur um Pferdeäpfel gewettet, hätte es seiner Leidenschaft für Sportwetten sicher keinen Abbruch getan. Mit dem erhitzten Gesicht eines Knaben verfolgte er jedes Rennen mit dem Operngucker, und wenn am Ende des Tags ein Gewinn blieb, lud er mich, manchmal auch einen seiner Rennplatzfreunde, zum Heurigen ein.

Ich selbst setzte keinen einzigen Kreuzer auf ein Pferd, niemals. Mir entging nicht, wie tückisch und unberechenbar Rennverläufe sein konnten. Jeder verlorene Gulden für solch kindische Zwecke würde mich tagelang grämen. Raimund tolerierte meine Wettabstinenz, er bot mir auch keinen von ihm bezahlten Wettschein an, denn er wusste, dass mich solch ein Geschenk beschämen würde.

Überhaupt möchte ich betonen, dass Raimund mit der Differenz unserer finanziellen Möglichkeiten rücksichtsvoll umging. Er war großzügig, vermied aber feinfühlig die Pose des Gönners. Gelegentlich übernahm er aus einem vordergründigen Anlass Kaffeehaus- und Heurigenrechnungen, nicht nur für mich, auch für andere, und zu üblichen Anlässen überraschten wir uns gegenseitig mit kleinen Geschenken.

II

Zu meinem zwanzigsten Geburtstag am 21. Jänner 1892 schenkte mir Raimund eine sehr schöne Ausgabe der Erzählung *Der arme Spielmann* von Franz Grillparzer. Unser Grillparzer, sagte Raimund, ist am 21. Jänner 1872 gestorben, sein zwanzigster Todestag ist dein zwanzigster Geburtstag. Dieser Zufall hat mich auf die Idee gebracht, dir dieses Buch zu schenken. Die Hauptfigur ist ein Musiker, zwar kein Cellist, sondern ein Geiger, aber er heißt Jakob – noch ein Zufall.

Grillparzers Jakob, ein Musiker, gewiss, aber was für einer! Mein wunderlicher Namensvetter ist der Sohn eines Staatsmannes, begünstigt durch Geburt und Stand, benachteiligt durch eine hinderliche Lernschwäche, einen seltsamen Zwang, das Erlernte penibel in starrer Reihenfolge wiederzugeben! Fehlt ihm ein einziges Wort, fehlen ihm auch die folgenden. Beim schlichten Kopieren einer Schrift ist er so ängstlich bemüht um absolute Richtigkeit, dass er die Ökonomie der Zeit vernachlässigt. Nichts bringt er zum vereinbarten Termin zu Ende, nicht aus Nachlässigkeit, nein, im Gegenteil, aus radikaler Sorgfalt.

Durch Ungeschicklichkeit in Finanzgeschäften und blindes Vertrauen in unwürdige Menschen gerät dieser Jakob in die bitterste Armut. Mit zwei Handwerksgesellen muss er sich ein Zimmer teilen, sein karges Brot verdient er als Straßenmusikant. Selbst in dieser anspruchslosen Profession bleibt er ein Stümper, unfähig, einen einfachen Walzer rhythmisch korrekt zu meistern, von Schwierigerem ganz zu schweigen.

Dennoch erweckte dieser merkwürdige Mann, als ich die Erzählung das erste Mal las, in mir keinerlei Häme oder gar Spott, sondern tiefes Mitgefühl und – so seltsam es wirken mag – sogar ein wenig Bewunderung. Bewunderung nämlich für die heitere Seelenruhe, mit der er ein erbärmliches Leben ertrug, an dem die Mehrheit verzweifeln würde. Sie erschien mir als Verwirklichung jenes stoischen Lebensideals, wie ich es im Lateinunterricht aus Senecas Briefen an Lucilius kennengelernt hatte.

Mit einer gewissen Beunruhigung las ich von Jakobs unerfüllter Liebe zur Nachbarstochter Barbara und seiner lebenslangen Einsamkeit als Hagestolz wider Willen, wobei ich mich des Eindrucks nicht erwehren konnte, dass diese Lebensform die einzige war, für die er geeignet war. Jakob hat seine weltabgewandte Daseinsnische gefunden, und wenn er in den Abendstunden auf seiner Geige in den schlichtesten Dreiklängen dahinphantasiert, ist er ganz bei sich, weil er sich und die Welt ganz vergisst und nur für den Einen und Ewigen spielt, der seiner kunstlosen Kunst gnädig zuhört. Jakob, so dachte ich, ist der Straßenmusikant Gottes …

Als Amtsvorsteher, Gymnasiallehrer oder Buchhalter ist dieser Mann ebenso wenig vorstellbar wie als Familienvater. Dass die herzensgute, aber lebenstüchtige Barbara ihn zurückweist, verstand ich. Dennoch beunruhigte mich diese verunglückte Liebe, hatte ich doch in meinem ersten Wiener Jahr selbst gewisse Schwierigkeiten, mir eine überzeugende Haltung zu Liebe, Leidenschaft und Begehrlichkeit zu erarbeiten. Auf dem Violoncello machte ich keine großartigen, aber immerhin wackere Fortschritte, in der Liebe hingegen gar keine.

Meine … nun ja … Liebe ist ein großes Wort … nennen wir es eine Herzensneigung … Meine Herzensneigung zur Waidhofener Nachbarstochter Hedwig, die wenige Wochen vor meiner Abreise nach Wien erwacht war, blüht bis heute, allerdings in den Grenzen lauwarmer Schicklichkeit. Aufgrund meiner wochenlangen Absenzen von Waidhofen blieb sie über lange Strecken bloß eine

Brieffreundschaft, und ich muss vor mir selbst zugeben, dass die von mir gewählten Worte oft heißer und inniger waren als die Gefühle, für die sie stehen sollten. Hedwigs Antworten waren zwar freundlich und warmherzig, aber erkennbar um Anstand und Beruhigung der Leidenschaften bemüht.

Raimund eröffnete mir eine andere Welt. Er führte mich in diesem ersten Wiener Jahr nicht nur in den Geist des Wiener Kaffeehauses ein, sondern trug auch manches zu meiner Reifung bei, indem er bedenkenlos den Vorhang der Moral beiseiteschob, hinter dem die gute Gesellschaft ihre Lustgärten versteckt. Doch dazu später …

Was nun die Musik anbelangt, nicht nur die Musik, die Kunst überhaupt, scheint es keinen fruchtbareren Boden zu geben als Wien. Die Wiener sind Kunstnarren, sagte Raimund, eine neue Oper vom Verdi, eine neue Sinfonie vom Brahms, eine Premiere in der Burg, – und die halbe Stadt hat kein wichtigeres Thema. Und welche Damen der Gesellschaft dem Makart für seine nackten Göttinnen Modell gestanden sind, darüber wird immer noch spekuliert, obwohl Makart schon ein paar Jahre tot ist. Wenn du als Künstler dein Glück machen willst, musst du nach Wien gehen. Der Brahms weiß schon, warum er nicht in Norddeutschland geblieben ist. Große Kunst, die ist im Süden daheim. Das Barocke, das Katholische,

Sinnliche, die Nähe Italiens, die ungarischen und slawischen Einflüsse, du verstehst …

In Staunen versetzte mich die Begeisterung, die ein siebzehnjähriger Gymnasiast namens Hugo von Hofmannsthal auslöste, der unter dem Pseudonym Loris einige Gedichte veröffentlicht hatte. In Waidhofen, ja, da konnte man leicht Wunderkind sein, aber in Wien? Selbst Raimund schwärmte von diesem „Genie“ und trug im Kaffeehaus dessen Verse auswendig vor: *Das längst Gewohnte, das alltäglich Gleiche, / Mein Auge adelt mirs zum Zauberreiche: / Es singt der Sturm sein grollend Lied für mich / Für mich erglüht die Rose, / rauscht die Eiche.*

War das wirklich genial? Anscheinend, denn der berühmte Hermann Bahr, so erzählte man, habe den jungen Hofmannsthal sogar in den exklusiven Griensteidl-Kreis aufgenommen, und der wählerische Stefan George bemühe sich geradezu enthusiastisch um den jungen Kollegen.

Es war der beispielgebende Fall Hofmannsthal, der Mythos des jungen Genies, der mich für einige Wochen in einen rausch- und traumartigen Zustand versetzte. Ein Konzert für Violoncello und Orchester wollte ich komponieren, dessen Genialität die Wiener Musikwelt in begeisterten Taumel versetzen sollte. Dass meine gerade erst erworbenen Grundkenntnisse in Tonsatz und Harmonielehre dafür bei Weitem nicht ausreichten, wurde mir bald bewusst. Meine Komposition kam über wenige Skizzen nicht hinaus und ich erwachte aus meinem ehrgeizigen Knabentraum.

Wer als Künstler sein Glück machen will, muss nach Wien gehen, hatte Raimund gesagt. Mag sein, ebenso groß schien mir aber die Chance zu sein, in Wien sein Unglück zu machen. Ich hatte begonnen, die Kulturkritiken in den Zeitungen zu lesen, und hörte mit wachsendem Unbehagen die hitzigen Kontroversen in den Kaffeehäusern. Ein und dasselbe Werk, ein und derselbe Komponist wurden von den einen gefeiert, von anderen verdammt. Wer hatte recht? Und lag nicht die Wahrheit oft eher in der Mitte als an den Polen? Ich sprach Raimund auf diese Ungereimtheiten an. Er hatte auch dafür eine Erklärung, die mich allerdings mehr beunruhigte und verärgerte als überzeugte.

Schau, sagte er, das ist so. Wenn man die Kunst wirklich ernst nimmt, dann ist sie, was früher einmal die Religion war. Kulturkämpfe sind Glaubenskämpfe. Wo die Kunst nur ein Nebenschauplatz für die Freizeitgestaltung ist, dort ist es wurscht, ob du dein Cellokonzert in G-Dur oder fis-Moll komponierst. In Wien befetzen sich wegen so etwas die bekanntesten Kritiker, und die halbe Stadt nimmt Anteil, weniger weil die Leute was davon verstehen, sondern weil es spannend ist, wenn so richtig die Fetzen fliegen. Es gibt halt eine Hetz, das mögen die Wiener.

Die Kunstdiskussion – eine *Hetz* … Also doch keine ernste Glaubensfrage? Oder wird vielleicht nur so getan, als sei es eine Glaubensfrage, damit nachher die *Hetz* umso größer ist? Wien ist wahrscheinlich der einzige Ort, an dem für eine Verfolgungsjagd dasselbe Wort verwendet wird wie für das Vergnügen, die *Gaudi* oder auch *Mordsgaudi*. Ich ging der Sache nach. Künstler, auch Architekten, also Baukünstler, haben sich in Wien umgebracht, weil ihnen die *Hetz* auf sie zu viel geworden ist. Die Wiener sagen dann: Na geh, das war doch nur eine *Hetz*! Dass der das so ernst nimmt, hat keiner wissen können. Sie lesen im Kaffeehaus die Zeitungsberichte und gehen zur *Leich*, die hoffentlich eine schöne ist, vielleicht umrahmt von der Musik eines Menschen, der das nächste Opfer einer *Hetz* sein könnte.

Was ich in meinem ersten Wiener Jahr noch gelernt habe: Es ist nicht leicht, der Liebling des Wiener Publikums zu werden. Wenn es einer schafft, genießt er aber göttliche Verehrung. Was freilich nicht verhindert, dass schon übermorgen jemand versucht, ihn wieder vom Sockel zu treten.

Die Wiener verlangen von dir den größtmöglichen Einsatz, sagte Raimund. Das Niveau ist enorm, Perfektion das Mindeste, was man verlangen kann. Meinst du, die Philharmoniker wären sonst die Philharmoniker? Oder der Strauß Schani. Den bewundere ich am meisten. Unterhaltungsmusik, wirst du vielleicht sagen, da muss doch nicht immer alles perfekt sein. Irrtum, lieber Jakob! Ob Walzer oder Sinfonie, ob Oper oder Operette, in Wien muss immer alles perfekt sein. Jedes auf seine Art halt.

Stimmt das? Ja und nein. Ich war mir nicht sicher, zumal ich ja auch viel Mangelhaftes sah und hörte, nicht vorrangig in der Kunst vielleicht, aber im Wiener Leben. Ich akzeptierte Raimunds Überlegenheit, ich profitierte von ihr, aber nach meinem ersten Wiener Lehrjahr an seiner Hand keimte in mir der Verdacht, seine Worte überzeugten bisweilen mehr durch rhetorischen Glanz als durch Kenntnisse und Urteilsvermögen. Den entscheidenden Anstoß zu meiner Distanzierung gab die Uraufführung von Anton Bruckners Achter Sinfonie.

ERSTER SATZ
Allegro Moderato

Bruckner in Wien (1868–1896)

Drastische Wirkungen einer Uraufführung auf die junge Musikerseele || Kritischer Versuch über den Kritikerpapst Eduard Hanslick und das Kunstschöne || Entzauberung einer Freundschaft || Im Jahr 1868 übersiedelt Anton Bruckner nach Wien und wird als Organist gefeiert || Eine schöne Anstrengung! Bruckners Wille zur sinfonischen Form || Sinfonische Reparaturarbeiten || Anton Bruckner und Richard Wagner || Die Siebente Sinfonie. Trauermusik für Wagner. Triumph für Bruckner || Johannes Brahms. Porträtskizze eines Antipoden || Lust und Last der sinfonischen Tradition || Der Lehrer Anton Bruckner || Der Meister ist halt alleweil verliebt

ALLEGRO MODERATO. Tremolo-Introitus. Geigen. Hörner. Merkwürdiges Hauptthema (Bratschen, Celli, Bässe), rhythmisch markant, harmonisch mehrdeutig. Klarinetten und Oboen wollen auch mitreden … Und plötzlich: Als wollte der Komponist auf seine eigenwillige Themenwahl Nachdruck setzen: Thema im Fortissimo! Damit ihr es euch einprägt, mit dem ganzen Apparat: auch Flöten und Fagotte, Trompeten und Posaunen, Tuben, auch Kontrabass-Tuba! Und immer wieder: Duole–Triole–Duole–Triole … Als die Geigen das Seitenthema emporzogen, war ich zusammengeschmolzen auf Ohr und Körper und Seele, mittreibend in den Crescendi … dann ein Innehalten, träumerische Abwesenheit … Sanftmut … einsames Horn … eine Oboe … die Tuba … und drüber und drunter und mitten hinein dieses beharrliche Tremolo, das auch mal anders kann als pianissimo, nämlich crescendo … Bläserekstase, als wäre kein Halten mehr … Wiederholung. Kreisbewegung. Abwandlung …

SCHERZO. Scherzo an zweiter Stelle statt an dritter? Ungewöhnlich … Allegro moderato, auch jetzt … Moderato? Eine ziemlich flotte Drei … Geheimnisvoller Hornruf und Geigenflimmern … Thema in Bratschen und Celli … jetzt die Klarinette … Crescendo … ab die Post, die anderen Holzbläser stoßen dazu, auch Hörner, Trompeten – und hoch oben tremolieren wie rasend die Geigen!

… Rasches Diminuendo, kurz nur, erneutes Aufheulen: poco a poco crescendo … Forte fortissimo! Der ganze Apparat in voller Fahrt! Pauke schlägt eins, Blech hält marcato mit … Plötzlichkeit! Fortissimo auf eins – und schon auf zwei Pauke solo piano … Celli und Bässe pizzicato … und die einsamste aller Flöten … sie will nicht einsam bleiben … Oboen, Klarinetten, Streicher sowieso … Bam-bambambambam … ein einfaches Motiv eigentlich, aber in variantenreicher Ausführung … Poco a poco crescendooooo … Fortissimo. Forte fortissimo! Rums auf die Eins! … Aus? Aus. Das TRIO. Was macht er denn da? Behäbiger Zwei-Viertel-Takt? Ungewöhnlich …

ADAGIO. Langsam ja, schleppend nein … synkopisch? Nein, was anderes: Triole auf eins, Triole auf drei … Erste Violinen treten hervor (kennt man ja, die Wichtigtuer!) … Klarinetten, Fagott, Hörner, Tuben … Fortissimo: Thema feierlich … diminuendo … und dann … und dann!! … aus zartem Pianissimo aufsteigend zum flächigen Forte dieses zweite Thema, dieses göttliche … Harfe! Kathedrale! Engelszunge! Erlösung!! Unbeschreiblich!!! Ich könnte schreien!!! … Und weil es so unvergleichlich war und wunderbar und herrlich: noch einmal das Ganze! … Celli bestimmen dann die Linie … umspielt vom Tremolo … Solovioline, ach wie schön! … Klarinette … Tuben … Tremolo verklungen … Weitung … Crescendo …

auch Phasen der Leichtigkeit, Heiterkeit, wie zum Tanz? ... beharrliche Sextolen drängen ... drängen ... Triumph! ... Und noch einmal hinauf zum lieben Gott, Harfe und Engelszungen, Epiphanie ... Rücknahme, Erdung, Nachklang des Wunders ... Demut, aber nicht hoffnungslos. – Noch nie etwas so Wunderbares gehört!!!

FINALE. Feierlich, nicht schnell.

Wieder einmal sitze ich vor meinen chaotischen Notizen, fast unleserlich, hingefetzt in der Nacht vom 18. zum 19. Dezember 1892, als ich von der Uraufführung nach Hause gekommen war. Noch stand ich unter dem Eindruck des Erlebten, noch lebte in meinem Kopf (und nicht nur im Kopf) die Erinnerung an das Gehörte. Für meine Arbeit als Biograf sind diese Aufzeichnungen unbrauchbar, dennoch sind sie mir lieb und wert als Dokument meiner Initiation. Für das Finale dürften meine Kräfte nicht mehr gereicht haben. Ein fast leeres Blatt, darauf nur die Satzbezeichnung aus dem Programmheft *FINALE. Feierlich, nicht schnell.*

Anton Bruckners Achte Sinfonie. Ihre Uraufführung im Großen Saal der Gesellschaft der Musikfreunde. Die Wiener Philharmoniker, am Pult Hans Richter. Bruckners erster sinfonischer Triumph in Wien. Nach jedem Satz brachen seine Anhänger in fanatischen Beifall aus, dermaßen kraftvoll, dass der Widerspruch der Gelangweilten,

Verdrossenen und Angewiderten stumm und chancenlos blieb. Die unentschiedene Masse fügte sich der von der Avantgarde geforderten Stimmung und applaudierte mit, angesteckt von den Begeisterten. Hans Richter verneigte sich, verließ das Podium, kam zurück, würdigte die Musiker, ging ab, kam zurück ... Jubel, unbeschreiblich. Mein starkes Bedürfnis, aufzuspringen und mitzujubeln, unterdrückte ich.

Dann brachte Richter den Komponisten mit, geleitete ihn geradezu, schob ihn höflich, aber bestimmt an die Rampe, denn Bruckner schien seiner Sache nicht sicher zu sein, als wäre dieser für Wiener Verhältnisse ungewohnten Begeisterung für sein Werk nicht zu trauen. Als die Enthusiasten ihren Jubel aufdrehten bis zum Anschlag, verneigte er sich mehrmals, steif, mit seltsamer Artigkeit, fast bubenhaft-devot, auch gegen den Dirigenten. Rührung verriet sein Lächeln, vielleicht Stolz, vielleicht auch Genugtuung gegenüber seinen Gegnern, den gehässigen Spöttern, die unter dieser Klangwucht und ihrer Wirkung auf die Menschen eingeknickt waren und schweigen mussten.

Mussten sie wirklich? Raimund musste nicht, sicher nicht. Raimund, Ferdinand und ich waren nicht hierhergekommen, um zu Bruckners Genie bekehrt zu werden, im Gegenteil, wir waren gekommen, um spitzzüngige Zeugen seiner Blamage zu sein. Bruckner wird wieder einmal scheitern mit großem Krach, hatte Raimund vorhergesagt. Er kannte die Entstehungsgeschichte der Achten aus angeblich sicherer Quelle und gab sie pointiert weiter: Bruckner hat die erste Fassung zuerst an den Dirigenten Hermann Levi geschickt, der ratlos war angesichts dieses unförmigen Monstrums. Levi hat dann den älteren Schalk-Bruder gebeten, den Meister zu gründlicher Korrektur zu veranlassen. Das heißt, liebe Freunde, wir haben es Hermann Levi und Josef Schalk zu verdanken, dass uns heute zumindest das aufgeblasene Ur-Opus erspart geblieben ist.

Wir hatten das Foyer noch nicht verlassen, als Raimund uns schon mitteilte, was von der Sache zu halten war: Natürlich, das schlichte, ungebildete Gemüt überwältigt Herr Bruckner mit diesen spektakulären Höhen und Weiten. Er tut ja, als hätte er den Schlüssel zum Unendlichen höchstpersönlich in seiner Hosentasche! Blanke Scharlatanerie! – Selbst den Umstand, dass der Kaiser Bruckners Widmung angenommen und den Druck der Partitur finanziert hatte, drehte Raimund ins Lächerliche: Bruckner ist der bravste und devoteste Untertan seiner Majestät. Und ist euch etwas aufgefallen? Anwesend war der Kaiser nicht. Den Druck finanzieren ist halt eine Sache, sich fast zwei Stunden lang dieser Geräuschkulisse auszusetzen eine andere!

Ferdinand, der in Wahrheit beschämend wenig von Musik versteht, grinste zustimmend, und

Raimund fügte hinzu: Apropos Hosentasche. Was haltet ihr von Hosen, die zehn Zentimeter über den Knöcheln ihren Abschluss finden? Ich würde Meister Bruckner empfehlen, vom überlangen Rock etwas abzuschneiden, seine Hosen könnten das Material dringend brauchen.

Ferdinand lachte, ich schmunzelte unverbindlich mit und hätte mich nicht gewundert, wenn jetzt ein Hahn dreimal gekräht hätte.

Um in der kalten Dezembernacht nicht zu erfrieren, schlug Raimund vor, den Konzertabend im Kaffeehaus zu beenden. Ferdinand war dabei, ich schützte Müdigkeit vor und verabschiedete mich schnell, um einem Gespräch zu entkommen, das mir zur Qual geworden wäre. Keine Musik hatte mich jemals so heftig ergriffen wie diese Sinfonie, aber ich hätte keine geeigneten Worte dafür gehabt und wollte mich Raimunds bissigem Gerede nicht mit untauglichen Waffen widersetzen.

Wir waren gekommen, um Bruckners Scheitern zu hören, und Raimund hatte es gehört, wollte man seinen Worten glauben. Er sagte etwas von verfehlter Themenentwicklung und bizarrer Instrumentierung. Wo hatte er das gelesen? Bei Eduard Hanslick? Raimund der Richter, Raimund der Spötter, nie verlegen um den geschliffenen Satz, der die Richtung weist. Daumen rauf! Daumen runter! Er war für mich ein Jahr lang die unantastbare Autorität gewesen. Das war vorbei. Im Fall

Anton Bruckner konnte ich ihm nicht mehr folgen, wollte ich mich nicht aufgeben durch erbärmlichen Selbstverrat.

Ich konnte nicht nachvollziehen, dass Raimund die Zusammenhanglosigkeit der Teile kritisierte: Ich ziehe dort und da eines dieser einsamen Klangtrümmer heraus, sagte er, wetten wir, ihr merkt es nicht einmal! – Nein, Raimund! Nein und noch einmal nein! So hatte ich es nicht erlebt. Im Gegenteil. In meinem angespannten Hören hatte sich die Abfolge des Mannigfaltigen sogar zur wunderbarsten Einheit gefügt, als wären die Zeit und ihr Rhythmus in ein stetes Kreisen geraten und hätten sich in einem massestarken Punkt verdichtet. So war das! Aber so hätte ich es an diesem Abend nicht zu formulieren vermocht.

Die Uraufführung der Achten Sinfonie erlebt zu haben, wie ich bislang noch keine Musik erlebt hatte, genügte mir nicht. Die Beschränkung auf das Erlebnis hätte mich dazu verurteilt, für immer darüber zu schweigen. Ich musste, wollte ich mich meinen Freunden mitteilen, das Erlebte beschreiben, darstellen, begründen, musste fachkundig sprechen über Motive und ihre Variierung, über harmonische Folgen, Wirkungsnuancen der Instrumentierung, rhythmische Sequenzen. Die lückenhafte Erinnerung an das Gehörte würde dafür nicht ausreichen. Ich brauchte die Partitur. Und wie schade, dass ich die Sinfonie nicht ein zweites und drittes Mal hören konnte – *nach* dem Studium der Partitur. (Fast ein Jahr sollte vergehen, bis ich dazu in Olmütz die Gelegenheit bekam.) Mit Ungeduld verfolge ich technische Neuerungen unserer Zeit, die Tonaufnahmen ermöglichen. Ich bin zuversichtlich, dass wir eines nicht allzu fernen Tages imstande sein werden, ganze Sinfonien auf einen Tonträger zu bannen.

Was mich auf meinem einsamen Heimweg vorrangig beschäftigte, war dieses Rätsel: Wie war es möglich, dass ein Mann, der mir bisher als Künstlerkarikatur vermittelt worden war, als lebensfremder Provinzkauz, naiver Frömmler und letzter praktizierender Vertreter der katholischen Restauration – wie war es möglich, dass dieser Mann eine Sinfonie komponierte, als deren Schöpfer man einen Übermenschen der Zukunft vermuten musste!

Ungeduldig erwartete ich die Kritiken zur Uraufführung.

Wiener Tagblatt. Der Kritiker: Richard Heuberger, Professor am Konservatorium, kein dogmatischer Bruckner-Gegner, aber auch kein Bewunderer, lobt zwar die Klangpracht der Achten, nennt aber das Werk *gedankenarm*, vergleicht man es mit der Siebenten Sinfonie. *Am reichsten ist in diesem Punkte noch das Adagio bedacht, ein Satz, der trotz enormer Ausdehnung (er dauert 26 Minuten) ununterbrochen fesselt, herrliche Züge tiefsten Ernstes enthält und – von manchen steifen und eigensinnigen, mehr mechanischen als organischen Stücken abgesehen – zu dem Schönsten gehört, was Bruckner je geschrieben.* Immerhin ...

Montags-Revue. Max Kalbeck, der Brahms-Vertraute, wahrlich kein unvoreingenommener Zuhörer! Dennoch: Unter Bruckners Sinfonien sieht er die Achte *an erster Stelle* [...] *Klarheit der Disposition, Übersichtlichkeit der Gruppierung, Prägnanz des Ausdruckes, Feinheit der Details und Logik der Gedanken.* Aber: *Wozu diese ewigen Wiederholungen subalterner Tonfiguren, dieses manierierte plötzliche Abreißen des thematischen Fadens, diese jäh wechselnden Orkanausbrüche und Windstillen. Ein Drittel der umfangreichen Partitur wäre über Bord zu werfen.*

Balduin Bricht in der *Österreichischen Volkszeitung* würdigt die Sinfonie als *Krone der Musik unserer Zeit*, Theodor Helm nennt sie ein überaus düsteres Nachtstück, nur von wenigen Lichtblicken erhellt, aber durchwegs fesselnd. Im *bewunderungswürdigen* Adagio *drängt ein herrlicher, tief empfundener, klangschöner Gesang den anderen.* Bruckner *hat wohl nie etwas Edleres, Ergreifenderes geschrieben.* Der dritte Satz, *eine symphonische Dichtung für sich.*

Zuletzt Eduard Hanslick. *Neue Freie Presse.* Hanslick, der selbstherrliche Lokalmatador, das sarkastische Ungeheuer mit seiner Wagner-Paranoia, sieht sich immer umstellt von Wagnerianern und bedroht von einem Anton Bruckner, der in der Achten *Wagner's dramatischen Styl auf die Symphonie* überträgt. *Bruckner verfällt nicht nur alle Augenblicke in spezifisch Wagner'sche Wendungen, Effekte, Reminiszenzen – er scheint sogar gewisse Wagner'sche Stücke als Vorbild für seinen symphonischen Aufbau vor Augen zu haben*, das Tristan-Vorspiel zum Beispiel, seine chromatischen Motive, die er so lange ins Endlose dreht, *bis wir von diesem monotonen Jammer trostlos niedergedrückt sind.* Ein *unvermitteltes Nebeneinander von trockener, kontrapunktischer Schulweisheit und maßloser Exaltation [...] Alles fließt unübersichtlich, ordnungslos, gewaltsam in eine grausame Länge zusammen [...] Es ist unmöglich, daß diesem traumverwirrten Katzenjammerstyl die Zukunft gehört, – eine Zukunft, die wir darum nicht beneiden* [...] Dennoch, Bruckners Triumph kann auch Hanslick nicht verschweigen: *Tobender Jubel, Wehen mit den Sacktüchern, aus dem Stehparterre, unzählige Hervorrufe, Lorbeerkränze u.s.w. Für Bruckner war das Konzert jedenfalls ein Triumph.*

II

Seit mehr als dreißig Jahren ist Eduard Hanslick Musikkritiker der *Neuen Freien Presse*, seit vierzig Jahren Universitätsdozent für Geschichte und

Ästhetik der Musik. Wahrlich kein Dummkopf und bloßer Wichtigtuer, aber ein unbeweglicher Dogmatiker, festgefahren in seiner Musiktheorie. Vor zwei Jahren erschien sein Buch *Aus meinem Leben*, in dem er nicht nur sich selbst, sondern auch Künstlerpersönlichkeiten würdigt. Der Name Anton Bruckner kommt darin nicht vor. Das sagt alles. Ich habe Vorlesungen bei Hanslick besucht und mehrmals seine Schrift *Vom Musikalisch-Schönen* gelesen. Der Essay ist vierzig Jahre alt und man sieht es ihm an, obwohl er immer wieder neu aufgelegt wird.

Ich behaupte, dass es nicht mehr unserer Zeit und ihrer Kunst entspricht, den Begriff des „Schönen" in den Mittelpunkt der Kunsttheorie zu stellen. Die Erschütterung, die das antike Drama eines Sophokles und Euripides heute noch bei uns auslöst, beruht sie etwa auf Schönheit? Ist es schön, dass Medea auf der Bühne ihre Knaben tötet? Umso mehr müssen wir auf das Kriterium des Schönen, wie Hanslick es ausführt, verzichten, wenn wir die Wirkung verstehen wollen, die von den neuesten Dramen ausgeht. Die Welt, die uns Gerhart Hauptmann in seinen viel diskutierten Bühnenstücken *Vor Sonnenaufgang* und *Die Weber* zeigt, ist hässlich, gemein und niederträchtig. Soll er sie zu etwas Schönem umgestalten, damit sie dem empfindlichen Rezensentenmagen des Herrn Hanslick wohl bekommt?

Hanslick würde, läse er diese Zeilen, gegen mich einwenden, dass die dramatische Kunst etwas grundsätzlich anderes sei als die Musik. Der Dramatiker ahme die Wirklichkeit nach, die Musik nicht, denn ihre Formen fänden sich nirgendwo in der Natur, sie seien reine Hervorbringungen des menschlichen Geistes, in dieser Hinsicht der Mathematik ähnlicher als der Literatur und der bildenden Kunst. Es ist nur folgerichtig, dass Hanslick der Instrumentalmusik den Vorzug vor der Vokalmusik gibt. Im Lied und in der Oper vermengt sich Hanslicks reine Form der Klänge mit Sprache und Stimme. Etwas Natürliches und Lebendiges dringt ein, und vor nichts fürchtet sich der Hüter des regulierenden Reinheitsgebots mehr als vor Vermengungen des Geistigen mit dem Natürlichen. Ist aber nicht gerade diese Vermengung der Keim alles Schöpferischen?

Eduard Hanslick hat schon recht, wenn er die Unart mancher Rezensenten anprangert, einem Instrumentalwerk mit aller Gewalt ein außermusikalisches „Programm" abzulauschen. Aus einem verminderten Dominantseptakkord oder einem Seitenthema in Moll die Trauer des Komponisten um seinen verstorbenen Hund herauszuhören, mag genauso willkürlich sein wie die Unart, einer harmlos fließenden Melodie in der Flöte das Sprudeln eines Gebirgsbächleins an einem heiteren Frühlingsmorgen zu unterstellen. Johann

Sebastian Bachs *Kunst der Fuge* Gefühle der Verzagtheit oder Zuversicht anzudichten, die der Komponist kontrapunktisch „ausdrücken" wollte, wäre zweifellos eine Torheit. Torheit ist es aber auch, den Komponisten generell zu untersagen, Gefühle zur Grundlage ihres Schaffens zu machen oder ihre sinfonischen Dichtungen auf erzählerische Programme zu gründen, die dem außermusikalischen Leben entnommen sind. Berlioz und Liszt haben programmatisch komponiert, weil es der ihnen gemäße künstlerische Weg war. Es wirkt auf mich ebenso anmaßend wie lächerlich, wenn sich nun ein Wiener Kritiker aufplustert und ihnen entgegendonnert: Programmatisch komponieren, das dürft ihr nicht, denn es entspricht nicht dem Regelsystem meiner höchsteigenen Auffassung vom Musikalisch-Schönen! Wer, bitte, ist er denn, dieser Herr Hanslick!

Anton Bruckner geht mit programmatischen Kommentaren zu seinen Sinfonien sparsam um, verzichtet aber nicht grundsätzlich auf sie. Zur Achten Sinfonie schrieb er dem Dirigenten Felix Weingartner nach Mannheim einige programmatische Gedanken. Um Todesverkündigung und Ergebung in den Tod ginge es im ersten Satz. Diese Imagination kann ich nachvollziehen, nicht zuletzt deshalb, weil Bruckners musikalische Anlehnung an die Todesverkündigungsszene in Richard Wagners *Walküre* nachweisbar ist. Im Motivzentrum des Scherzo soll irgendein läppischer Schwank rund um den deutschen Michel stehen, und im Finale sei angeblich an den Besuch des russischen Zaren bei Kaiser Franz Joseph in Olmütz zu denken. Ich gestehe, dass ich mit diesen „Inhalten" recht wenig anfangen kann. Sie zu kennen oder nicht zu kennen, ist für Verständnis und Wirkung der Sinfonie weder Gewinn noch Verlust.

Einem Menschen, der dem Leben und der Natur grundsätzlich misstraut, dem sind auch Affekte verdächtig. Der musikalische Matador Eduard Hanslick beäugt misstrauisch jeden Konzertbesucher, ob dieser nicht gerade einen Affekt erlebe, den er in seiner reinen Lehre untersagt hat. Seufzt eine Dame neben ihm *Ach, wie schön!*, wenn das herrliche E-Dur-Thema der Siebenten von Bruckner erklingt, dann schreitet der strenge Kunstrichter ein: Pardon, meine Gnädigste, Sie haben soeben falsch, nämlich „pathologisch" empfunden! Sehr kurios! Offensichtlich verfügt Herr Hanslick-Beckmesser über ein Messgerät, das ihm genau anzeigt, wo die Grenzen zwischen Anschauung und Bewegtheit, Kontemplation und Ekstase, moderatem Genuss und maßlosem Pathos verlaufen. Ich stehe dazu, dass mein erstes Erlebnis der Achten pathologischer Art war, und ich möchte diese tiefe Ergriffenheit nicht missen, sie erst weckte in mir das Bedürfnis, nun auch zu begreifen, was mich da ergriffen hatte. Ginge mir die spontane Empfin-

dung des lauschenden Mensch
ich befürchten, ich sei zu Leb

Wenn ich die letzten Seiten
blicke, so wird mir bewusst,
Hanslicks stramme Urteile
Allgemeinen und über An
sonderen dazu herausforde
teile zu prüfen und zu schärfen. Dass ich letzten vier Jahren nicht nur mein Musikwissen beharrlich erweitert habe, sondern auch Klarheit über meine Fähigkeiten, meine Berufung und meine beruflichen Ziele gewonnen habe, verdanke ich nicht zuletzt der unerhörten Provokation, die mir der Wiener Kritikerpapst zugemutet hat. So! Damit ist Eduard Hanslick ausreichend gewürdigt. Ich kehre zu Anton Bruckner zurück.

||

Im Februar des Jahres 1893, wenige Wochen nach der Uraufführung der Achten, hatte ich – vor allem durch genaues Studieren der Partitur – meine Kenntnisse dieser Sinfonie auf solide Grundlagen gebracht. Ich fühlte mich nun in der Lage, eine würdigende Verteidigungsschrift über die Achte zu verfassen. Gleich nach der Fertigstellung übermittelte ich sie an meinen Freund Raimund, bekam aber zwei Wochen lang keine Antwort. Als wir uns im Café Central begegneten, erwähnte er [illegible]endung nicht. Als ich ihn danach fragte, [illegible]tete er ausweichend. Ja, er habe meinen [illegible]atz erhalten, ihn überflogen und interessant [illegible]funden, aber noch keine Zeit gehabt, darauf zu antworten. Ich möge mich gedulden. Tatsächlich bekam ich nie eine Antwort, und die makellose Freundschaft, die mich in meinem ersten Wiener Jahr mit Raimund verbunden hatte, bekam eine weitere Delle. Wir trafen einander seltener und unsere Gespräche flossen nicht mehr so heiter und selbstverständlich. Mir war klar geworden, dass die Souveränität, mit der die Raimunds in unserer Welt reüssieren, auf schwachen Fundamenten wackelt. Und Raimund ahnte, was mir klar geworden war.

Die Bildung dieser selbstbewussten Wiener Kaffeehausbesucher ist, was der Komödiendichter Nestroy in einer seiner Possen eine *Mille-fleurs-Bildung* genannt hat: eine Ahnung von Philosophie, ein Anflug von Politik, ein Schimmer von Literatur, ein Hauch von Medizin und ein Anklang von Musik. Genau genommen besteht ihre Bildung darin, zwanzig bedeutende Namen zu kennen und mit zehn Zitaten den Anschein zu erwecken, man kenne deren Gesamtwerk in- und auswendig. Es geht in diesen Kreisen auch darum, sich am Kaffeehaustisch ein Alleinstellungsmerkmal zu erarbeiten, das Profil und Charakter verleiht. Einer ist „der Russe“, weil er die Musik von

Tschaikowsky für die größte und Bakunin für den gewaltigsten politischen Kopf des Jahrhunderts hält, ein anderer „der Franzose“, weil er Rimbaud und Baudelaire vergöttert, ein Dritter singt uns acht bekannte Takte aus einer Oper von Verdi vor und kostümiert sich wie ein Universalgenie der Renaissance.

Raimund war in diesem Kreis, zu dem ich mich nur mehr selten gesellte, zweifellos der Wendigste, geistreich, rhetorisch souverän, partiell belesen, aber nicht weniger oberflächlich. Wie ein unbeschwerter Tänzer bewegte er sich durch Salons und Kaffeehäuser, durch Konzertsäle und Theaterlogen, über den Rennplatz und das Ballsaalparkett. Er leuchtete auf, nahm das eine oder andere mit, blieb aber fruchtlos und ohne Ernst. Im Grunde liebte er Pferderennen und Frauenkörper mehr als Gedichte, Bilder und Sinfonien. Dem Pathos der Jugend, das in unserem Kreis aufflammte, begegnete er mit Ironie, und ich weiß bis jetzt nicht, ob sich darin die Überlegenheit einer reiferen Haltung zeigte oder nur die charmant inszenierte Trägheit des Herzens.

Von den sieben jungen Männern, die außer mir am Tisch saßen, strebten drei eine Karriere als Schauspieler an, der vierte als Lyriker und Dramatiker, der fünfte als Dirigent, der sechste als Klaviervirtuose. Raimund, der Siebente, lächelte nicht ohne Bosheit und sagte: Wenn man bedenkt, dass auch unser Jakob auf weltberühmte Podien strebt, dann hieße dies, dass sich unsere Runde aus fast neunzig Prozent Genies zusammensetzt. Könnte es sein, Gentlemen, dass sich diese Rechnung im wirklichen Leben nicht ausgehen wird?

Im Laufe meines zweiten Wiener Studienjahrs klärte sich, dass meine berufliche Zukunft nicht das Konzertpodium sein würde. Meine Fortschritte auf dem Violoncello waren zu bescheiden, um an eine Karriere denken zu können, und das Konzert für Violoncello und Orchester, mit dem ich als Komponist debütieren und reüssieren wollte, kam über wenige Skizzen nicht hinaus. Ich tauge weder zum Solisten noch zum Komponisten. Dennoch bin ich davon überzeugt, dass die Musik einen in mir hat, der ihr nützlich sein kann.

Meine wochenlange Beschäftigung mit Bruckners Achter und der aus ihr gewonnene Aufsatz blieben nicht folgenlos. Sie nährten und kräftigten in mir die Überzeugung, dass ich eigentlich ein wissenschaftlicher Kopf bin. Ich setzte mein Musikstudium zwar unbeirrt fort, verschob aber Schwerpunkt und Richtung.

Eines Tages werde ich an der Universität Wien eine Professur für Musiktheorie bekleiden. Der erste große Schritt auf diesem Weg wird mein Buch über Anton Bruckner sein. Ich werde Vorlesungen halten und Kritiken schreiben. Ich werde eine Instanz sein. Eduard Hanslick hat im Vorjahr seinen Siebziger gefeiert. Ich bin jetzt vierundzwanzig. Die Zeit ist reif für einen Generationenwechsel, sogar bei der *Neuen Freien Presse*.

II

Im April 1893 besuchte ich ein Ehrengrab auf dem Zentralfriedhof, Gruppe 32 A, Nummer 32. Begraben liegt dort seit 1877 Johann Ritter von Herbeck, eine herausragende Persönlichkeit des Wiener Musiklebens, geboren 1831 als Sohn eines Schneidermeisters, Sängerknabe in Heiligenkreuz, hochbegabt, schon als Zweiundzwanzigjähriger Regens chori an der Josefstädter Piaristenkirche, dann auch Chormeister des Wiener Männergesang-Vereins, mit siebenundzwanzig Professor für Gesang am Konservatorium, mit achtundzwanzig Dirigent der Gesellschaftskonzerte, erster Dirigent der Hofkapelle mit zweiunddreißig und mit achtunddreißig Hofopernkapellmeister, auch als Komponist in Grenzen erfolgreich. Ihm verdankt Wien die Uraufführung von Franz Schuberts großer C-Dur-Sinfonie und die Entdeckung der *Unvollendeten*.

Johann Herbeck, seit 1874 Ritter von Herbeck! Was für ein Aufstieg! – Und was für ein Ende! Fünf Jahre leitete er die Hofoperndirektion, dann fiel er einer der berüchtigten Wiener Intrigen zum Opfer. Dem respektvollen Buch Ludwig Herbecks über das Leben seines Vaters entnehme ich, dass Johann Herbeck seine vielfältigen musikalischen Aktivitäten nach der Entlassung als Hofoperndirektor zwar weiterführte, dass aber Ärger, Zweifel und Enttäuschung die Oberhand behielten. Im Alter von fünfundvierzig Jahren starb er an einer Lungenentzündung.

Ich würdige Johann von Herbeck in meinen Aufzeichnungen deshalb etwas ausführlicher, weil es ihm zu verdanken war, dass Anton Bruckner für Wien gewonnen werden konnte. Eine frühe Begegnung der beiden Männer, die als Anekdote verbreitet ist, fand bereits im Jahr 1861 statt. Bruckner, der damals noch in Linz lebte, hatte bei Simon Sechter in Wien sechs Jahre lang Harmonielehre und Kontrapunkt studiert. Seine Aufgabe bei der Abschlussprüfung bestand darin, zu einem achttaktigen Thema auf der Orgel eine Fuge zu improvisieren. Die Prüfung verlief dermaßen glanzvoll, dass Herbeck, der zur Prüfungskommission gehörte, beim Verlassen des Prüfungsraums sagte: *Er* hätte *uns* prüfen sollen.

Diese Anekdote bestätigt, dass Bruckner den Unterricht bei Simon Sechter sehr ernst genommen hat. Durch ihn erwarb er jene überragende Meisterschaft im Kontrapunkt, im strengen Satz und in polyphoner Stimmführung, die auch in den später komponierten Sinfonien nachweisbar ist. Andererseits soll nicht unerwähnt bleiben, dass der Hoforganist Sechter um die Jahrhundertmitte schon zu den letzten Repräsentanten einer altehrwürdigen, um nicht zu sagen anachronistischen Kompositionsschule gehörte, über die der Sinfoniker Bruckner in späteren Jahren weit hinausging. Modernität wäre unmöglich gewesen, wäre Anton Bruckner in der Sechter-Schule stecken geblieben.

Im September 1867 starb Simon Sechter. Am Konservatorium der Gesellschaft der Musikfreunde war seine Lehrstelle für Orgel und Musiktheorie neu zu besetzen und Johann Herbeck fragte im Mai 1868 bei Anton Bruckner in Linz an, ob er ihn dafür gewinnen könne. Herbeck wusste, dass Wien für Bruckner eine starke Verlockung war. Der hochgeschätzte Organist hatte im Vorjahr um Aufnahme in die k.k. Hofmusikkapelle angesucht und um einen Lehrauftrag für Komposition an der Universität, beides erfolglos. An der Universität gab es keine Professur für Komposition, was der weltfremde Bruckner natürlich nicht wusste.

Wer nun meint, der an Wien interessierte Bruckner hätte Herbecks Anfrage sofort mit einem begeisterten Ja beantwortet, kennt diesen Mann nicht. Das Angebot war ehrenhaft, gewiss, aber war es auf Dauer tragfähig? Ganz zufrieden war Bruckner in den beschränkten Linzer Verhältnissen gewiss nicht, ganz unglücklich allerdings auch nicht. Und vor allem: Würde er in Wien glücklicher werden?

Anton Bruckner war das Kind einfacher Leute. Er wusste, was finanzielle Sorgen sind. Linz machte ihn nicht reich, aber er hatte sein sicheres Auskommen, sein gewohntes Leben und musste nicht um Anerkennung kämpfen, denn er hatte sie schon. Wien war ein Abenteuer, auch ein finanzielles, und ein Abenteurer war Anton Bruckner eigentlich nur, wenn er komponierte oder an der Orgel improvisierte.

Rudolf Weinwurm, ein gebürtiger Niederösterreicher, gehört als Universitätsmusikdirektor zur Wiener Kulturprominenz. Es ist allgemein bekannt, dass er ein guter Freund unseres Meisters war. Daher war es für mich naheliegend, Direktor Weinwurm um ein Gespräch zu bitten, das er mir freundlich gewährte. Er zeigte mir vertrauensvoll einen Brief, in welchem ihm Bruckner gestand, die Entscheidung für oder gegen Wien quäle ihn so sehr, dass er weder essen noch schlafen könne. Letztlich, so Weinwurm, sei es Johann Herbecks Geduld und Einsatzfreude zu verdanken gewesen, dass die Sache ihr gutes Ende gefunden habe. Die Gesellschaft der Musikfreunde erhöhte das angebotene Jahresgehalt von 600 auf 800 Gulden, im Juli 1868 wurde der Kontrakt unterfertigt. Im September folgte die Ernennung zum *expektierenden k.k. Hoforganisten*, im Oktober übersiedelte Bruckner gemeinsam mit seiner jüngeren Schwester Maria Anna nach Wien, bezog eine Wohnung in der Währingerstraße und nahm seine Lehrtätigkeit auf.

Dennoch, seine Zweifel – teils an den Wiener Verhältnissen, teils vielleicht auch an sich selbst – waren nicht völlig zerstreut. Bruckner brauchte Sicherheiten. Er ersuchte das bischöfliche Ordinariat Linz, ihm den Posten des Domorganisten für einige Jahre zu reservieren – für den Fall seines Scheiterns in Wien und an Wien. Das Ordinariat erfüllte die Bitte, aber die Sorge war unbegründet. Bruckner kam, Bruckner blieb. Er behauptete sich in Wien und war als Lehrer beliebt, worauf ich noch ausführlich zurückkommen werde. Als Organist feierte er internationale Erfolge.

Im April 1869 wurde in der Kirche St. Eprve in Nancy eine neue Orgel eingeweiht, die auf der Pariser Weltausstellung ausgezeichnet worden war. Anton Bruckner wurde – neben anderen Organisten – zu einem Probespiel eingeladen, das begeisterte Reaktionen auslöste. Im *Journal de Meurthe* las man, der Wiener Hof könne sich glücklich schätzen, einen solchen Künstler zu besitzen! Man lud Bruckner ein, auch in Paris eine neue Orgel auszuprobieren. Er nahm die Einladung an, spielte im Atelier des Orgelbauers Merklin-Schütz und in der Kirche Notre-Dame, abermals mit beachtlichem Erfolg.

Zwei Jahre später reiste er zur Weltausstellung nach England. Die Reaktionen auf sein Orgelspiel fielen zwar nicht so überschwänglich aus wie in Frankreich, aber bestätigt sah sich Bruckner allemal, mehr zumindest als in Wien. Denn wenn ich oben geschrieben habe, Bruckner sei zum k.k. Hoforganisten ernannt worden, so weckt diese Formulierung vielleicht übertrieben günstige Vorstellungen. Die Hofkapelle war seit Kaiser Maximilian I. die bedeutendste Pflegestätte für katholische Kirchenmusik, ihre Geschichte ist mit bleibenden Namen geschmückt: Heinrich Isaak, Paul Hofheimer, Johann Josef Fux, Christoph Willibald Gluck, Wolfgang Amadeus Mozart, Franz Schubert. Der international gefeierte Organist Anton Bruckner war aber zunächst nur unbesoldeter *Expektant bei der Orgel der k.k. Hofkapelle*, erst zehn Jahre später wurde er „wirkliches" Mitglied und als solches auch besoldet. In den unvermeidlichen Niederungen der hofmusikalischen Alltagspraxis fand er sich einmal besser, einmal schlechter zurecht, und vielleicht finden wir auch darin die Antwort auf die Frage, warum Anton Bruckner in Wien nur ein einziges Werk für die Orgel komponiert hat, ein Präludium in C-Dur. Seine anderen Orgelstücke, etwa ein halbes Dutzend, stammen aus früheren Jahren. Ich kenne sie nicht. In Fachkreisen gelten sie als unerheblich.

Wenn ich die von mir gesammelten Dokumente überblicke und richtig interpretiere, dann gründete sich Bruckners Ruhm als Organist vor allem auf seine Improvisationskunst, weniger auf ein beeindruckendes Repertoire der Konzertliteratur. Vielleicht war für ihn die Orgel vor allem die Dienerin der Liturgie. So hatte er sie ja als Knabe kennengelernt, und ich, der ich selbst ein Kind der Provinz bin, füge den oberösterreichischen Nachbarn sicher kein Unrecht zu, wenn ich mutmaße, dass in Bruckners Kindheitsort Ansfelden das Niveau der kirchenmusikalischen Praxis nicht übertrieben hoch anzusetzen ist. Meisterschaft auf der Orgel lernte der Knabe Bruckner erst in St. Florian kennen.

Die Berichte, die ich von Ohrenzeugen gesammelt habe, erhärten in mir die Gewissheit, dass Bruckner imstande war, über jedes Thema, das man ihm vorlegte, höchst kunstvoll zu improvisieren, angefangen bei einem Fugenthema von Bach über Haydns Kaiser-Hymne und Motive aus eigenen Sinfonien bis hin zu Sequenzen aus Wagner-Opern. Das Requiem für Franz Liszt am 4. August 1886 in der Bayreuther Schlosskirche bereicherte Anton Bruckner mit einer Improvisation zu Parsifal-Themen.

Ein nur vorläufiges und vorsichtiges Urteil erlaube ich mir über die Behauptung, man verstehe Bruckners Sinfonien nur, wenn man sie aus der Eigenart der Orgel begreife. Geäußert wurde diese Behauptung schon mehrmals. Begründet wurde sie mit Hinweisen auf die Instrumentierung, die den Registern der Orgel entspräche, auf die kontrapunktische Führung der Stimmen, auf den stufenartigen Bau, den bisweilen abrupten Wechsel von zarten kammermusikalischen Sequenzen mit Tutti-Sequenzen im Fortissimo. Ein Geiger der Wiener Philharmoniker meint, die langen Tremolo-Passagen erinnerten ihn an die liegenden Töne der Orgel. Zutreffend könnte vielleicht auch der Umkehrschluss sein, in der Weise nämlich, dass Bruckners außergewöhnliche Improvisationskunst auf der Orgel das schöpferische Denken eines Sinfonikers verriet. Die einen sagen so, die anderen so. Ich weiß es nicht, denn ich habe Bruckners Orgelspiel nie gehört. Dass er zu Weihnachten 1894 in Klosterneuburg zum letzten Mal an einer Orgel gesessen ist, war mir leider nicht bekannt. Ich wäre notfalls zu Fuß hingepilgert.

||

Hätte ein Komponistenleben Satzbezeichnungen, so könnte man Anton Bruckners sinfonische Schaffensphase – sie erstreckt sich über drei Jahrzehnte – folgendermaßen übertiteln: Spät und langsam, aber systematisch und beharrlich. Als er sich in den Sechzigerjahren an die große sinfonische Form heranwagte, war diese noch unauflöslich mit dem Namen Ludwig van Beethoven verbunden. Nicht nur für Eduard Hanslick blieben

Beethovens Sinfonien das Maß aller weiteren Dinge. Bloße Kopien widersprechen aber unserer neueren Auffassung des Fortschritts. Weiterentwicklung ja, aber in welchem Ausmaß und in welchen Modi? Wie weit darf und soll sich der Sinfoniker des auslaufenden Jahrhunderts von Beethoven entfernen? Wer hat bisher den besten Weg gefunden? Mendelssohn? Schumann? Berlioz? Am kühnsten vielleicht Franz Schubert in der großen C-Dur-Sinfonie. Man muss bedenken, dass er sie in den Jahren 1825/26 komponierte, als die Uraufführung von Beethovens Neunter gerade einmal ein Jahr zurücklag.

In seinen ersten vier Lebensjahrzehnten war der Komponist Anton Bruckner fast nur mit geistlichen Werken und weltlichen Vokalwerken in Erscheinung getreten, darunter immerhin drei Messen und ein Requiem. Die Sinfonie war für ihn kompositorisches Neuland, das ihn kraftvoll anzog, das er aber nicht unvorbereitet betreten wollte. An seine Studienjahre bei Simon Sechter schloss er zwei weitere Lehrjahre bei Otto Kitzler an, der von 1861 bis 1863 in Linz Theaterkapellmeister war.

Seit 1868 ist Kitzler Direktor des Brünner Musikvereins. Im März dieses Jahres brachte er dort Bruckners Zweite Sinfonie zur Aufführung, ein Konzertereignis, das ich mir natürlich nicht entgehen ließ. Kitzler gewährte mir ein Gespräch, das ich aus dem Gedächtnis protokolliert habe:

Als Bruckner bei mir um Unterricht in Formenlehre und Orchestrierung ansuchte, war ich überrascht. Er war ja alles andere als ein Anfänger, brachte einen Abschluss am Wiener Konservatorium mit und war um zehn Jahre älter als ich. Ich nahm mit ihm einige Grundlagenwerke durch, die Formenlehre von Richter, die Kompositionslehren von Lobe und Marx. Die Sonatenform, vor allem ihre Übertragung auf die große sinfonische Form, studierten wir an Beispielen von Beethoven, die Instrumentierung in den Partituren verschiedener klassischer Orchesterwerke. Im Februar 1863 führte ich am Linzer Theater den Tannhäuser *auf. Ein starker Erfolg, wie ich meine! Aber noch stärker war der Eindruck, den die Oper auf Bruckner machte. Akribisch studierte er die Partitur. Seither hat ihn Wagner nicht mehr losgelassen. Der Sinfoniker Bruckner ohne Wagner, das wäre sicher etwas anderes geworden, wahrscheinlich wäre er überhaupt kein Sinfoniker geworden.*

Otto Kitzler versicherte mir, dass er und Bruckner einander seit fast vierzig Jahren freundschaftlich verbunden seien und dass er sehr bedaure, dass der Meister wegen seiner angeschlagenen Gesundheit der Einladung zur Aufführung seiner Zweiten Sinfonie in Brünn nicht habe nachkommen können. Daher, so Kitzler, sei ihm – bei allem Respekt – auch das eine oder andere kritische Wort gestattet. Die erste Sinfonie, die Bruckner komponiert habe, sei nicht grandios gewesen. Das habe er, Kitzler, ihm auch gesagt, höflich, aber ohne Beschönigung. Bruckner sei damals sichtlich enttäuscht gewesen, später habe er aber selbst nur mehr von seiner „Schularbeit“ gesprochen, also einer ersten Kompositionsübung auf sinfonischem Gebiet.

Otto Kitzler sah meinem Gesicht die Irritation an. Was stört Sie?, sagte er, und ich antwortete: Verzeihen Sie, ich habe die c-Moll-Sinfonie gehört, als bloße Schularbeit erschien sie mir durchaus nicht. – Ich meine nicht die Sinfonie in c-Moll, antwortete Kitzler, ich meine ein früheres Werk in f-Moll. Es wurde aber nie aufgeführt und erschien auch nicht im Druck. Daher wissen Sie wahrscheinlich gar nichts von seiner Existenz.

Bis jetzt ist es mir nicht gelungen, in Anton Bruckners frühe sinfonische Schaffensphase, die ich zwischen 1865 und 1872 ansetze, eine überzeugende zeitliche Ordnung zu bringen. Die Erste Sinfonie in c-Moll erklang erstmals 1868 im Linzer Redoutensaal unter Bruckners Dirigat. Eine Zweite Sinfonie in d-Moll, die nie aufgeführt wurde, soll Bruckner zurückgezogen haben. So wäre jene Zweite Sinfonie in c-Moll, die 1873 erfolgreich uraufgeführt wurde, eigentlich schon seine dritte. Zählt man aber diese „sinfonische Schularbeit“, von der mir Otto Kitzler erzählt hat, auch noch dazu, dann gäbe es eine Erste in f-Moll, eine Zweite in c-Moll, eine Dritte in d-Moll, eine Vierte in c-Moll. Jene Vierte in Es-Dur, die wir *die Romantische* nennen, wäre dann die Sechste, weil ja zwischen ihr und der zweiten c-Moll-Sinfonie noch die d-Moll-Sinfonie liegt, die Wagner-Sinfonie genannt wird und in gewohnter Zählung als Dritte angeführt wird, während sie in Wahrheit die Fünfte sein könnte. Die offizielle Fünfte ist aber nicht sie, sondern die Sinfonie in B-Dur ... Und so weiter ... Man droht zu verzweifeln!

Als wäre das chronologische Chaos nicht schon groß genug, kommt noch hinzu, dass es von einigen Sinfonien zwei oder mehr Fassungen gibt. Von der Zweiten Sinfonie in c-Moll gibt es eine erste Fassung aus dem Jahr 1873, eine zweite aus dem Jahr 1876 und eine Druckfassung von 1894. Auch von der Dritten und der Vierten gibt es drei Fassungen, von der schon ausgeführten Achten wenigstens nur zwei. Ich verzichte in dieser ersten Niederschrift meines Vorhabens noch auf die ausführliche Darstellung dieses Problems. In der letzten, druckreifen Fassung meiner großen Bruckner-Biografie muss und werde ich aber alles detailliert ausführen.

Ich kenne keinen bedeutenden Komponisten außer Anton Bruckner, der sich Werke, die er bereits der Öffentlichkeit übergeben hatte, immer wieder aufs Neue vornahm, um sie zu überarbeiten und zu verbessern. Dass sich Kenntnisse, Ansichten und Urteile im Laufe der Lebens- und Schaffensjahre ändern, ist nicht ungewöhnlich. Auch das

Wunderkind Mozart war mit sechzehn kein Vollendeter. Dennoch wäre er nicht auf die Idee gekommen, von einem Klavierkonzert, das er als Sechzehnjähriger komponiert hat, als Dreißigjähriger eine revidierte Fassung anzulegen. Er komponierte eben ein neues Konzert nach dem Stande seiner gegenwärtigen künstlerischen Entwicklung.

Wir sollten uns nicht der kritischen Frage verschließen, ob eine spätere Änderung in jedem Fall zu einer Verbesserung führt. Mir scheint, dass unsere Zeit in einem etwas einfältigen Fortschrittsdenken befangen ist, das im Neueren per se das Bessere sieht. Für Lokomotiven und Beleuchtungskörper mag das zutreffen, aber für Sinfonien, Sonaten und Opern? Vielleicht hören künftige Ohren anders als unsere heutigen. Vielleicht urteilen sie über die Werke der Vergangenheit nach anderen Kriterien als wir.

Wenn mir Gott die Gnade eines langen Lebens bei guter Gesundheit und brauchbarem Geist gewährt, dann werde ich – vielleicht im Jahr 1930 oder 1950 – mit großem Interesse beobachten, wie spätere Musikergenerationen die Fassungen der Bruckner'schen Sinfonien beurteilen und welche sie für Konzerte heranziehen. Ich bin mir nicht sicher, ob es immer nur Einsicht und eigener Wille waren, die Anton Bruckner zur Revision seiner Kompositionen veranlassten. Oft genug war er kritischer Ablehnung oder gar Anfeindung ausgesetzt, unsicher und sensibel. Änderte er seine Musik, damit sie von Dirigenten angenommen, von Orchestermusikern als spielbar akzeptiert wurde? Oder waren die Änderungen und Eingriffe tatsächlich die Folge eines authentischen Drangs zur künstlerischen Perfektionierung? Ich weiß es nicht. Vielleicht war es beides. Und welche Rolle spielten dabei jene Bruckner-Schüler, die sich für die Aufführung seiner Sinfonien einsetzten, allen voran die Brüder Josef und Franz Schalk?

Ich bemerke, während ich darüber schreibe, wie unsicher ich in dieser Frage bin. Wir müssen schon eine recht radikale Auffassung von Genialität haben, wenn wir den ersten Einfall eines schöpferischen Menschen absolut setzen, als wäre er der einzig wahrhaftige für alle Zeiten. Der Komponist verändert im Laufe der Werkentstehung selbst die eine oder andere seiner ursprünglichen Ideen, erprobt Varianten und wählt unter ihnen. Warum sollte nicht die Beobachtung und Meinung anderer, sofern sie fachkundig und gutwillig sind, auch zu günstiger Modifizierung eines Werks beitragen? Anton Bruckner, sagen mir selbst ausgezeichnete Orchestermusiker, habe nicht nachgedacht über die technische Bewältigung der Instrumentalstimmen. Gewisse Änderungen seien im Laufe der Probenarbeiten unvermeidlich gewesen, auch um ungünstige Klangwirkungen zu vermeiden. Bruckner sei dazu bereit gewesen. Und ich sage: Warum auch nicht?

II

Meine Hoffnung, die Entstehungs- und Wirkungsgeschichte der Dritten Sinfonie in d-Moll könnte zur Klärung des Grundproblems Entscheidendes beitragen, erfüllte sich leider nicht. Anton Bruckner komponierte sie in den frühen Siebzigerjahren, als er sich in Wien schon eingerichtet hatte. Als er 1873 nach Bayreuth reiste, packte er die Dritte in d-Moll und die Zweite in c-Moll ein, legte Richard Wagner beide Werke vor und bat ihn, sich eines für eine Widmung auszusuchen. Wagner entschied sich für die Dritte. Bruckners Widmung lautet: *Sr. Hochwohlgeboren Herrn Richard Wagner, dem unerreichbaren, weltberühmten und erhabenen Meister der Dicht- und Tonkunst, in tiefster Ehrfurcht gewidmet.* Ein merkwürdig barocker Stil, als würde sich der Untertan submissest an seinen Fürsten wenden.

Dass der *unerreichbare, weltberühmte und erhabene Meister* die Widmung annahm, musste Bruckner in der Meinung bestärken, er habe etwas Großes geschaffen. Umso schlimmer war gewiss seine Enttäuschung, als sich die Wiener Philharmoniker weigerten, seine neue Sinfonie auch nur zu proben. Wie reagierte er? Meiner Einschätzung nach zeigt sich hier diese nur scheinbare Widersprüchlichkeit seines Charakters: einerseits kränkbar, unsicher und defensiv, andererseits hartnäckig und beharrlich. Ich will das Positive dieser Haltung herausstreichen: Hartnäckigkeit ohne Sturheit, Unsicherheit ohne Resignation. Als ich die ländlichen Gegenden bereiste, in denen Bruckner aufgewachsen ist, fielen mir die vielen reparierten Gegenstände auf. Man wirft schadhafte Dinge nicht einfach weg, man repariert und verbessert sie. Könnte diese Haltung Bruckners künstlerische Arbeit bestimmt haben? Er *reparierte* seine Dritte Sinfonie und legte eine zweite Fassung vor, die 1877 im Wiener Musikverein aufgeführt wurde.

Die Umstände waren ungünstig, das Verhängnis geradezu schicksalhaft. Johann von Herbeck, der sich für die Dritte eingesetzt hatte und die Uraufführung dirigieren sollte, starb am 28. Oktober 1877, wenige Wochen vor dem Aufführungstermin. Bruckner, der wenig Erfahrung mit Orchesterdirigaten hatte, musste einspringen. Die Rezensionen sagen alles: *Man kommt bei dieser Musik aus dem Kopfschütteln nicht heraus, greift sich wohl auch zeitweilig an den Puls, um sich zu überzeugen, ob das Gehörte nicht etwa Produkt selbsteigenen Fiebers sei. Noch bevor Herr Bruckner den Taktstock hob, begann ein Teil des Publikums schon aus dem Saale zu strömen und dieser Exodus nahm nach jedem Satze immer größere Dimensio-*

nen an, so daß das Finale, welches an Absonderlichkeit alle seine Vorgänger überbietet, nur mehr vor einer kleinen Schar zum Äußersten entschlossener Waghälse abgespielt wurde. (*Abendpost* vom 17. Dezember 1877).

Und Hanslick schrieb: *Wir möchten dem als Menschen und Künstler von uns aufrichtig geehrten Komponisten, der es mit der Kunst ehrlich meint, so seltsam er mit ihr umgeht, nicht gerne wehtun, darum setzen wir an die Stelle einer Kritik lieber das bescheidene Geständnis, daß wir seine gigantische Symphonie nicht verstanden haben. Weder seine poetischen Intentionen wurden uns klar – vielleicht eine Vision, wie Beethovens „Neunte" mit Wagner's „Walküre" Freundschaft schließt und endlich unter die Hufe ihrer Pferde gerät – noch den rein musikalischen Zusammenhang vermochten wir zu fassen.*

Es ist mir ein Rätsel, wie Anton Bruckner zehn Jahre nach dieser verheerenden Niederlage die Kraft zu einer neuerlichen „Reparatur" der Dritten Sinfonie aufbrachte. In den Achtzigerjahren hatte er die Uraufführungen seiner Vierten, seiner Sechsten und seiner Siebenten erlebt. Der große Erfolg der Siebenten 1884, nicht in Wien, sondern in Leipzig, muss sein Selbstbewusstsein gestärkt haben. In der zweiten Hälfte der Achtzigerjahre arbeitete er schon an seiner Achten. Wozu also der Rückgriff auf jenes sinfonische Werk, das in zwei Fassungen so viel Ablehnung erfahren hatte?

Ich kenne das glaubwürdige Gerücht, dass der Bruckner-Schüler und Bruckner-Freund Franz Schalk einen gewichtigen Teil der Revision geleistet haben soll, insbesondere die radikale Kürzung des Finalsatzes, über die man geteilter Meinung sein kann. Schalk ist seit dem Vorjahr am Deutschen Theater in Prag engagiert. Ich habe ihm in einem höflichen Brief vier Fragen gestellt. *1. Ist es richtig, dass die 3. Fassung der sogenannten „Wagner-Sinfonie" zu einem gewichtigen Teil Ihre Arbeit ist? 2. Wenn ja: Können Sie mir die wichtigsten Überlegungen mitteilen, denen Sie bei der Bearbeitung gefolgt sind? 3. Hat Anton Bruckner alle Änderungen autorisiert, auch die starke Kürzung des Finalsatzes? 4. Inwiefern sehen Sie diese Komposition, die Bruckner selbst „Wagner-Sinfonie" nannte, durch Richard Wagner beeinflusst?* Leider habe ich in den vier Monaten, die seither verstrichen sind, keine Antwort von Franz Schalk erhalten. – Ob ich das ärgerlich finde? Ja, sehr ärgerlich!

Meine Frage nach dem Einfluss von Richard Wagner auf Bruckners kompositorischen Stil stellte ich, weil ich Schwierigkeiten habe, diesen Einfluss im Detail nachzuweisen. Meine Forschungen zu Bruckners Wagner-Verehrung – denn von Verehrung in einem nahezu unvernünftigen Ausmaß muss ich ausgehen – haben ein provisorisches Bild ergeben: Wie bereits erwähnt, verdankt Bruckner die Annäherung an Wagners Musik seinem Kompositionslehrer Otto Kitzler. Bruckners *Tannhäuser*-Erlebnis von 1863 stelle ich mir von ähnlicher Tiefe vor wie mein Erlebnis der Achten dreißig Jahre später. Und es heißt, Bruckner wäre ohne Wagner ein anderer Sinfoniker geworden. Das klingt zwar plausibel, müsste aber im Detail nachgewiesen werden, eine Aufgabe, die ich immer wieder hinausschiebe, weil sie mich überfordert. Wieder einmal: Die Kunst ist lang und kurz ist unser Leben!

Otto Kitzler sagte mir, Bruckner hätte im Finale der Dritten Sinfonie das Liebestod-Motiv aus *Tristan und Isolde* und das Schlafmotiv aus den *Walküren* zitiert, allerdings nur in der ersten Fassung. Bei der Umarbeitung seien diese Zitate der Kürzung zum Opfer gefallen. So etwas muss man *wissen*! Es zu *entdecken* kann Jahre dauern und bedarf einer detaillierten Kenntnis der Wagner-Opern, über die ich noch nicht verfüge. Ich werde mich vorläufig darauf beschränken müssen, Wagners Einfluss auf die Instrumentation und auf die eine oder andere Klangwirkung nachzuweisen.

Im Jahr 1865 wurde in München *Tristan und Isolde* uraufgeführt. Bruckner war dabei und lernte Wagner persönlich kennen. Beim einzigen Gespräch, das ich mit dem verstorbenen Meister führen konnte, zeigte mir Bruckner ein fotografisches Porträt, das ihm Wagner, mit Unterschrift versehen, 1865 in München überreicht hatte – unter

Kollegen ein etwas asymmetrischer, beinahe peinlicher Vorgang, wie mir scheint. Ich sehe Bruckner vor mir, in zu kurzer, zu weiter Hose und zu langem Rock, devot an Wagner herantrippelnd, den breitkrempigen Schlapphut abnehmend, Unterwerfungs- und Verehrungsworte im Mund. Ist das nicht würdelos, provinziell, tölpelhaft? Einerseits schon, andererseits muss man bedenken, dass Anton Bruckner Mitte der Sechzigerjahre als Komponist noch kaum bekannt war. Er war ein Organist aus Linz, der vor allem kirchenmusikalische Werke komponierte und als Chorleiter der Liedertafel Frohsinn wirkte. Im Vergleich mit Richard Wagner war er tatsächlich eine künstlerische Provinzexistenz.

Bruckner las mir – auch das nicht ohne Stolz – einen kurzen Brief von Richard Wagner vor, in dem dieser ihm erlaubte, die Schlussrede des Hans Sachs und den Schlusschor aus *Die Meistersinger von Nürnberg* noch vor der Uraufführung der Oper in München bei einem Konzert der Liedertafel Frohsinn in Linz aufzuführen. Bei der Uraufführung des Rings 1876 in Bayreuth war ich Richard Wagners persönlicher Gast, sagte Bruckner. Er sagte es mit Stolz und zeigte mir die Wagner-Büste, die er in seiner Wohnung aufgestellt hatte.

Mein Bemühen, Würdigungen der Musik Anton Bruckners durch Richard Wagner aufzuspüren, verlief bisher ergebnislos. Umgekehrt fand ich aber auch kein Dokument, das auf eine vertiefte Auseinandersetzung Bruckners mit Wagners Opern schließen ließe. Er besuchte zwar die Wagner-Aufführungen in Bayreuth, auch in Wien, aber das Konzept des Gesamtkunstwerks intellektuell zu durchdringen, dürfte ihm die Mühe nicht wert gewesen sein. Libretto und Inszenierung, für Wagner Teile eines Ganzen, das von der Musik einerseits durchströmt, andererseits zusammengehalten wurde, interessierten Bruckner offensichtlich nicht.

Ein ehemaliger Bruckner-Schüler erzählte mir dazu eine Begebenheit von anekdotischem Wert. Meine Auskunftsperson besuchte eine Aufführung des *Siegfried* in der Hofoper auf dem vierten Rang und begegnete dort zu seiner Überraschung Anton Bruckner, noch dazu an einer Stelle, von der aus die Bühne nicht zu sehen war. Konzentriert lauschte Bruckner der gesamten Aufführung, ohne einen einzigen Blick auf das Bühnengeschehen zu werfen. Ihn interessierte die Musik als solche, als Melodie, Harmonie und Rhythmus. Folglich hätten wir auch keine wirklich guten Gründe, Bruckners eigentlich absolute Musik der sogenannten „neudeutschen Schule" zuzuordnen. Nicht nur Wagners Opern, auch die sinfonischen Dichtungen von Franz Liszt folgen anderen Überlegungen und einem anderen musikalischen Formwillen.

Anton Bruckner und Richard Wagner, das waren, wie mir scheint, doch zwei sehr verschiedene Künstlerpersönlichkeiten. Wagner war nicht nur ein großer Musiker, er war auch ein Weltmann, ein Intellektueller, nicht nur klanggewaltig in seinen Kompositionen, auch wortgewaltig in seinen Schriften, äußerem Prunk nicht abgeneigt. Bruckner hingegen gilt – ich kann und will es nicht verschweigen – auch bei Menschen, die ihm wohlgesonnen sind, als ungebildet. Seine zweifellos guten Kenntnisse der Bibel werden in unserer Epoche nicht mehr als bildungsrelevant geschätzt.

Möglicherweise erwartete Bruckner, dass die Wertschätzung seiner Musik durch den umstrittenen, aber weltberühmten Richard Wagner seiner eigenen Reputation förderlich wäre. In Wien war aber das Gegenteil der Fall. Wagnerianer zu sein steht noch heute, dreizehn Jahre nach Wagners Tod, im Verdacht kultureller Barbarei. Wir leben nach wie vor im Imperium Hanslick.

||

Im September 1882 war Richard Wagner, um dessen Gesundheit es nicht gut stand, mit seiner Familie nach Venedig gereist, wo er die folgenden Monate verbrachte. Am 13. Februar 1883 starb er im Palazzo Vendramin-Calergi in den Armen seiner Frau Cosima. Der Bildhauer Augusto Benvenuti nahm die Totenmaske ab. Zwei Tage später wurde Wagners Leichnam nach Bayreuth überführt und am 18. Februar zu den Klängen des Trauermarsches aus *Götterdämmerung* in der Gruft, die im Garten der Villa Wahnfried errichtet worden war, beigesetzt.

Als Richard Wagner starb, arbeitete Anton Bruckner gerade am Adagio seiner Siebenten Sinfonie. War es ein Zufall, dass er in der Siebenten die sogenannten Wagner-Tuben einsetzte? Oder traf er diese Entscheidung erst, nachdem er von Wagners Tod erfahren hatte? *Sehr feierlich und sehr langsam* will Bruckner dieses Adagio hören, dessen schwermütiges Hauptthema von Tuben und Bratschen in cis-Moll vorgetragen wird. In den Takten 4–6 steigen die Streicher markant vom E zum Gis auf, eine Idee, die der Komponist angeblich mit einem hoffnungsstarken *Non confundar in aeternum*-Bekenntnis verknüpft hat. Das Seitenthema wirkt heller, um nicht zu sagen: heiterer. Die Wiederaufnahme des Hauptthemas ab Takt 157 leitet eine Steigerung ein, deren großartiger Höhepunkt ein Quartsextakkord in C-Dur ist – mit Triangel und Beckenschlag! ... Dann tritt Beruhigung ein ... An dieser Stelle der Komposition war Bruckner angeblich angelangt, als ihn die Nachricht vom Tod Richard Wagners erreichte. Die nun folgende Coda ist die Trauermusik für den verstorbenen Meister, cis-Moll, choral-artig, darüber die Fortissimo-Klage der Hörner, letztlich verstummend im dreifachen Piano eines dunklen Streicher-Pizzicato.

Die Uraufführung der Siebenten Sinfonie verhalf der öffentlichen Wahrnehmung des Sinfonikers Anton Bruckner zu einer günstigen Entwicklung. Verdienstvollen Anteil daran hatte Arthur Nikisch, der Dirigent der Uraufführung, die nicht in Wien stattfand, sondern in Leipzig.

Im November 1895 wurde im Gewandhaus Anton Bruckners wunderbares Streichquintett gespielt. Ich nahm das Konzert zum Anlass, nach Leipzig zu reisen und Arthur Nikisch um ein Gespräch zu bitten. Die Auskünfte, die er mir zur Uraufführung der Siebenten gab, sind für meine Arbeit von unschätzbarem Wert. Ich fasse meine Gesprächsnotizen zusammen: Josef Schalk und Ferdinand Löwe, auch er ein Bruckner-Schüler, besorgten im Februar 1884 die Erstaufführung der gesamten E-Dur-Sinfonie in einer Fassung für zwei Klaviere im Wiener Richard-Wagner-Verein, dem selbstredend auch Bruckner angehörte. Schalk brachte die Siebente in dieser Klavier-Version nach Leipzig, um Arthur Nikisch zu einer Aufführung anzuregen. Nikisch war dermaßen beeindruckt, dass er die Aufführung sofort zusagte, nicht in der Version für zwei Klaviere, sondern in der Orchesterfassung. Nikisch verständigte Bruckner in einem Brief. Der Meister war überglücklich. Ich zitiere aus meiner Abschrift von Bruckners Antwortbrief vom

April 1884: *Ich erlaube mir, Euer Hochwohlgeboren meinen tiefgerührten Dank für Ihre Liebenswürdigkeit abzustatten. An ihren beifälligen Äußerungen atme ich wieder auf, und denke: „endlich hast du einen wirklichen Künstler gefunden.“ Sie sind ja doch der Einzige, der mich retten kann, und Gott sei Dank! auch retten will.*

Ab nun, so Nikisch, habe er sich mit Bruckner regelmäßig über das Vorhaben ausgetauscht. Meine naheliegende Frage, ob der Meister aufgrund dieses Austauschs Änderungen an der Partitur vorgenommen habe, beantwortete Nikisch nahezu verwundert: Na, selbstverständlich! Nicht im Grundsätzlichen, aber in unbefriedigenden Einzelheiten. Bruckner sei stets interessiert gewesen an wohlwollend-höflicher Kritik und bis zu den letzten Proben aufgeschlossen gegenüber Änderungsvorschlägen. Zur Verwendung von Becken und Triangel im Adagio hätte man den Meister allerdings geduldig überreden müssen. Und in manchem sei Bruckner auch unnachgiebig geblieben – um nicht zu sagen: stur. Dass in Leipzig keine Tuben zur Verfügung standen und durch Hörner ersetzt werden sollten, wollte er nicht akzeptieren.

Anton Bruckner, sagte Nikisch, habe sein großes Vorhaben, als Sinfoniker in die Musikgeschichte einzugehen, allen Rückschlägen zum Trotz mit bewundernswerter Beharrlichkeit verfolgt, der Selbstsicherste sei er dennoch nicht gewesen. Drei

Monate vor dem Konzerttermin am 30. Dezember habe Bruckner plötzlich befürchtet, das Leipziger Publikum könnte von der Siebenten überfordert sein. Ob man es für den Anfang nicht lieber mit der Vierten, der *Romantischen*, versuchen solle …

Arthur Nikisch kümmerte sich nicht nur um penible Probenarbeit, sondern auch um die Vorbereitung von Publikum und Kritik auf das anstehende Konzertereignis. Er führte Vorgespräche mit Musikkritikern und hielt Einführungsvorträge. Nikisch war vom Erfolg der Siebenten überzeugt und sollte recht behalten. Nicht alle Kritiker waren zwar seiner Meinung, aber die Wertschätzung überwog, das Publikum jubelte und die internationale Aufmerksamkeit für den Namen Anton Bruckner stieg sprunghaft.

So hilf- und segensreich es war, dass Arthur Nikisch für Bruckners Schaffen kraftvoll eintrat, frage ich mich doch, ob es klug von ihm war, die Erstaufführung der Siebenten in ein ziemlich opulentes Konzertprogramm neudeutscher Färbung einzubetten. Vor der Siebenten, die allein eine Spielzeit von mehr als einer Stunde beansprucht, erklangen *Les Préludes* von Franz Liszt und Schuberts *Wanderer-Phantasie* in einer Bearbeitung für Klavier und Orchester, nach der Pause Liszts *Don Juan* und Ausschnitte aus der *Götterdämmerung*. Eine gewisse Erschöpfung von Orchester und Publikum ist da nicht auszuschließen.

Auch wäre es eine beschönigende Vereinfachung, ab nun von einem makellosen Siegeszug des Sinfonikers Anton Bruckner zu sprechen. Ein großer, wahrscheinlich entscheidender Schritt zu höchster Anerkennung war zwar getan, aber Rückschläge blieben nach wie vor nicht aus. Der Dirigent Hermann Levi war zwar auch beeindruckt von der Siebenten, meinte aber, sie dem Münchner Publikum noch nicht in voller Länge zumuten zu können. Er brachte vorläufig nur das Adagio zur Aufführung. Bruckners Zweifel, ob er der Wiener Erstaufführung 1886 überhaupt zustimmen soll, erwies sich als begründet. Unberührt und unbeeindruckt von den jüngsten Glanzlichtern der internationalen Bruckner-Rezeption hielt man im Imperium Hanslick an der zur Gewohnheit verkrusteten Aversion fest. Ich zitiere aus den Kritiken:

Das Publikum flüchtete zum Teil schon nach dem 2. Satz dieser symphonischen Riesenschlange, flüchtete in hellen Haufen nach dem 3., sodaß nur ein kleiner Teil der Hörerschaft im Genuße des Finales verblieb. Diese mutige Bruckner-Legion applaudierte und jubelte aber mit der Wucht von Tausenden. Bruckner ist der neueste Abgott der Wagnerianer [...] Ich bekenne unumwunden, daß ich über Bruckners Symphonie kaum gerecht urteilen könnte, so unnatürlich, aufgeblasen, krankhaft und verderblich erscheint sie mir. [...] Einer der geachtetsten Musiker Deutschlands [Wen meint er? Brahms vielleicht?] *bezeichnet – in einem Brief an mich – Bruckners Symphonie als den wüsten Traum eines durch zwanzig Tristan-Proben überreizten Orchester-Musikers.* (Eduard Hanslick in der *Neuen Freien Presse*)

Was uns vorübergehend groß und rein an Bruckner erscheint, muß auf Zufall oder Täuschung beruhen, wenn es nicht ein für allemal aufgegeben werden soll, nach einer Erklärung für Abnormitäten eines Sechzigers zu suchen, deren sich ein Zwanziger nicht schnell und ernsthaft genug entledigen könnte. Bruckner komponiert wie ein Betrunkener. (Hanslick-Kettenhund Gustav Dömpke in der *Wiener Allgemeinen Zeitung*)

Bruckner komponiert wie ein Betrunkener? Diesem Urteil will ich ein anderes entgegensetzen: Ein Musikkritiker, der die Genialität einer vielschichtigen, aber durchaus plausiblen Formgebung nicht durchschaut und für die Schönheit kühner Klangwirkungen taub ist, hat entweder Hirn und Herz nie besessen oder ist ihrer im Laufe seines reptilienartigen Daseins verlustig gegangen. Eine Zeitung, die auf sich hält, müsste ihn augenblicklich zum Redaktionsgehilfen degradieren, der Botengänge erledigt, aber die Musikwelt nicht mehr mit seiner Anwesenheit beschädigt! – O ja, auch ich kann bösartig schreiben! Ich habe nämlich das mentale und stilistische Zeug zum gefürchteten Kritiker!

II

Apropos bösartig. Unversöhnlich bis zur groben Gehässigkeit stehen in Wien *Brucknerianer* und *Brahminen* einander gegenüber. Die einen, vorwiegend Angehörige der Wiener Wagner-Gemeinde, sehen sich als künstlerische, bisweilen auch als kulturpolitische Fortschrittspartei; die anderen, geschart um ihren Propheten Eduard Hanslick, sehen sich als Verteidiger und Bewahrer einer absoluten, reinen, „wahren" Musik, insofern als Konservative. Diese Spaltung ist in ihrer vereinfachenden Radikalität die Folge unserer menschlichen Torheit, die vielfältige Welt in gegensätzliche Kategorien einzuteilen: progressiv – konservativ, affektiv – rational, schön – hässlich, schwarz – weiß, gut – böse. Bei genauer, redlicher, geduldiger und vorurteilsfreier Betrachtung erweisen sich die Dinge meist als weniger einfach, und ich wünschte mir, dass die Menschheit den Satz *Es ist alles sehr kompliziert!* zum Leitspruch ihres Denkens und Handelns machte. Ich glaube, wir lebten dann vernünftiger, friedlicher und gelassener.

So unerschütterlich meine Bewunderung für das Werk Anton Bruckners auch ist, nie würde ich in einer Gruppe mitbrüllen, die einen Kunststreit so feindselig austrägt, als zöge man in den Krieg. Der Bruckner-Biograf kann dem belasteten Thema

Brahms oder Bruckner? nicht ausweichen, er kann es aber *sine ira et studio* zum Gegenstand einer beruhigten wissenschaftlichen Untersuchung machen. Nun denn! Ich versuche es!

Dem langen und langsamen, oft auch beschwerlichen Gang des Musikers Anton Bruckner zur Anerkennung wäre eine Künstlerkarriere gegenüberzustellen, deren früher Glanz blendet. Der Schein genialer Leichtigkeit hält aber nur dem ersten, flüchtigen Blick stand. Begünstigt war Johannes Brahms gewiss durch Herkunft und Familie. Seine Geburtsstadt Hamburg hat, vergleicht man sie mit Ansfelden, einige Vorzüge. Brahms' Vater Johann Jakob war zwar kein reicher Mann, aber ein guter Musiker, der es nach Anfängen in der Tanz- und Militärmusik zum Kontrabassisten der Philharmonischen Gesellschaft brachte. Die musikalische Ausbildung seines Sohns war Vater Brahms ein starkes Anliegen. Johannes erhielt seit seinem siebenten Lebensjahr Unterricht bei einem passablen Klavierpädagogen, der die außerordentliche Begabung des Knaben erkannte und ihn bald an Eduard Marxsen weitervermittelte, einen anerkannten Lehrer für Klavier, Musiktheorie und Komposition. Schon als Sechzehnjähriger gab Johannes Brahms Konzerte, bei denen er auch eigene Kompositionen für Klavier vorgetragen haben soll. Erhalten sind diese frühen Werke nicht. Brahms soll sie vernichtet haben.

In den späten Vierzigerjahren gab der junge Brahms bereits selbst Klavierunterricht, ohne große oder gar anhaltende Begeisterung, wie es scheint. Denn in den folgenden Jahrzehnten vermied er, abgesehen von wenigen Privatschülern, jede Art von Lehrtätigkeit. Für Anton Bruckner, den ausgebildeten Schullehrer, blieb sie hingegen zeit seines Lebens eine Haupttätigkeit.

Im Alter von zwanzig Jahren war Bruckner Schulgehilfe im Dörfchen Kronstorf und nahm nebenher Unterricht bei Herrn von Zenetti, Organist und Regens chori in Enns. Johannes Brahms war als Zwanzigjähriger schon ein gefeierter Pianist. Tür und Tor zu den Kultureliten standen ihm offen. In Düsseldorf machte er die Bekanntschaft des berühmten Robert Schumann und seiner Frau Clara und erfreute sich bald ihrer Freundschaft und Förderung. Robert Schumann sparte nicht mit Superlativen und pries Brahms als *den* Meister der Zukunft. Möglicherweise bewirkte diese heftige Umarmung eine musikalische Weichenstellung, denn Clara und Robert Schumann standen der sogenannten „neudeutschen Schule" reserviert gegenüber. *Ihre* Zukunftsmusik durfte keinesfalls klingen wie die von Wagner, Berlioz oder Liszt.

Dennoch gelingt es mir nicht, aus meinen vielen Notizen ein eindeutiges Bild des jungen Künstlers Johannes Brahms zu gewinnen. Einerseits faszinierte ihn das romantische Erbe, nicht nur das musikalische, auch das literarische. Schumann und Brahms begeisterten sich für E.T.A. Hoffmann, vor allem für Hoffmanns Figur des Kapellmeisters Johannes Kreisler, dessen radikale Auffassung des Schöpferischen bedrohlich nahe am Abgrund zum Wahnsinn siedelt, einem Abgrund, in den der bedauernswerte Schumann in seinen letzten zwei Lebensjahren tatsächlich stürzen sollte.

Einerseits Romantik, andererseits Rationalität. Betont Brahms, so ganz im Einklang mit Eduard Hanslicks Musiktheorie, nicht immer wieder das Kalkulierbare, Vernunftgemäße und handwerklich Solide im künstlerischen Akt? Und steht er mit diesem Musikverständnis nicht dem eifrigen Sechter-Schüler und Kontrapunkt-Spezialisten Anton Bruckner erstaunlich nahe? Wage ich die These, dass Brahms' Rationalität und Affektkontrolle, das Gegengewicht zur gefühlstrunkenen Romantik, aus seinem hanseatisch-protestantischen Umfeld erklärbar sind, so müsste ich für Anton Bruckner zu einer anderen geistesgeschichtlichen Ursachenklärung finden ... Ich wage sie: Der österreichische Katholik glaubt noch an Gottes geordneten Kosmos – und gerade dieses Urvertrauen in die große, objektive, metaphysische Ordnung macht ihn frei für das künstlerische Wagnis, für den Sprung ins Offene. Bruckner fürchtet sich nicht vor der Unendlichkeit ... Ich deute das alles vorläufig nur an.

Johannes Brahms ist – ähnlich wie Richard Wagner, aber mit anderen Folgen – ein intellektueller Komponist, vielseitig gebildet, von protestantischer Belesenheit auch in den philosophischen Streitfällen unseres angespannten Jahrhunderts: Schopenhauer, Feuerbach, Nietzsche. Bewundernswert ist auch seine fundierte Kenntnis der musikalischen Tradition, vom 16. Jahrhundert über Bach und Mozart bis zu Beethoven und Schubert. Letzteres verbindet ihn mit Anton Bruckner – und nicht nur mit ihm. Schon Felix Mendelssohn-Bartholdy hatte sich mit Erfolg um das Erbe Johann Sebastian Bachs bemüht, hatte die *Matthäus-Passion* aufgeführt und selbst zwei Oratorien komponiert.

Mit einer fast niedrigen Neugier ging ich der außermusikalischen Frage nach, welcher Art die Freundschaft war, die Johannes Brahms und Clara Schumann verband. Ich wusste nicht, wie ich an intimere Informationen herankommen könnte, die über das landläufig Bekannte hinausgehen. In diesem Fall erwies sich Raimund, umtriebig im gehobenen bürgerlichen Salon, als hilfreicher Freund. Er nimmt es mir nicht übel, dass ich nach meinem Bruckner-Erlebnis und der entschlossenen Neuausrichtung meines Lebens ein wenig von ihm abgerückt bin. Unser Kontakt ist nie abgerissen, beschränkt sich aber auf gewisse männliche Freizeitfreuden, auf die ich trotz meiner strengen Lebensführung nicht ganz verzichten möchte …

Was mir Raimund aus vertraulichen Salongesprächen übermittelt hat, ergibt in groben Zügen folgende Skizze: Johannes Brahms' Gefühle für Clara Schumann, die im Mai dieses Jahres im Alter von 76 Jahren verstorben ist, müssen tief und stark gewesen sein. Raimund hält es für sehr wahrscheinlich, dass Clara diese Gefühle erwidert hat. Nachdem Robert Schumann 1856 verstorben war, wäre – nach gebotenem Trauerjahr – einer legitimen Verbindung mit dem vierundzwanzigjährigen Johannes nichts im Wege gestanden, sieht man einmal davon ab, dass Clara um vierzehn Jahre älter war. Der Altersunterschied hielt Brahms nicht von der Liebe ab, von der Ehe vielleicht schon. Irritierte ihn die Wiederholung in der Familiengeschichte? Brahms' Mutter war um siebzehn Jahre älter als sein Vater. Johann Jakob Brahms wandte sich noch vor dem Tod seiner ersten Frau einer weitaus jüngeren zu, die er später auch heiratete.

Oder ging es um Grundsätzlicheres? Um die Vereinbarkeit von künstlerischer Arbeit und bürgerlichem Leben? Einer nebelhaften Anekdote zufolge soll Johannes Brahms schon als junger Mann die Formel *Frei Aber Einsam* zu seinem Wahlspruch gemacht haben, nachweisbar in der Notenfolge f-a-e. Betrachtete er ein Leben ohne Frau und Familie als Voraussetzung seiner Künstlerexistenz? Er blieb Clara bis zu ihrem Tod freundschaftlich verbunden, heiratete aber weder die Schumann-Witwe noch eine andere Frau. Raimund verdanke ich den Hinweis, dass Brahms seinem angeblichen Wahlspruch *Frei Aber Einsam* einmal fast untreu geworden wäre. Als Fünfundzwanzigjähriger – so Raimund – verlobte er sich mit einer Professorentochter aus Göttingen, löste aber die Verlobung schon nach kurzer Frist wieder auf.

In den Salons, sagt Raimund, sei Brahms bekannt für Komplimente an schöne Frauen, die nahe an der Aufdringlichkeitsgrenze liegen. Von einer ernsteren Verbindung wisse allerdings niemand etwas zu berichten. Johannes Brahms, ein ewiger Junggeselle – so wie Anton Bruckner … Und so wie ich – vielleicht? … Ich gestehe, dass mich das Thema aufgrund meiner privaten Umstände heftig angreift. Wenn einem Menschen Kunst und Geist das Höchste sind, nahezu göttlich, wären die Vorteile eines frei gewählten Zölibats in Erwägung zu ziehen. Doch dazu später!

Wien! Magnetberg der Musik! Sowohl Anton Bruckner als auch Johannes Brahms spürten in den Sechzigerjahren seine gefährliche Anziehungskraft. Als Bruckner 1868 nach Wien kam, war er wenigen Fachleuten als hervorragender Organist und Komponist kirchenmusikalischer Werke bekannt. Nicht weniger, aber auch nicht mehr. Brahms hingegen, um neun Jahre jünger als Bruckner, war bereits eine international anerkannte Persönlichkeit, als ihm 1863 die Leitung der Wiener Sing-Akademie angeboten wurde. Konzertreisen, unter anderem mit Clara Schumann und dem Geiger Joseph Joachim, hatten ihn als Pianisten berühmt gemacht. In Hamburg hatte er sich als Chorleiter bewährt, die Leitung der Hamburger Philharmonischen Konzerte wurde ihm aber nicht anvertraut, sondern dem Sänger Julius Stockhausen, einem gewandten Kosmopoliten, der in Paris und London studiert hatte. Gewiss eine Enttäuschung für Brahms, der nun, zurückgewiesen von seiner Heimatstadt, bereitwillig dem Ruf nach Wien folgte. Zur endgültigen Übersiedlung konnte er sich noch nicht entschließen, und schon nach elf Monaten legte er die Leitung der Sing-Akademie wieder zurück. In den Folgejahren hielt er zwar ständig Kontakt zu Wien, war aber oft auf Konzertreisen unterwegs. Meinen Nachforschungen zufolge gastierte er unter anderem in den Städten Kopenhagen, Lübeck, Hamburg, Bremen, Dresden, Hannover, Berlin, Baden-Baden, Köln, Karlsruhe, München, Zürich, Pressburg, Budapest.

Trotz der massiven Unterstützung durch Eduard Hanslick wurden Brahms' Kompositionen, etwa sein *Deutsches Requiem* und sein *Sextett in G-Dur Opus 36*, in Wien nicht mit ungeteilter Begeisterung aufgenommen. Ich muss davon ausgehen, dass auch Brahms, so wie Bruckner, bisweilen trübe Stunden der Enttäuschung und des Selbstzweifels erlebte. Ein heiterer Charakter scheint er ohnedies nicht zu sein. Joseph Hellmesberger wird folgendes Bonmot zugeschrieben: Wenn der Brahms einmal recht lustig aufgelegt ist, dann komponiert er *Das Grab ist meine Freude*.

Als Johannes Brahms 1871 zum artistischen Direktor der Gesellschaft der Musikfreunde ernannt wurde, entschloss er sich zu einem festen Wohnsitz in Wien. Seither wohnt er im Haus Karlsgasse 4, vor dem ich gelegentlich herumschleiche, unschlüssig, ob ich den Meister ansprechen und um ein Gespräch bitten soll. Was soll ich ihm sagen? Dass ich an einer Biografie des von mir hochverehrten Anton Bruckner schreibe und mir daher auch den Mann unter die Lupe halten will, der als sein Antipode gilt? Sicher nicht! Das heißt, ich müsste lügen, was mir aber allzu schäbig vorkäme.

Aus einem schräg gegenüberliegenden Haustor heraus beobachtete ich kürzlich den heimkehrenden Brahms – ein kleiner, dicker Mann mit krummen Beinen und mächtigem Bart. Brahms, so heißt es, sei ein starker Esser, der auch Bier und Wein nicht verschmäht und an Wien nicht zuletzt die gute Küche schätzt. Arbeitsethos auf der einen Seite, die Freuden von Küche und Keller auf der anderen, das nimmt sich recht bürgerlich aus. Er verkehrt auch in den apartesten großbürgerlichen Salons, bei Theodor Billroth, Viktor von Miller zu Aichholz, Richard Fellinger. Er steht in kollegialem Austausch mit Johann Strauß, Karl Goldmark, Hans Richter, Otto Dessoff – um nur einige zu nennen. Man überhäuft ihn mit Auszeichnungen und seine finanziellen Verhältnisse sind dermaßen günstig, dass er es sich leisten kann, als freier Künstler gut zu leben. 1875 legte er die Direktion der Gesellschaft der Musikfreunde zurück und lehnte spätere Berufungen auf Leitungsfunktionen ab, nicht zuletzt die zum Thomaskantor in Leipzig.

Gerne würde ich den angeblich so klugen Herrn Brahms fragen, wie er seine nationale Haltung mit seiner österreichischen Wahlheimat vereinbaren kann, ohne sich ständig zu verbiegen. 1872 wurde in Karlsruhe Brahms' *Triumphlied Opus 55* uraufgeführt. Darin wird der Sieg Preußens im deutsch-französischen Krieg hymnisch gefeiert. Gewidmet ist das Werk Kaiser Wilhelm I. Dass just von diesem Kaiser und seinem Kanzler Otto von Bismarck Österreich wenige Jahre vorher in der Schlacht bei Königgrätz gedemütigt und in weiterer Folge aus dem Deutschen Bund gedrängt wurde, kann dem angeblich so gebildeten Herrn Brahms nicht unbekannt sein. Deutschnationalismus und Kulturprotestantismus würden sich in Berlin oder Leipzig besser ins Stadtbild fügen als im katholischen Wien, wo freilich die Küche feiner ist! Dafür kann man Habsburg und seine

Pfaffen schon in Kauf nehmen. Aber lassen wir das, ich gleite ab ins Polemische.

II

Wenden wir uns wieder – *sine ira et studio* – dem Kompositorischen zu. Brahms' Hauptleistung, so scheint mir, liegt gar nicht im Sinfonischen, sondern in den Liedern und in der Kammermusik. Ich halte mit meiner Bewunderung für Brahms' kammermusikalische Werke nicht hinter dem Berg. Die beiden Sonaten für Violoncello und Klavier spiele ich selbst gerne. Man bedenke auch Umfang und Vielfalt seiner Kompositionen: Drei Streichquartette, drei Klavierquartette, drei Klaviertrios, drei Sonaten für Violine und Klavier, zwei Streichquintette und -sextette, mehrere Werke für gemischte Besetzung und zwei Dutzend Werke für Klavier. Chapeau!

Das selbst unter Musikfreunden verbreitete Gerede, die Form der Sinfonie sei nach dem Tod des alles überragenden Titanen Beethoven in eine Krise geraten, von der sie sich nie völlig erholt habe, kann ich nicht mehr teilen. Je genauer ich untersuche, welch beeindruckende Anstrengungen große Musiker aus verschiedenen Teilen Europas unternommen haben, um sinfonische Werke für ihre Zeit und ihren kulturellen Raum zu komponieren, umso weniger habe ich den Eindruck einer blassen, blutarmen Spätzeit. Ich gehe hier nicht ins Detail, nenne aber einige Namen: Rimsky-Korsakow und Tschaikowsky in Russland, Berlioz und Franck in Frankreich, Dvořák in Prag, Schumann in Deutschland, Bruckner in Wien. Und zu welchen Dimensionen des Sinfonischen unser Gustav Mahler vordringen wird, ist noch gar nicht abzuschätzen. Seine zweite Sinfonie, die ich im Vorjahr in Berlin hören konnte, hat mich sehr beeindruckt. Und Johannes Brahms? Wie nimmt er sich aus im Gruppenbild der europäischen Sinfoniker?

Brahms soll einmal gesagt haben, Beethoven sei ein Riese, dessen Schritte er ständig hinter sich höre. Tatsächlich kann man an seiner Ersten und Zweiten Sinfonie die Wirkungskraft des längst verstorbenen Riesen hören. Vor dem allzu billigen Vorwurf des banalen Epigonentums muss man ihn aber in Schutz nehmen. Dirigenten und Orchestermusiker wissen aus eigenem Erleben, dass – um nur ein Beispiel herauszugreifen – zwischen Beethovens Sechster und Brahms' Zweiter gewisse atmosphärische Ähnlichkeiten wahrzunehmen sind, dass sie aber unterschiedliche Anforderungen stellen an harmonisches, dynamisches und rhythmisches Empfinden und unterschiedliche Spielweisen benötigen. In der Dritten und Vierten Sinfonie wird diese Eigenständigkeit des Brahms-Klangs noch deutlicher, und der Kenner kann sich des Eindrucks nicht erwehren, Brahms sei hier nahe daran gewesen, jene Traditionsgrenzen zu überschreiten, die ihm das Revolutionsverbot der ästhetischen Ordnungshüter vorgegeben hat.

Von Bruckner-Schülern weiß ich, dass es – eher zufällig als vorsätzlich – zu einigen direkten Begegnungen zwischen Bruckner und Brahms gekommen ist. Die Beobachtungen der Augen- und Ohrenzeugen laufen darauf hinaus, dass sich die beiden Herren des Grabens bewusst waren, der sie trennte. Sie saßen einander wortkarg gegenüber, vermieden heikle Themen, unterhielten sich kaum über Musik, sondern besprachen Alltägliches, das Wetter, das Essen, den Bierpreis. Brahms wirkte auf die Zeugen höflich-distanziert und trocken; Bruckner naiv-vertraulich, bisweilen anbiedernd aus Unsicherheit. Im Gasthaus Roter Igel soll er einmal für Brahms von der Schank ein Glas Bier geholt haben, als wäre er dessen Kellner. Blamabel oder liebenswürdig? Die einen sagen so, die anderen so.

II

Es gibt ausgezeichnete Musiker, die auch ausgezeichnete Lehrer sind. Es gibt ausgezeichnete Musiker, die mittelmäßige oder schlechte Lehrer sind. Und es gibt ausgezeichnete Musiker wie Brahms, die sich der Lehrerrolle entziehen. Für Anton Bruckner, Spross einer Lehrerfamilie, wurde sie lebensbestimmend. Ich rekapituliere: Von 1868 bis 1891 war er Professor für Harmonielehre, Kontrapunkt und Orgel am Konservatorium, von 1870 bis 1874 Klavierlehrer an der Lehrerbildungsanstalt St. Anna, von 1875 bis 1894 Lektor für Harmonielehre und Kontrapunkt an der Universität Wien. Daneben hatte er noch Privatschüler. Manche behaupten, Bruckner hätte aus reiner Geldgier Schüler und Lehraufträge zusammengerafft, wo immer sie zu finden waren. Das halte ich für eine infame Unterstellung. Gewiss war die Sicherung des finanziellen Auskommens das Hauptmotiv für den Umfang der Lehrtätigkeit. Fast alle Bruckner-Schüler, mit denen ich gesprochen habe, stimmen aber darin überein, dass er diese nie beiläufig oder gar nachlässig ausgeübt habe.

Da Bruckner im Jänner 1891 den Unterricht am Konservatorium auf eigenen Wunsch beendet hat, war es mir selbst leider nicht mehr gegönnt, eine Lehrveranstaltung bei ihm zu besuchen. Ich hörte aber einige seiner gut besuchten Vorlesungen an der Universität, die sich von denen am Konservatorium unterschieden, weil sich nur ein kleiner Teil der Zuhörerschaft aus Studierenden der Musik zusammensetzte. Sie waren für Interessierte aller Fakultäten zugänglich. Bruckner berücksichtigte gelegentlich das unterschiedliche Vorwissen seiner Hörer und gestaltete Teile seines Vortrags so, dass alle etwas davon hatten. Auch war seine Rede humorvoll und bilderreich, daher anschaulich und einprägsam. Er personifizierte zum Beispiel die Intervalle und setzte sie zueinander in Verbindung, als handelte es sich um Familienmitglieder. Das amüsierte das Publikum, wohl auch seine Gewohnheit, den Vortrag zwar in Schriftdeutsch zu beginnen, aber dann in Dialekt überzugehen.

Der Universitätslehrer Anton Bruckner stand im Rufe eines singulären Originals, das man zumindest einmal gehört haben musste. Ungeachtet dieser nach Unterhaltungsprogramm tönenden Ruflage beruhte Bruckners Lehrtätigkeit auf dem Ernst einer professionellen Haltung, für die er Achtung und Respekt einforderte. Seine ehemaligen Schüler am Konservatorium berichten mir, dass Bruckner penibel auf Pünktlichkeit, Ordnung und Aufmerksamkeit achtete und bisweilen zu Disziplinarmaßnahmen griff, die den gelernten Volksschullehrer verrieten und an einem Konservatorium wirkten, als handelte es sich um eine Travestie. Studenten, die aus dem peniblen Ordnungsrahmen fielen, indem sie schwätzten oder Aufgaben nicht nachkamen, schickte er zur Strafe vor die Tür. Das fanden die Betroffenen eher lustig als empörend, erzählte mir Felix Mottl, selbst ein Betroffener dieser schrulligen Erziehungsmaßnahme. Weil er bei einer Aufgabe die in der traditionellen Harmonielehre verbotene Quintparallele verwendet hatte, sei er von Bruckner zur Strafe vor die Tür geschickt worden. Im Ganzen habe die Atmosphäre eines gemütlichen Patriarchats geherrscht.

Felix Mottl ist Kapellmeister am Hoftheater in Karlsruhe und Generalmusikdirektor, regelmäßig Dirigent bei den Bayreuther Festspielen, einflussreich an vielen Orten, auch im Wiener Akademischen Wagner-Verein. Er gehört zu den starken musikalischen Persönlichkeiten, mit denen ich über mein Vorhaben einer Bruckner-Biografie persönlich sprechen konnte. Meine Annahme, ich stünde hier einem engen Freund und vorbehaltlosen Förderer des Meisters gegenüber, erwies sich allerdings als Irrtum, bestenfalls als Halbwahrheit. Mottl erzählte mir, Bruckner habe ihm nicht verziehen, dass er 1886 in Karlsruhe das *Te Deum* nicht mit Orchester, sondern mit Klavierbegleitung aufgeführt habe. Bruckner habe ihm einen groben, vorwurfsvollen Brief geschrieben, ihm Aufführungen dieser Art ein für alle Mal untersagt und unterzeichnet mit *Dein betrübter, sehr gekränkter Bruckner*. Dabei habe Bruckner ein Jahr vorher die erfolgreiche Uraufführung des *Te Deum* in Wien selbst mit Klavierbegleitung dirigiert! Seit diesem Vorfall habe er, Mottl, keine Lust mehr gehabt, sich um die Aufführung von Bruckners Werken zu bemühen. Die Verstimmung zwischen Lehrer und Schüler wurde bis zu Bruckners Tod nicht bereinigt.

Damit hat Felix Mottl so nebenher ein Thema angesprochen, das mir geradezu leitmotivisch begegnet, wenn ich versuche, die wechselhafte Revisions-, Aufführungs- und Wirkungsgeschichte von Bruckners Werken zu rekonstruieren. Welche Rolle spielten dabei seine ehemaligen Schüler, einerseits als Bewunderer, Freunde und unentbehrliche Förderer des Meisters, andererseits als kritische Ratgeber und allzu eigenmächtige Korrektoren? Meine Nachforschungen zur Revisions- und Aufführungsgeschichte der Vierten Sinfonie stocken derzeit auf halbem Wege. Man könnte nämlich verzweifeln angesichts der Fülle von „Reparaturarbeiten“, die Bruckner, beraten und beeinflusst von mehreren Seiten, im Laufe der Jahre an seiner *Romantischen* vorgenommen hat.

Die endgültige Druckfassung von 1888 verantwortet der Bruckner-Schüler Ferdinand Löwe. Bruckner soll sie angeblich autorisiert haben. Felix Mottl verheimlichte nicht, dass er die Vierte nur deshalb in Karlsruhe aufgeführt habe, weil Franz Schalk, ein anderer Bruckner-Schüler, ihn dazu überredet habe. Er selbst habe an der Vierten Schwächen wahrgenommen, sie daher bearbeitet und erheblich gekürzt. Trotzdem hätten weder Publikum noch Musikkritik etwas damit anfangen können.

Trotzdem? Vielleicht gerade *deshalb*, Herr Hofkapellmeister!

Felix Mottl, Franz und Josef Schalk, Ferdinand Löwe, Friedrich Klose, Friedrich Eckstein und andere mehr. Die Liste der Bruckner-Schüler, die sich im musikalischen Leben behaupten konnten, ist beeindruckend. Sie alle sind ihrem außergewöhnlichen Lehrer auf die eine oder andere Weise verbunden geblieben, obwohl Verstimmungen keine Ausnahme waren. Dennoch wäre es falsch, von einer Bruckner-Schule zu sprechen. Der Meister hielt es nicht für seine Aufgabe, seine Schüler auf den eigenen kompositorischen Stil zu verpflichten. Komponieren – so seine feste, im Übrigen moderne Überzeugung – könne man überhaupt nicht lehren und lernen. Jeder müsse da seinen eigenen Weg finden. Was man aber gründlich lernen kann, sind die handwerklichen Grundlagen, vor allem Harmonielehre und Kontrapunkt. Simon Sechters Musiktheorie war Bruckners musikalischer Katechismus. Sie hatte er gründlich studiert, sie beherrschte er völlig, sie gab er an seine Schüler weiter. Die einen finden das vertretbar, andere vermissen die analysierende Auseinandersetzung mit den kompositorischen Großtaten unserer Zeit, mit einer Oper von Richard Wagner, einer sinfonischen Dichtung von Franz Liszt, meinetwegen auch mit einem Klavierkonzert von Johannes Brahms oder einem Walzer von Johann Strauß.

Die Bruckner-Schüler erzählen auch vom privaten Zusammensein mit dem Meister in Gasthaus-Runden. Für Bruckner dürften diese geselligen Abende wichtig gewesen sein, wahrscheinlich bildeten sie den Kardinalteil seines insgesamt schmalen Gesellschaftslebens in Wien. Unter den Kollegen an der Universität und am Konservatorium hatte er keine Freunde, wie es scheint. Zu den großbürgerlichen Kultursalons fand er keinen Zugang, suchte ihn vielleicht auch nicht, weil er sich den Ansprüchen intellektueller Gesprächsrunden nicht gewachsen fühlte. Frauenliebe vermisste er – mitunter sogar schmerzlich, wie ich vermute und später noch ausführen werde. Was blieb ihm? Wenige Brieffreunde und die ehrliche Zuneigung seiner Schüler.

Der redliche Biograf darf einen unangenehmen Vorfall nicht verschweigen, von dem Anton Bruckner während seiner Lehrtätigkeit am Pädagogium St. Anna betroffen war. Dass er eine seiner Klavierschülerinnen als „Urschl" beschimpft haben soll, war das harmlosere Vergehen. Bruckner bediente sich oft sprachlicher Formeln und Gepflogenheiten, die ihm in seinem ländlichen Umfeld zur zweiten Natur geworden waren. Dass eine Wiener Beamtentochter auf ein Schimpfwort empfindsamer reagieren könnte als eine oberösterreichische Bauerntochter, bedachte er nicht. Weitaus schwerer wog der Vorwurf, Bruckner habe einzelne Schülerinnen bevorzugt, sie durch quasierotische Tändeleien verwirrt, das eine oder andere *zarte Handerl* getätschelt, das eine oder andere *saubere Kopferl* gestreichelt und eine seiner Favoritinnen als „lieber Schatz“ angesprochen. Angeblich war es aber nicht eine der bevorzugten und umworbenen Schülerinnen, die eine Disziplinaranzeige gegen Bruckner bewirkte, sondern jene Gekränkte, die er als „Urschl“ beschimpft hatte. Der beschuldigte Hilfslehrer für Klavier und Orgel Anton Bruckner wurde vorübergehend vom Dienst enthoben, dann zwar rehabilitiert, aber nur mehr zum Unterricht für männliche Schüler zugelassen. Bruckner, der sich keiner Schuld bewusst war, war, wie mir Rudolf Weinwurm mitteilte, nicht nur betroffen, sondern regelrecht verzweifelt, zumal der peinliche Vorfall nicht nur den Weg ins Ministerium fand, sondern auch in die Zeitungsredaktionen.

Wären alle Beteiligten von Augenmaß, gutem Willen und sozialer Klugheit geleitet worden, wäre die Angelegenheit diskret und versöhnlich zu bereinigen gewesen. Das war aber nicht der Fall. Für Theodor Vernaleken, den Direktor des Pädagogiums St. Anna, war der „Skandal“ ein willkommener Anlass, den wenig geschätzten Hilfslehrer für Klavier und Orgel loszuwerden. Klavier und Orgel waren in St. Anna nur Freifächer. Vernaleken sah keinen Grund, dafür einen international renommierten Organisten anzustellen, dessen Honorar weit über dem Nutzen lag, den er für die Bildungsanstalt brachte. Einige Zeitungen ergriffen zwar für Bruckner Partei, machten aber den Vorfall zum Politikum, indem sie meldeten, der „deutsche" Musiker Bruckner sollte durch einen tschechischen Konkurrenten ersetzt werden, *um den aufgeblasenen Czechen den Bart zu streicheln.* Diese Behauptung der *Morgen-Post* war zwar aus der Luft gegriffen, bekam aber vor dem aktuellen politischen Hintergrund Gewicht und Wirkung. Der böhmische Landtag hatte wenige Tage vor Bekanntwerden des Vorfalls in St. Anna eine Petition für mehr nationale Eigenständigkeit eingereicht, was im deutschsprachigen Österreich für heftige antitschechische Emotionen gesorgt hatte. Die Falschmeldung glaubte man bereitwillig. Sie hielt die Emotionen am Kochen. Auch das neu gegründete Satiremagazin *Die Bombe* nahm sich der Sache an und „entlastete" Bruckner mit einem frivolen Argument: Würde man alle „ordentlichen Professoren" entlassen, die mit ihren Schülerinnen zärtlich geworden seien, dann gäbe es nur mehr „unordentliche".

||

So bin ich nun an ein Thema geraten, das als solches von einer gewissen Delikatesse und Indiskretion ist und speziell für den Bruckner-Biografen eine heikle Herausforderung mit sich bringt, obwohl die Sache einfach und klar zu sein scheint. Anton Bruckner ist als Junggeselle gestorben. Er war nie verheiratet und niemand kann sich erinnern, dass er in seinen achtundzwanzig Wiener Jahren jemals eine engere Verbindung mit einer Frau eingegangen wäre. Dass ihn schöne, vor allem junge schöne Frauen angezogen haben, darauf erhielt ich allerdings viele Hinweise.

Höchst bedauerlich ist, dass mir die Person, die wahrscheinlich über die zuverlässigsten Informationen verfügt, jede Auskunft verweigert. Ich spreche von Katharina Kachelmaier. Als Bruckners Schwester Maria Anna im Jahr 1870 im Alter von dreiunddreißig Jahren an Lungentuberkulose starb, übernahm Frau Kachelmaier von ihr die Rolle der Haushälterin und behielt sie bis zu Bruckners Tod. Meine höflich vorgetragene Bitte, mir, dem Biografen und Verehrer des Meisters, mit Auskünften zum Privatleben ihres soeben verstorbenen Dienstgebers behilflich zu sein, beantwortete die entrüstete Frau Kachelmaier mit der Aufforderung, ich möge mir für meine „Sauereien“ andere Komplizen suchen.

Geht es um Herzensangelegenheiten, ist es für den Biografen schwer, zwischen seriösen Berichten, bösartigen Verleumdungen und schlichtem Tratsch und Klatsch zu unterscheiden. Obendrein besteht die Gefahr, vom Sachlich-Biografischen ins Belletristische hinüberzugleiten. Während man meint, man präsentiere der Welt eine zuverlässige Lebensbeschreibung, hat man mir nichts dir nichts einen herzerwärmenden Roman erfunden. Ich bin mir dieser Tücken bewusst, werde mich um karge Sachlichkeit bemühen und häufig die Modi der Möglichkeit verwenden: *hätte, dürfte* und *könnte*; *wahrscheinlich*, *vielleicht* und *möglicherweise.* Auch die Zusätze *Wie mir meine Auskunftsperson mitteilt* … oder *meiner persönlichen Einschätzung zufolge* … tragen zur Relativierung des Ausgesagten bei.

Unterwegs in die Schweiz machte Anton Bruckner im August 1880 Station bei den Oberammergauer Passionsspielen, bei denen das Dorf für einige Tage zum Theater wird. Maria Bartl, die Darstellerin einer kleinen Nebenrolle, muss Bruckner dermaßen bezaubert haben, dass er dem Mädchen und dessen Mutter Lina mit einem hitzigen Heiratsantrag ins Haus fiel. Die unerfahrene Tochter, erstmals mit solch einem starken Schub an männlicher Verehrung konfrontiert, noch dazu durch einen berühmten Professor, vielleicht auch verlockt von der Aussicht, in Wien erwarte sie ein glanzvolleres Leben als daheim, scheint sich dem Antrag nicht von vornherein verschlossen zu haben. Es war wahrscheinlich die Mutter, die sich der in jeder Hinsicht ungleichen Verbindung in den Weg stellte, was für ihren Charakter spricht. Lina Bartl hatte – so meine ganz persönliche Einschätzung! – das Lebensglück ihrer naiven Tochter im Auge, nicht die Spekulation auf eine sogenannte gute Partie. Der Herr Professor Bruckner aus Wien war sechsundfünfzig Jahre alt, die Volksschulabsolventin Maria Bartl aus Oberammergau war siebzehn. Da leiden Symmetrie und Proportionalität der Geschlechterbeziehung vielleicht doch zu sehr.

Irritierend für den Biografen ist nicht nur der hartnäckige Fokus des betagten Meisters auf sehr junge Frauen, sondern auch die Häufung und teilweise Überlagerung seiner Herzensdinge in den Achtzigern und Neunzigern. Die von mir eingeholten Auskünfte ergeben einen dicht besetzten Programmzettel der Heiratsambitionen: Zwischen 1885 und 1887 stand Anton Bruckner in freundschaftlichem Einvernehmen mit der etwa zwanzigjährigen Marie Demar, aus jüdisch-ungarischem Haus, Offizierstochter, gebildet, Studentin am Konservatorium. Sie bewunderte Bruckners Musik und mochte wahrscheinlich auch den Menschen. Den Mann Anton Bruckner liebte sie offensichtlich nicht, seinen Heiratsantrag soll sie abgewiesen haben. Bruckner zog sich daraufhin zurück und sah sich andernorts um.

Ein schwaches Jahr später verliebte – verliebte? – sich Anton Bruckner in Mathilde Fessl, Advokatentochter aus Kremsmünster, Lehramtsstudentin in Wien. Als Bruckner sie kennenlernte, war sie achtzehn. Der Heiratsantrag des Vierundsechzigjährigen wurde zurückgewiesen, Mathilde war schon mit einem Bankbeamten verlobt. Im Sommer 1888, also zur selben Zeit, liebte – liebte? – Bruckner eine weitere junge Frau, Martha Rauscher, angestellt als Erzieherin bei einem Linzer Advokaten. Woran diese „Liebe“ gescheitert ist, konnte ich bisher nicht klären. Martha soll nämlich für eine Verbindung aufgeschlossen gewesen sein.

In die Jahre 1889 und 1890 fallen zwei weitere „Liebschaften“, bildlich gesprochen: in Parallelführung des Sehnsuchtsmotivs. Als Betroffene ermittelte ich die achtzehnjährige Marie Payrleithner aus Steyr, die – so wie ihre Vorläuferin Mathilde Fessl – auch schon mit einem anderen Mann verlobt war, und die neunzehnjährige Karoline Weilnböck aus Neufelden in Oberösterreich. Karoline war die Tochter von Josefine, geborene Lang, um die Bruckner in seiner Linzer Zeit vergeblich geworben hatte. Josefine hatte damals nicht ihn, sondern einen gewissen Josef Weilnböck geheiratet, der 1889 starb. Bruckner reiste im Folgejahr nach Neufelden. Warum? Warb er nach fast einem Vierteljahrhundert ein zweites Mal um Josefine? Wies ihn die Frau, jetzt Witwe, ein zweites Mal zurück? Konzentrierte er sich deshalb auf die der Mutter ähnliche Tochter? Karoline, die Ersatz-Josefine? Schon die Exposition zu diesem Liebesroman, sollte er so oder so ähnlich verlaufen sein, nimmt dessen ernüchterndes Ende vorweg. Ich werde noch einmal darauf zurückkommen, wenn ich Bruckners Lebensjahre in Linz ins Bild setze.

Im Sommer 1891 lernte Anton Bruckner Wilhelmine Reischl kennen, genannt Minna, Kaufmannstochter aus Altheim in Oberösterreich, musikalisch begabt, Alt-Solistin im Kirchenchor. Minna war siebzehn, Bruckner stand mittlerweile in seinem achtundsechzigsten Lebensjahr. Er war also nicht doppelt, sondern viermal so alt wie die holde Angebetete. Der blitzartig vorgetragene Heiratsantrag soll vor allem an der pädagogischen Klugheit der Eltern gescheitert sein. Aus einer Heirat wurde also wieder nichts, der Kontakt zu Minna soll aber noch eine Weile angehalten haben. Sie schickten einander Briefe und Fotografien. Als Bruckner schon sehr krank war, so teilte mir meine Auskunftsperson mit, besuchte Minna in Begleitung ihrer Mutter den greisen Meister in Wien. Im Mai dieses Jahres heiratete sie einen Glockengießer aus Braunau.

Die letzte Liebesgeschichte in Bruckners Leben hat sich im Gedächtnis des Wiener Kultur- und Salonmilieus erstaunlich gut festgesetzt. Der hohe Bekanntheitsgrad des Vorfalls bürgt allerdings weder für die Einheitlichkeit noch für die Zuverlässigkeit der von mir eingeholten Informationen, eher im Gegenteil. Kein Bild einer Angehimmelten ist widersprüchlicher als das von Ida Buhz. Zunächst die gesicherten Fakten: Im Mai des Jahres 1891 reiste Anton Bruckner in Begleitung seines Privatschülers Max von Oberleithner nach Berlin, um einer Aufführung seines *Te Deum* beizuwohnen. Er logierte im Hotel *Kaiserhof*, wo er das Zimmermädchen Ida Buhz kennenlernte. Schon die Umstände des Kennenlernens liegen mir in zwei gegensätzlichen Varianten vor. Variante eins erzählt, dass Bruckner wieder einmal einer jungen und – wie es heißt – hübschen Frau spontan verfallen sei. Variante zwei erzählt von der Raffinesse eines erotisch erfahrenen Zimmermädchens, das sich an den gutgläubigen alten Mann herangemacht habe. Im zweifelhaften, wenig glaubwürdigen Umfeld von Alma Mahler kursieren sogar Gerüchte über folgenreiche sexuelle Handlungen im Hotelzimmer.

Diese zwei Erzählvarianten der Annäherung verbinden sich mit zwei Bildern von Ida Buhz, die gegensätzlicher nicht sein könnten. Das eine schillert in ziemlich unsolider Färbung, das zweite hingegen stellt uns eine einfache, aber anständige, gut erzogene junge Frau aus protestantischer Schusterfamilie vor. Für die zweite Variante spricht, dass Bruckner im Haus der Eltern Buhz um Idas Hand anhielt. Mit dem Hinweis auf Idas jugendliches Alter soll eine Bedenkzeit von einem Jahr vereinbart worden sein. Nach Ablauf der Bedenkzeit dürfte aber Bruckner keine Eile gehabt haben, seinen Heiratsplan zu verwirklichen. Einem aufmerksamen Leser dieser Zeilen ist nicht entgangen, dass der Meister exakt zur selben Zeit die schon erwähnte Minna Reischl zur Frau Bruckner machen wollte!

Erst zweieinhalb Jahre später, im Jänner 1894, reiste Bruckner wieder nach Berlin. Der Anlass war aber nicht Ida Buhz, sondern Aufführungen seines *Te Deum* und seiner Siebenten Sinfonie. Es dürfte allerdings zutreffen, dass Ida Buhz bei beiden Konzerten an Bruckners Seite gesessen ist, auch soll er mehrmals von seiner „Braut" gesprochen haben. Dennoch blieb diese Wiederbegegnung folgenlos. Ida Buhz' Spur in Bruckners Leben löst sich ab da rückstandslos auf.

Gründe, die dafür genannt werden, haben wenig Überzeugungskraft. Der Unterschied der Konfessionen wird wahrscheinlich ein Thema für den durch und durch katholischen Bruckner und die protestantische Familie Buhz gewesen sein. War er aber wirklich das unüberwindliche Hindernis für eine Ehe? Glaubwürdiger erscheint mir die Information, enge Freunde hätten Bruckner eindringlich von einer Heirat abgeraten. Möglich ist, dass diese Freunde – wer auch immer sie waren – dünkelhafte Ressentiments gegen die Schustertochter Ida Buhz hegten. Möglich ist aber auch, dass sie aus Verantwortungsgefühl gehandelt haben.

Bruckners Gesundheitszustand verschlechterte sich seit 1891 merklich. Wassersucht, Herzschwäche und Atemnot fesselten ihn immer öfter ans Krankenbett. Die Kräfte, die ihm noch blieben, widmete er seinem letzten musikalischen Vorhaben, der Neunten Sinfonie, die leider unvollendet blieb. Die Vorstellung einer Heirat mit einer Zwanzigjährigen hat in Anbetracht solcher Umstände etwas Erschreckendes, geradezu Haarsträubendes. Möchte man nicht beide vor ihrem je eigenen Unglück schützen? Den Alten und die Junge?

Verfüge ich jetzt über ein einigermaßen deutliches Bild von Anton Bruckner als liebendem Mann? Nein. Einmal erscheint er mir als lächerlich unbeholfener Werber, der es nicht einmal schaffte, sich in Habitus, Kleidung und Haarschnitt dem Modegeschmack jüngerer Frauen anzunähern; ein anderes Mal als bedauernswerter, unglücklicher Alter, der nicht mehr nachholen kann, was er vielleicht in jüngeren Jahren versäumt hat. Oder galt seine Neigung ohnedies nur der Schönheit weiblicher Jugend und dem romantischen Gefühl des Verliebtseins? Für Frauen, die seinem Alter näher standen und mit denen eine solide Ehe, vielleicht auch eine Familiengründung realistisch gewesen wäre, scheint er sich nicht interessiert zu haben. Mein Verdacht, Johannes Brahms' f-a-e-Motiv, *Frei Aber Einsam*, sei auch für Bruckner ein Leitmotiv gewesen, ob bewusst oder unbewusst, ist zwar nicht mit letzter Sicherheit zu beweisen; ihn zu widerlegen ist aber auch nicht leicht. Der Dirigent Hans Richter soll, als er zum ersten Mal das Adagio der Achten Sinfonie gehört hat, ausgerufen haben: Als Sie das geschrieben haben, lieber Bruckner, waren Sie sicher sehr verliebt! Bruckners Antwort: Herr Hofkapellmeister, das bin ich ja alleweil. – Manchmal decken anekdotische Pointen mit einem Paukenschlag verborgene Wahrheiten auf.

||

Ich kann und will nicht leugnen, dass mich diese seltsamen Herzensangelegenheiten des Meisters mehr beschäftigen und bedrängen, als es der Arbeit des Biografen nach dem *Sine ira et studio*-Prinzip angemessen ist. Es ist Dezember geworden. Das Weihnachtsfest steht vor der Tür und meine Eltern haben mir behutsam nahegelegt, Klarheit und Eindeutigkeit in meine eigenen Herzensangelegenheiten zu bringen. Hedwig und ihre Familie erwarteten von mir einen offiziellen Antrag, der in naher Zukunft zur Verlobung führen sollte. Im Jänner des neuen Jahres würde ich mein fünfundzwanzigstes Lebensjahr vollenden. Das wäre doch ein schöner Anlass …

INTERLUDIUM I

Wien, im Winter 1896/97

Anton Bruckner soll das Weihnachtsfest immer sehr berührt haben. Ich kann das nachfühlen. Mich berührt es auch. Die Geburt des Heilands. Die Menschwerdung Gottes. Das Kind in der Krippe. Lichterbaum und Mitternachtsmette. Hoffnung für die Welt. *Es ist ein Ros entsprungen aus einer Wurzel zart … und hat ein Blümlein bracht mitten im kalten Winter … Das Blümlein, das ich meine, davon Jesaja sagt, hat uns gebracht alleine Marie, die reine Magd; aus Gottes ew'gem Rat hat sie ein Kind geboren, welches uns selig macht …* Mich ergreifen diese Verse.

Dennoch: Gleich nach den Weihnachtsfeiertagen verließ ich Waidhofen. Von Flucht zu sprechen, wäre übertrieben, aber nicht ganz falsch. Der sanfte Vorstoß meiner Eltern, es sei hoch an der Zeit, mich mit Hedwig vor aller Welt zu verloben, bedrängte und bedrückte mich. Ich habe zwar Verständnis für ihre freundliche Mahnung, denn unsere unverbindliche Verbindung währt nun schon fünf Jahre. Hedwig wird im nächsten September ihren dreiundzwanzigsten Geburtstag feiern, ein günstiges Alter für eine Heirat.

Da ich den Großteil der letzten drei Monate in Waidhofen verbrachte, sahen und sprachen wir uns öfter als im Vorjahr. Gemeinsam besuchten wir die Proben des Kirchenchors, wo ich bei den Tenören aushelfe; ebenso die eine und andere Festveranstaltung, und es blieb uns nicht verborgen, dass hinter uns getuschelt und gekichert wurde. Wir wären ein schönes Paar, wie man so sagt. Die Möglichkeiten für einen vertraulich-zärtlichen Rückzug aus der Gesellschaft waren aber karg. Hedwigs Eltern zeigen mir zwar ihre Sympathie, bewachen jedoch ihr einziges Töchterlein und seine Unschuld mit Adleraugen. Sie warten auf mein klärendes Wort, meinen Antrag vor den Augen und Ohren der bürgerlichen Gesellschaft. Das ist begreiflich. Aber ich fürchte, ich bin zu solch einem ernsten Schritt nicht bereit. Du wirst nun bald dein Studium abschließen, Jakob, sagte Hedwigs Vater zu mir, hast du dich schon umgesehen nach Beruf oder Amt? Was hast du vor?

Ich antwortete ausweichend. Für die mehrdeutige Wahrheit würde dieser Mann, Jurist und Landtagsabgeordneter, kein Verständnis aufbringen …

Ja, ich werde bald mein Studium abschließen, aber damit ist wenig gewonnen! Wie lang mich die Arbeit an meinem eigentlichen Meisterstück, der Bruckner-Biografie, in Anspruch nehmen wird, ist nicht absehbar. Zu viel Ungewisses, Ungehörtes, Unbekanntes! Die unerledigten Aufgaben sind unübersehbar, die Hindernisse gewaltig! Möglicherweise handelt es sich um Jahre, eine Wartezeit, die Hedwig nicht zumutbar wäre. Umgekehrt kann ich mir nicht die Bürden eines Erwerbs- und Familienlebens zumuten, das mir den Großteil meiner besten Stunden rauben würde. Und wo sollten wir leben? In Waidhofen? Wie würde ich Frau und Kinder ernähren? Sicher nicht mit den wenigen Schülern, die hier zu bekommen sind. Zuschüsse der beiden Familien könnten nur eine Übergangslösung sein. Jahrelang aus dieser Ressource zu schöpfen, wäre würdelos und gewiss eine Quelle des Konflikts, weniger mit den Eltern, mehr mit den Geschwistern. Eine Beamtenstelle in der Stadtverwaltung, die mir mein einflussreicher Schwiegervater in spe in Aussicht gestellt hat, könnte die Lösung sein, freilich nur die finanzielle, denn in einem Leben, das mit viel Verwaltungsdienst und wenig Musikunterricht graugepflastert ist, wäre für den grünen Flur der freien Forschung kein Platz mehr.

Liebe ich Hedwig überhaupt? Ja, in gewisser Weise liebe ich sie, allemal ausreichend für eine bürgerliche Ehe … Ich mag ihre Nähe, ich schätze ihre Tüchtigkeit im Praktischen, ich sehe sie gerne an und die Vorstellung von Intimität erregt mich durchaus. Aber eine Heirat mit ihr, das wäre nicht nur die Entscheidung für die *eine* Frau, es wäre die Entscheidung für ein Lebensprogramm. Es scheint mir ganz unwahrscheinlich, dass Hedwig bereit wäre, mir nach Wien zu folgen und alles hinter sich zu lassen, was ihr hier lieb und teuer ist, ihre Familie, ihre Freundinnen, die überschaubare Welt der Kleinstadt, die beruhigende Ordnung eines bürgerlichen Alltags. Hedwig will hier

Gattin und Mutter sein, und ich bin mir sicher, dass sie es auf vorzügliche Weise sein wird. Hedwig ist warmherzig, fleißig, ordentlich, zuverlässig, kinderlieb und treu. Jeder brave Mann, der sie heiratet, ist glücklich zu preisen. Allein: Ich bin nicht der brave Mann, den solche Tugenden glücklich machen. Ich bin ein anderer und weiß noch nicht einmal genau, was für ein anderer, also ein zwielichtiger!

Vor wenigen Tagen wurde mir das Problem in seiner Tragweite blitzartig bewusst, am Beispiel eines Vorfalls, den die meisten wahrscheinlich als unerhebliche Nebensache ansehen würden. Ich hingegen spreche von einem Schlüsselerlebnis, denn für mich war es, als stünde ich plötzlich an einem Abgrund, in den meine schönsten Hoffnungen stürzen würden. Hedwig, meine Mutter, meine Schwester und Vaters Geselle Karl berieten sich ausführlich und umständlich über ein Tortendekor. Empfänger der Torte war ein liebenswürdiger Großonkel von Hedwig, genauer gesagt, ein Vetter ihres Großvaters, der in einem Dörfchen nördlich unserer Stadt seit Jahrzehnten das Leben eines Hagestolz' führt, weil seine ganze Kraft und Leidenschaft von der Kakteenzucht beansprucht wird.

Diesen merkwürdigen Onkel wollte Hedwig an seinem Namenstag, der auf den Tag des Heiligen Stephanus fällt, mit einer Torte aus unserer

Zuckerbäckerei überraschen. Das ist eine nette Geste, gegen die nichts einzuwenden ist, ganz im Gegenteil, sie spricht für Hedwigs gutes Herz. Unfassbar war aber, mit welcher Ernsthaftigkeit und Ausdauer meine Mutter, meine Schwester und Hedwig die Frage des „richtigen" Tortendekors abhandelten, wie da über Farben und Formen, über Marzipanröschen und Schokostreusel verhandelt wurde. Geselle Karl, nicht unerfahren in diesen Dingen, bot an, für den Kakteenfreund einen Marzipankaktus mit rosa Blüten naturgetreu in die Tortenmitte zu platzieren, was aber von meiner Mutter abgelehnt wurde, weil die Form obszöne Vorstellungen auslösen könnte. Hedwig und Maria kicherten, Karl grinste. Dann ging die Diskussion wieder von vorne los. Farben und Formen, Röschen und Herzchen, dunkler Schokodekor oder – angesichts der bevorstehenden Jahreswende – rosa Neujahrsschweinchen, das war hier die Frage!

Als ich diese häusliche Szene eine Weile schweigend beobachtet hatte, forderte mich Maria auf, nicht so sinnlos im Abseits zu stehen, sondern mich nützlich zu machen. Das hieß, auch ich sollte über des Großonkels Überraschungstorte nachdenken und mit meinem Rat hilfreich sein. Ich war vor wenigen Minuten aus meinem Arbeitszimmer gekommen. Ich hatte untersucht, ob Bruckner im Finalsatz der Fünften Sinfonie Motive aus den Sätzen eins bis drei wieder aufgenommen hatte. So ganz hatte mein Kopf diese kompositorische Welt noch nicht verlassen, als ihm bedenkenlos die Komposition einer Tortenoberfläche zugemutet wurde. Ich erschrak fürchterlich, denn mit einem Schlage war mir bewusst, dass ich, würde ich mich für Hedwig und Waidhofen entscheiden, Gefahr liefe, mit Marzipanrosen und Onkelgeburtstagen eingedeckt zu werden, sodass für Wissenschaft und Kunst weder Zeit noch Raum blieben.

Ich bat bei der Tortendekoriergruppe wegen leichter Übelkeit um Entschuldigung, ging ins Freie, atmete tief durch und stärkte mich mit komplizenhaften Gedanken an Hedwigs Großonkel Stefan, den Hagestolz, den leidenschaftlichen Kakteenfreund, den Mann, der konsequent seinen stacheligen Weg gegangen war. Wusste Hedwig nicht, dass dieser Koryphäe der Pflanzenzucht völlig egal war, wie die Torte dekoriert ist, die ihm eine entfernte Verwandte zum Namenstag überreicht?

Am Neujahrstag 1897 sitze ich seit Langem wieder einmal an meinem Tischchen im Haus des Fleischermeisters Hatzinger und schreibe diese Gedanken nieder, leicht verkatert vom Wiener Silvestertreiben, aber glücklich in meinem Großstadtexil. Als ich vor fünf Tagen in Wien angekommen war, führte mich mein erster Weg zu Raimund. Obwohl wir uns in den letzten drei Monaten nur selten gesehen hatten, schien er mir der Geeignete zu sein, um meine Seelennöte zu bereden. Und so war es auch.

Raimund hatte sich in meinem ersten Wiener Jahr nicht nur als erfahrener Lotse zu Kaffee- und Konzerthäusern verdient gemacht, sondern auch als einfallsreicher Arrangeur von Heurigenbesuchen in Döbling, von Landpartien nach Klosterneuburg, und immer war er es, der für charmante weibliche Begleitung gesorgt hatte, eine Anni für sich, eine Mitzi für mich – oder umgekehrt. Sein Wissen über die atmosphärische Eigenart und das erotische Potenzial der Wiener Tanzvergnügungen war beeindruckend. Ich lernte Mädchen und junge Frauen kennen, die – meist in Begleitung ihrer kleinbürgerlichen Eltern – zu Hausbällen gekommen waren, mir gerne auf das Parkett folgten, aber schon das Ansinnen eines Kusses verstört zurückgewiesen hätten. Ich begegnete anderen, die sich nach dem Tanz gerne in verschwiegenere Winkel des Hauses ziehen ließen, dort einige Küsse tauschten und Berührungen zuließen, aber in den Tanzsaal zurückliefen, sobald sich die Annäherung erhitzte. Und es gab solche, die zu weiteren Verabredungen bereit waren, um bald einmal alles zuzulassen, was die Natur für Mann und Frau vorgesehen hat.

Letztere waren am meisten nach Raimunds Geschmack, wobei er mich und auch sich selbst immer zur Vorsicht anhielt, denn eine böse Infektion sei ein allzu hoher Preis für das frivole Vergnügen.

Bordelle mied er – und somit auch ich – vor allem aus diesem Grund, nicht aus moralischen Bedenken. Wenn auch meine geistige Freundschaft zu Raimund nach meinem folgenreichen Bruckner-Erlebnis etwas angegriffen war, unsere Männerausflüge ins lustvolle Wien setzten wir ungebrochen fort – und so ist es bis heute geblieben. Ich gestehe mir selbst, dass ich auf dieses erotische Phäakenleben, das sich mit der Stellung eines Waidhofener Ehemanns und Familienvaters nicht verträgt, nur sehr ungern verzichten würde.

Raimund versteht meine Bedenken und meinen Widerstand gegen die schleichende Verbürgerlichung. Lass Waidhofen und diese keusche Hedwig-Minne endlich hinter dir, riet er mir, du bist in jeder Hinsicht ein Großstadtmensch geworden. Du brauchst Geist, Kunst, Weite, Freiheit, natürlich auch die Liebe der Frauen, aber nicht das Eheversprechen der *einen* Waidhofnerin. Überhaupt, die Ehe, machen wir uns bitte keine Illusionen …

Raimund vertraute mir an, er unterhalte seit einigen Monaten eine erotische Beziehung mit einer verheirateten Frau, der Gattin eines Advokaten. Nichts sei für ihn beglückender als diese wenigen Stunden der völligen Hingabe. Der Genuss des Verbotenen sei dabei die entscheidende Würze. Sehen die bürgerlichen Damen nicht aus wie uneinnehmbare Festungen? Das Eroberungsspiel, der Tabubruch, so Raimund, ist kein geringer Teil des Vergnügens. Die Stelle einer Zofe einzunehmen, Haken und Ösen zu öffnen, die begehrte Frau aus Jacken, Kamisolen, Röcken und Unterröcken zu schälen – bis dann die ganze Eva bereitwillig und herrlich duftend vor mir liegt, das ist das Glück! Und gib es doch zu, Jakob, das deine ist es auch!

Die vordergründige Sittlichkeit, derer sich unsere bürgerliche Gesellschaft rühmt, sagt Raimund, ist nichts anderes als ein raffiniertes Aphrodisiakum, das den Reiz verschärft und bewirkt, dass wir den Eros nicht aus dem Kopf kriegen. Die Damenmode verhüllt scheinbar züchtig den Körper, inszeniert ihn aber mit Rüschen und Bändchen, Goldkettchen und Ohrgehängen, gestaltet ihn mit Farben und Formen, bestäubt ihn mit elysischen Parfüms. Das ist eine Obszönität, neben der sich die unschuldige Nacktheit der Wilden keusch ausnimmt.

Unter dem Eindruck solcher Reden stehend, fällt mein Zwischenresümee in Sachen Hedwig-Minne ernüchternd aus: Unsere blasse, fast körperlose Liebe ist empfindsame Literatur. Sie verwirklicht sich vor allem in Briefen. Bei jeder unvermittelten Begegnung überwiegen Unsicherheit und Peinlichkeit. Meist begegnen wir uns bei familiären Ausflügen und Zusammenkünften. Auf unseren Spaziergängen begleitet uns Hedwigs Bruder, eine Cousine oder eine Freundin – Anstandsdamen und Anstandsherren sozusagen. Intime Augenblicke unter vier Augen sind eine Seltenheit. Einige vorsichtige, heimliche und allzu kurze Küsse auf die Lippen waren das Kühnste, das Hedwig bisher zugelassen hat. Von meinen Wiener Erfahrungen, von ausgelassenen Landpartien, vom Nachtmahl beim Heurigen mit Zusatzprogramm und von den Stiegenhaus-Küssen über dem Tanzsaal ahnt Hedwig nichts. Bin ich ein schlechter Kerl? … Vielleicht müsste ich diese auf halbem Weg ins Holpern geratene Jugendliebe mit einem klaren Wort beenden! Denn Klarheit darf Hedwig von mir erwarten.

||

Ich habe Wien wieder verlassen. So erholsam und entspannend die leichten, heiteren Stunden mit Raimund und seinem Damenzirkel auch waren, es rief die Pflicht! In meiner Seele hörte ich Bruckners einleitende Horn-Rufe b-es-b-ces-es-b aus der Vierten Sinfonie und sie klangen wie eine ernste Mahnung. Zurück an den Schreibtisch mit dir, Biograf! Nach zweitägigem Zwischenaufenthalt in Waidhofen packte ich wieder die Koffer und richtete mir in einem Linzer Hotel ein privates Skriptorium ein. Meine guten Eltern hatten Verständnis für die Reise ins Oberösterreichische. Meine Schrift zu Anton Bruckners Wiener Jahren hatte ich in erster Fassung abgeschlossen. Nun wollte ich mich Bruckners Linzer Jahren widmen.

Dass es dafür nützlich, ja beinahe notwendig ist, nicht nur in Büchern und Papieren, sondern auch an Ort und Stelle zu recherchieren, ist leicht einzusehen. Nun denn, Bruckner in Linz!

ZWEITER SATZ. SCHERZO.
Allegro Moderato

Bruckner in Linz (1855–1868)

So kam Bruckner unter die Linzer || Bischof Rudigier und sein Domorganist Bruckner || Zur Ehre Gottes und des Bischofs Erbauung || Der „Musikant Gottes“ hält den Cäcilianismus für ein Nichts || Eine Messe mit sinfonischem Charakter || Über Sängerbünde im Allgemeinen und die Liedertafel Frohsinn im Besonderen || Warum ein Nachfolger Jesu im Kriegszug der Germanen mitmarschiert || Katholische Brautwerbung || Krise, Krankheit, Kaltwasserkur

Der Linzer Domorganist Wenzel Pranghofer starb im November 1855 an Lungentuberkulose. Anton Bruckner, der sich als Stiftsorganist von St. Florian im Land ob der Enns einen ausgezeichneten Namen gemacht hatte, wurde neben anderen zu einem öffentlichen Probespiel nach Linz eingeladen. Die *Linzer Zeitung* vom 15. November berichtet, dass die Prüfungsaufgabe, *ein Thema nach streng contrapunktischen Grundsätzen in einer vollständigen Fuge durchzuführen, von Herrn Anton Bruckner aus St. Florian nach dem einstimmigen Ausspruche der Prüfungskommission und der Kunstkenner ausgezeichnet gelöst wurde.* Bruckner wurde – zunächst provisorisch – als Dom- und Stadtpfarrorganist angestellt und bezog am 24. Dezember seine Dienstwohnung im alten Mesnerhäusl auf dem Pfarrplatz.

Die definitive Entscheidung über die Organistenstelle fiel am 25. Jänner 1856, als sich Bruckner gegen drei Mitbewerber an der Orgel abermals klar behaupten konnte. Im Protokoll der *Concurs-Prüfung* lese ich: *Anton Bruckner wurde aufgefordert, ob er das von Paupie (einer der Mitbewerber, Anm.) als zu schwer zurückgelegte Thema in C.min. übernehmen wolle? Wozu er sich auch sogleich bereit erklärt, und sowohl dasselbe in einer strengen kunstgerechten, vollständigen Fuge, als auch die ihm aufgelegte, schwierige Choralbegleitung mit so hervorragender Gewandtheit und Vollendung zum herrlichsten Genusse, verarbeitet und ausgeführt hat, dessen ohnedies in der praktischen Behandlung der Orgel, wie nicht minder in seinen bekannten sehr gediegenen Kirchenkompositionen bewährte Meisterschaft sich neuerlich mit aller Auszeichnung fest erprobte.* Das Anstellungsdekret wurde mit 25. April ausgestellt. So kam Anton Bruckner unter die Linzer und verweilte dort zwölf Jahre lang.

Linz, die Hauptstadt von Oberösterreich, hinterlässt bei mir einen nahezu kleinstädtischen Eindruck, der meiner Heimatgemeinde Waidhofen an der Ybbs ähnlicher ist als dem großstädtischen Wien. Umso mehr muss das wohl in den Fünfzigerjahren unseres Jahrhunderts gegolten haben, als Bruckner nach Linz übersiedelte. Das Revolutionsjahr lag damals erst acht Jahre zurück. Heute erinnern sich nur mehr wenige Alte daran. Dort und da war es zu Scharmützeln gekommen. Mitglieder der neu gegründeten Nationalgarde waren durch die Stadt patrouilliert. Liberaldemokratische Stimmen hatten sich an die Öffentlichkeit gewagt, und die Jesuiten hatte man genötigt, ihr Kloster am Freinberg zu räumen. Einige Altlinzer schilderten mir ihre Revolutionserinnerungen so unaufgeregt, als hätte sich die Dramatik der Ereignisse den Größenverhältnissen ihres Städtchens angepasst. Ungefähr 27 000 Einwohner zählte Linz im Jahr 1848. Ich vergleiche: Wien hatte zur Jahrhundertmitte 550 000 Einwohner, Budapest 180 000, Prag 140 000, Graz immerhin 55 000. Linz war das „Dorf mit Gasbeleuchtung“, wie es der Dichter Adalbert Stifter einmal ausgedrückt haben soll.

Oberösterreich war zur Jahrhundertmitte ein Bauernland, und die Bauern sympathisierten mit der Revolution nur in ihren Anfängen. Die Aufhebung der Grunduntertänigkeit genügte ihnen, mehr brauchten sie nicht. Wer nur alle zehn Jahre einen kühnen Gedanken riskiert, benötigt dafür weder Pressefreiheit noch Reichstag. Dafür genügen Stammtisch und Kirchweihfest.

Die nach 1848 verordnete Reform der Landesverwaltung diente mehr der Restaurierung als der Überwindung vorrevolutionärer Machtverhältnisse. Kurzum, als Bruckner 1856 nach Linz kam, war, was Metternichs Erben „Ordnung“ nannten, längst wiederhergestellt. Selbst die Jesuiten wohnten seit drei Jahren wieder auf dem Freinberg und blieben unbehelligt. Der liberale Linzer Bürger hob bisweilen sein Haupt, vorsichtig und langsam, eher wirtschaftlich als politisch, dennoch nicht ganz folgenlos. Der Sog der ökonomischen Entwicklung zog auch Linz ein Stück weit mit. 1851 wurde die oberösterreichische Handels- und Gewerbekammer geschaffen, Banken entstanden und die Aufhebung veralteter Zunftregeln ermöglichte eine neue, freiere Gewerbeordnung. Damit hatten nicht alle ihre Freude, denn die kleinen Gewerbetreibenden und Handwerker spürten mehr und mehr den Druck der industriellen Konkurrenz.

Für Reisende hat Linz eine günstige Lage. Ich meine nicht nur die Donauschifffahrt. Seit 1860 verkehrt die Kaiserin-Elisabeth-Bahn auf der Linie Wien – Linz – Salzburg. 1868, als Bruckner Linz wieder verließ, wurde ein kaufmännischer Verein gegründet. Der größte oberösterreichische Industriebetrieb, die Waffenfabrik Werndl, entstand in den Sechzigern, allerdings nicht in Linz, sondern in Steyr.

Die *Linzer Tages-Post*, auch eine Errungenschaft aus den Sechzigern, ist ein liberales Blatt – liberal, das heißt in Oberösterreich: kräftig durchsetzt mit antiklerikalen, deutschnationalen und antisemitischen Einflüssen. Im ersten oberösterreichischen Landtag hatte das breite liberale Lager noch die Mehrheit. Es stellte zweiundvierzig von fünfzig Abgeordnetensitzen. Sieben waren mit katholisch-konservativen Männern besetzt, der fünfzigste Sitz gehörte als privilegierte Virilstimme dem Bischof. Nationalliberale und Katholisch-Konservative, das waren in den Fünfzigern zwei große, eher lose gefügte Gesinnungsgemeinschaften mit verschwimmenden Rändern. Denn Parteien im modernen Wortsinn gab es damals noch nicht, und ich frage mich, ob das nicht besser war. Die harte Lagerbildung, der Kadavergehorsam der fanatisierten Massen gegenüber der je eigenen

Parteiführung, die Feindseligkeit, manchmal sogar Gewaltbereitschaft gegenüber dem politischen Gegner, das alles sehe ich heute, am Ende unseres unruhigen Jahrhunderts, mit Sorge …

Als ich vor mehr als fünf Jahren als Student nach Wien kam, war ich politisch ganz und gar ungebildet. In meinem Elternhaus vertraut man dem Kaiserhaus. Mein Vater und mein Bruder wählen katholisch-konservativ, sprechen aber nicht über Politik, sondern über Mehlpreise, Zuckerlieferungen, Teigrezepte, Backöfen, Backzeiten, Backtemperaturen, den Brotpreis und die Faulheit der Lehrbuben. Unser Geschäft ist unsere Politik und unsere Partei ist eine, die unserem Geschäft nützt. Ideologie interessiert meinen Vater und meinen Bruder nicht, ganz zu schweigen von Mutter und Schwester. Es genügt ihnen, dass Kaiser und Kirche die große Ordnung sichern, in der eine fleißige Bäckerfamilie ungestört arbeiten und einigermaßen gut leben kann. An den Nationalliberalen schätzt man in meiner Familie die Wirtschaftsfreundlichkeit, die Feindseligkeiten gegen Kaiserhaus und Kirche hingegen gar nicht. Ihren Antisemitismus findet man nicht grundsätzlich falsch, aber übertrieben. Immerhin sind das auch Menschen, sagt mein Vater. Am meisten misstraut man in meiner Familie den Sozialdemokraten, die erst vor einigen Jahren von Viktor Adler zur Partei geeint wurden. Mein Bruder behauptet, sie würden – kämen sie an die Macht – unsere Bäckerei verstaatlichen, und wir müssten dann froh sein, wenn wir noch so viel zu sagen hätten wie die Gesellen und die Lehrbuben.

Dass ich mich heute als Liberalen alter Schule bezeichnen kann, kirchenkritisch, aber nicht kirchenfeindlich, dass ich Zeitungen lese und auch bei politischen Gesprächen mitrede, verdanke ich meinen Studienjahren in Wien und – Ehre, wem Ehre gebührt! – meinem Freund Raimund. Er war mein politischer Lehrer. Staatsbürgerliche Dummheit können wir uns nicht mehr leisten, sagt Raimund, dazu ist die Demokratisierung zu weit fortgeschritten. Wenn so viele Leute eine Regierung wählen, sollen die angeblich mündigen Wähler wissen, was sie tun, sonst richten sie zu viel Schaden an.

So wie Raimund bin auch ich kein Anhänger gewalttätiger Revolutionen, sehr wohl aber der bürgerlichen Rechte. Wir betrachten den Aufstieg des Bürgertums zu ökonomischer Bedeutung, Wohlstand und gesellschaftlichem Einfluss als begrüßenswerte Voraussetzung für die gedeihliche Entwicklung der Wissenschaften und Künste in unserer Epoche. Was im vergangenen Jahrhundert aristokratische Mäzene geleistet haben, können in unserem wohlhabende Bürger bewirken. In den großen Städten sind sie es, die einen erheblichen Teil ihrer Gewinne für Bildung, Kunst und Forschung einsetzen. Nicht nur weil es ihren wirtschaftlichen Interessen nützlich ist, sondern weil sie davon überzeugt sind, dass der Mensch nicht vom Brot allein lebt. Die nobelste Ausprägung bürgerlichen Daseins ist doch zweifellos die bildungsbürgerliche. Höhere Schulen, Konzerthäuser, Verlagshäuser und Theater verdanken es oft bürgerlichen Anstrengungen, dass sie auf der Höhe der Zeit für die Gesellschaft Gutes bewirken können.

Sucht man in Oberösterreich nach wissenschaftlichen Anstrengungen, so wird man nicht umhinkönnen, die Stadt Linz zu verlassen und zu den Klöstern zu reisen, vor allem nach Kremsmünster und St. Florian. Linzer und andere Oberösterreicher, die es in den Wissenschaften zu Rang und Namen gebracht haben, gibt es zwar einige, aber sie hatten vorher dem Land, in dem es bis heute noch keine Universität gibt, notgedrungen den Rücken gekehrt.

Ich fasse mein Linz-Bild rund um die Jahrhundertmitte folgendermaßen zusammen: eine kleine, zum größeren Teil biedere bürgerliche Schicht, eher national als liberal, nicht ohne kulturelle Ambitionen, wenn auch auf moderatem Niveau – in dieser Hinsicht dem Landadel ähnlich; die große Masse braver, fleißiger Bauern, die meisten von ihnen höherer Bildung fern; letztlich eine quantitativ vernachlässigbare Arbeiterklasse. Das sind die sozialen

Voraussetzungen oberösterreichischer Kultur. Das hieße nicht viel und brächte nur wenig, wäre da nicht die Kirche, vor allem einige Klöster mit großer Geschichte. Über sie werde ich noch manches Würdigende schreiben, wenn ich von Anton Bruckners Lebensjahren in St. Florian erzähle.

Repräsentativ für das kulturelle Niveau der Linzer Stände scheint mir die künstlerische Verfassung ihres Theaters zu sein. Am Beginn des Jahrhunderts wurde die Bühne an der Promenade als *Landständisches Theater* errichtet. Angeblich hat sie in früheren Jahrzehnten bessere Tage gesehen. War die Aufführung von Richard Wagners *Tannhäuser*, die Anton Bruckner im Jahr 1863 miterlebt hat, vielleicht der letzte künstlerische Glanzpunkt? In den folgenden Jahrzehnten gefiel man sich in unterhaltsamer Anspruchslosigkeit, alles klassisch Hohe und kühn Moderne geriet in den Hintergrund.

Einer unserer bedeutendsten Dichter, Adalbert Stifter, lebte von 1848 bis zu seinem Tod 1868 in Linz – freiwillig, wie es scheint. Stifter, kein Freund der Revolution, aber auch kein engstirniger Reaktionär, sondern – ähnlich wie Franz Grillparzer – ein liberal-konservativer Humanist, hatte sich nicht zufällig im Revolutionsjahr dazu entschlossen, sich aus Wien, wo er ein Vierteljahrhundert gelebt hatte, zurückzuziehen. Das politisch ruhigere Oberösterreich lag für ihn auch aus anderen

Gründen als Rückzugsort nahe, nicht zuletzt kannte er das Land. Stifter stammt aus dem Dörfchen Oberplan, das im Kronland Böhmen liegt, also in nördlicher Nachbarschaft. Seine humanistische Bildung verdankt er aber dem oberösterreichischen Stiftsgymnasium Kremsmünster.

Nach der Matura studierte Stifter in Wien dies und jenes, vor allem die Rechtswissenschaften, kam aber, wenn ich richtig informiert bin, nie zu einem Abschluss. Er hatte den Ehrgeiz, als Landschaftsmaler zu reüssieren, woraus nichts Großes wurde. Erst in seinen mittleren Jahren entdeckte er das Schreiben als seine Hauptbegabung, war mit seinen ersten Erzählungen erfolgreich, wurde in den frühen Vierzigern in Wien sogar eine Art Modeautor, verkehrte in gutbürgerlichen Kreisen und unterrichtete den Sohn des Fürsten Metternich in Physik und Mathematik. In Oberösterreich wirkte er als Schulrat für die Volksschulen und bezog eine einflussreiche Position im Linzer Kulturleben. Er war Landeskonservator, schrieb Kunstkritiken und verkehrte häufig im damals vielleicht besten Linzer Salon, dem der Familie Binzer.

Emilie von Binzer, eine gebürtige Berlinerin, leistete manches Respektable für die Literatur. Stifter und Grillparzer sollen ihre Erzählungen gelobt haben, drei Theaterstücke aus ihrer Hand wurden im Hofburgtheater aufgeführt. Die Binzers bereisten zahlreiche europäische Kulturzentren, lebten seit 1845 in Wien, zogen sich – so wie Adalbert Stifter – im Revolutionsjahr in die unaufgeregteren Linzer Verhältnisse zurück und unterhielten ein Sommerhaus in Altaussee, auch dies ein von vielen Gästen geschätzter Treffpunkt für Erholung, intellektuellen Austausch und Kunstgenuss.

Es ist für mich ein Rätsel geblieben, dass zwei so bedeutende Männer wie Anton Bruckner und Adalbert Stifter einander offensichtlich ignoriert haben, obwohl sie ein ganzes Jahrzehnt in derselben Stadt gelebt haben, noch dazu in unmittelbarer Nähe. Bruckners Wohnung am Pfarrplatz war von der Stifter-Wohnung an der Donaulände keine drei Gehminuten entfernt. Der Altersunterschied von zwei Jahrzehnten scheint mir nicht unüberwindlich. Lag es an Bruckners Desinteresse an allem Literarischen, an seiner Befürchtung, er könne sich im Salongespräch blamieren? Und ist nicht umgekehrt die Musik jene Kunstrichtung, der sich der vielseitig interessierte Stifter am wenigsten zugeneigt fühlte? Stifter soll in Linz Bedeutendes für die Bildende Kunst geleistet haben, nicht zuletzt als Vizepräsident des Oberösterreichischen Kunstvereins. 1855 wurde eine oberösterreichische Landesgalerie eingerichtet. Hinweise auf vergleichbare Anstrengungen für die Musik habe ich bei meinen Stifter-Studien nicht gefunden.

||

Würdigt man jene Linzer, die Anton Bruckner gut gesinnt und hilfreich waren, darf der Name Franz Joseph Rudigier nicht fehlen. Der in Vorarlberg geborene Mann stammte aus armer, kleinbäuerlicher Familie, konnte aber, da er für die geistliche Laufbahn vorgesehen war, das Gymnasium in Innsbruck und das Priesterseminar in Brixen besuchen. In Wien promovierte er zum Doktor der Theologie, als Professor für Kirchenrecht und Kirchengeschichte kehrte er zunächst nach Brixen zurück. Im Dezember 1852 wurde Franz Joseph Rudigier zum Bischof der Diözese Linz ernannt, wenige Monate später erfolgte die Inthronisation. Angeregt durch das 1854 verkündete Dogma von der Unbefleckten Empfängnis – aus meiner Sicht eine anachronistische Merkwürdigkeit – beschlossen Bischof Rudigier und sein Domkapitel den Neubau eines Linzer Doms zu Ehren der Unbefleckten Empfängnis.

Die Grundsteinlegung zu diesem neugotischen Monumentalbau erfolgte 1862. Seinen Domorganisten Anton Bruckner beauftragte der Bischof mit der Komposition einer Festkantate. *Preiset den Herrn, lobsingt seinem Namen* für Männerchor, Soli, Blasorchester und Pauken erklang auf dem Bauplatz, wo etwa dreihundert Priester und Tausende Besucher eine großartige Kulisse boten. Für die Einweihung der Votivkapelle im Neuen Dom – sieben Jahre später – komponierte Bruckner die A-cappella-Messe in e-Moll.

Bischof Rudigier erlebte den Abschluss seines ehrgeizigen Bauvorhabens nicht. Er starb 1884, als weder Langhaus noch Querschiff standen. Heute stehen sie noch immer nicht, und der Turm ist seit zehn Jahren im Bau. Ein seltsamer Anblick! Welche dem verblichenen Bischof nachgeborene Generation wird die Fertigstellung feiern? Eine weitere Komposition von Anton Bruckner zu diesem Anlass ist jedenfalls nicht mehr zu erwarten.

Es fällt mir schwer, eine gewisse Boshaftigkeit zu unterdrücken. Mein Bild von Bischof Rudigier ist zwiespältig. Für Bruckner war er zweifellos eine menschliche Stütze. Der Bischof begegnete seinem Domorganisten, so heißt es, stets freundlich und wertschätzend, er ermöglichte ihm Urlaube für die Kompositionsstudien bei Simon Sechter in Wien und unterstützte Bruckners Anregung, im alten Dom die Orgel zu sanieren. Verständnisvoll reagierte er auch, als Bruckner darum bat, man möge ihm für zwei Jahre die Organistenstelle in der Diözese Linz reservieren, da der 1868 eingeschlagene Wiener Weg eine unsichere Zukunft habe.

Es wäre aber allzu eng gedacht, würde man einen Bischof nur danach beurteilen, wie er mit seinem Domorganisten verfährt. Rudigier steht im Ruf eines charakterlich untadeligen, spirituell gefestigten, tatkräftigen und volksverbundenen Mannes, eines „Guten Hirten“, der sein Leben ganz dem Wohl seiner „Schafe“ gewidmet hat. Sein Episkopat gilt als Erneuerungs- und Blütezeit des oberösterreichischen Katholizismus. Rudigier bewirkte und förderte in seinem Bistum mehr als sechzig neue Ordensniederlassungen, fast vierhundert Volksmissionen und zahlreiche Vereinsgründungen für Laien. Er gründete ein Diözesanblatt und die katholische Tageszeitung *Linzer Volksblatt.* Mit Pastoralkonferenzen und Priesterexerzitien verbesserte er die spirituelle Bildung der Priester. Anekdoten über das gute Herz des Bischofs sind im Volk verbreitet und belegen Rudigiers soziale Gesinnung. Das ist die eine Seite, es gibt aber auch eine andere. Unter Franz Joseph Rudigiers Episkopat wurde die Diözese Linz zu einem Zentrum jenes politischen Katholizismus, den wir Liberale für einen bedenklichen Irrweg und verderblichen Rückschritt halten.

Kirchenmänner wie Rudigier träumen von einem katholischen Staat. Göttliches Naturrecht steht über weltlichem Recht. Das wollen viele andere natürlich nicht: Protestanten, Juden, Atheisten, Sozialisten, Deutschnationale – und Liberale wie ich.

Besondere Schärfe bekommt dieser Streitpunkt immer wieder in Ehe- und Schulfragen. Durch die Dezemberverfassung 1867 und die Maigesetze 1868 wurde der Kirche die Aufsicht über das Erziehungs- und Unterrichtswesen entzogen. Die Bischöfe prangerten diese Reform als Krieg gegen die Kirche an, als Bruch des Konkordats, das der Kaiser 1855 mit dem Vatikan vereinbart hatte. In scharfen Hirtenbriefen lehnten sie nicht nur die staatliche Schulaufsicht als „abscheuliches Gesetz“ ab, sondern auch die Zivilehe. Den schärfsten verfasste Rudigier, der den Klerus zum Widerstand gegen die neuen Gesetze aufforderte. Sein Hirtenbrief wurde beschlagnahmt, Rudigier dem Linzer Landesgericht vorgeführt und wegen versuchter Störung der öffentlichen Ruhe zu vierzehn Tagen Kerkerhaft verurteilt. Bevor er sie antrat, traf die Begnadigung des Kaisers ein.

Nahm Anton Bruckner diese Staatsaffäre, in die sein Dienstherr und Gönner als Hauptakteur verwickelt war, überhaupt wahr? Und wenn ja, was dachte er darüber? Bruckner war – wovon noch ausführlich die Rede sein wird – auf eine ehrliche, wenn auch naive Weise fromm. Ich habe bisher keinen Hinweis gefunden, dass er die katholische Kirche jemals kritisiert hätte. Vielleicht wäre er nur dann hellhörig und grantig geworden, wenn sein Bischof die Regeln des Kontrapunkts und der sinfonischen Instrumentierung der Macht des Papstes unterworfen hätte.

||

Anton Bruckner musizierte und komponierte. Nicht nur zur Ehre Gottes, sondern auch zu Rudigiers Zufriedenheit und Erbauung. Gelegentlich soll der Bischof seinen Domorganisten zu einer musikalischen Andachtsübung einbestellt haben. Bruckners Orgelspiel war ihm ein glaubensstärkendes Exerzitium. Die geistlichen Kompositionen, mit denen Bruckner in Erscheinung trat, fügten sich zur kirchenmusikalischen Praxis der Zeit. Dennoch waren sie mehr als bloße Gelegenheits- und Gebrauchskunst.

Im Jahr seiner Ernennung zum Linzer Dom- und Stadtpfarrorganisten komponierte Anton Bruckner ein *Ave Maria* in F-Dur für vierstimmigen Chor. Allein die instrumentale Begleitung durch Orgel und Violoncello weist den Kenner darauf hin, dass die kompositorische Grundlage dieses Werks der gute alte Generalbass ist, den Bruckner bei Simon Sechter so fleißig studierte. Die Fugen-Exposition und das als Kanon gesetzte *Sancta Maria* bestätigen diesen Eindruck. Der Komponist nahm sich aber auch kleine Freiheiten. Der dreimalige Chorausruf *Jesus!* unterbricht die kontrapunktische Ausführung zugunsten einer expressiv-romantischen Gestaltung, meiner Wahrnehmung zufolge auch der Schluss, in welchem die Gottesmutter angefleht wird, in der Stunde unseres Todes für uns arme Sünder zu bitten. Man muss die katholische Marienverehrung nicht teilen, um von diesem dunklen Ausklang berührt zu werden.

Ein zweites *Ave Maria*, abermals in F-Dur, aber für siebenstimmigen Chor ohne Instrumentalbegleitung, komponierte Bruckner fünf Jahre später. Und wieder fällt der herausgehobene, dreimalige Jesus-Ruf auf. Spirituelle Innigkeit und religiöse Empfindung scheinen mir hier noch stärker in den Vordergrund zu treten. Nebenbei merke ich an, dass ich dem *Ave Maria* Opus 12 von Johannes Brahms, einem angeblich gut entlohnten Gelegenheitswerklein für den Hamburger Frauenchor, diese spirituelle Tiefe nicht bescheinigen würde. Hübsch gemacht, aber nicht mehr. Ein Wiener Kommilitone will allerdings aus verlässlicher Quelle wissen, dass in Brahms' Wiener Wohnung die Reproduktion von Raffaels Sixtinischer Madonna hängt, was auf eine für einen Protestanten ungewöhnliche Anhänglichkeit an die Gottesmutter hinweisen könnte. Was weiß man schon! Auch möchte ich Johannes Brahms keinesfalls zum weltanschaulichen Hallodri stempeln. Sein *Deutsches Requiem* hat mich, als ich es zum ersten Mal gehört habe, tief erschüttert! Ich stelle es über alle seine Sinfonien.

Nicht nur unter uns Musikern wird die Frage diskutiert, ob es einem Atheisten möglich sei, ein gültiges kirchenmusikalisches Werk zu komponieren. Die Rationalisten unter uns bejahen die Frage. Jeder Mensch – egal welcher Herkunft, welchen Geschlechts und welchen Glaubens oder Unglaubens – jeder Mensch, der weiß, was eine katholische Messe ist und das Handwerk der

Komposition hinlänglich beherrscht, kann eine katholische Messe komponieren, sagen sie. Gewiss, entgegne ich, aber man merkt dem Opus das Äußerliche und Gemachte an! Mein Freund Raimund widerspricht mir. Eine Messe, die ein atheistisches Genie hervorgebracht hat, berührt auch die Herzen der Gläubigen hundertmal mehr als die eines frommen Dorfschullehrers, der mit Mühe seine Dreiklänge zusammenflickt und einen verminderten Dominantseptakkord für das kühnste Klangerlebnis unter der Sonne hält. Mag sein, am stärksten wirkt aber, wenn kompositorische Meisterschaft und religiöse Empfindung, Ehrfurcht vor dem Ritus und freie künstlerische Auslegung zueinanderfinden. Bevor ich mich unter diesem Gesichtspunkt Anton Bruckners drei Messen aus der Linzer Zeit widme, will ich aber gleich gegen eine kirchenmusikalische Tendenz ins Feld ziehen, gegen die auch Bruckner kräftige Vorbehalte äußerte.

||

Die Absicht mag ehrlich sein, die Methoden sind schwächlich, die Folgen schädlich. Im Spannungsfeld von Revolution und Restauration, von moderner Glaubenskrise und kirchlichem Behauptungswillen macht sich in unserem Jahrhundert eine kirchenmusikalische Bewegung breit, die Reform sagt und Reaktion meint. Ich spreche vom Cäcilianismus. „Wahre“ Kirchenmusik – so seine Vertreter – sei keine Kunst-, sondern eine Glaubensübung. In reinster Form trete sie uns im Gregorianischen Choral und in der Vokalpolyphonie entgegen, die mit Palestrina ihren Höhepunkt erlebt habe. Nun ja, nichts gegen Palestrina, nichts gegen die großen Niederländer und die Gregorianik. Man darf und soll das alles schätzen! Auch Bruckner hat es geschätzt!

Höchst ärgerlich ist aber, dass man in unserer seltsamen Zeit kein lobendes, unbefangenes Wort über das gute Alte aussprechen kann, ohne dass fünf Wirrköpfe applaudieren und leidenschaftlich verkünden: Sehr richtig! Und daher müssen wir auch heute wieder genau so schreiben, bauen, malen und komponieren wie unsere großen Ahnen! Nehmen Sie sich zurück, mehr oder weniger werte Herren, und denken Sie nach! Man *kann* so schreiben, bauen, malen und komponieren wie die Alten, man *muss* aber nicht, und es wäre nicht einmal wünschenswert, würde sich die Mehrheit solch eine bequeme Selbstbeschränkung auferlegen, unter der jede neue Idee, jeder ungewohnte Einfall, jede kreative Blüte verdorren würde. Es spräche gar nichts dagegen, auch neuere Werke im Stil Palestrinas zu komponieren und in unseren Kirchen aufzuführen, würden die feurigen Cäcilianer daran nicht das Verbot jeder anderen Kirchenmusik knüpfen, die außerhalb ihres engen

Regelkanons und ihrer beschränkten Vorstellungskraft gedeiht.

Zu den besonders lauten Rufern für den Cäcilianismus gehörte der mittlerweile verblichene Franz Xaver Witt, der 1868 in Regensburg den Allgemeinen Deutschen Cäcilien-Verein gründete und als Wanderprediger seiner Sache auch in Österreich um Gesinnungsfreunde warb. Er konnte sich glücklicherweise nur über Teilerfolge freuen. Die klügeren Kirchenmusiker – ich nenne beispielhaft den Gmundner Stadtpfarrorganisten und Regens chori Johann Evangelist Habert – erkannten, welche Auswüchse sich hier anbahnten. Die Reduktion des Erlaubten auf die geistliche A-cappella-Komposition hätte zur Folge, dass man die klassischen Messen eines Joseph Haydn, Wolfgang Amadeus Mozart und Franz Schubert, auch Beethovens *Missa solemnis* auf den kirchlichen Index stellen müsste! Alles Sinfonische und Theatralische wäre verbannt. Die Berechtigung der Instrumentalmusik in der Kirche wurde zum wesentlichen Streitpunkt zwischen Franz Xaver Witts deutschem Cäcilien-Verein und den gemäßigten Repräsentanten seiner österreichischen Variante.

Dass die autoritärsten kirchlichen Würdenträger an Herrn Witts Regensburger Tendenz Gefallen fanden und immer noch finden, verwundert nicht. Sie, die alles Menschliche, von der Alphabetisierung der Kinder bis zur Ehemoral der Erwachsenen, dem römischen Diktat unterwerfen wollen, möchten natürlich auch die Kunst ins Korsett von Enzykliken und Hirtenbriefen zwingen. Das österreichische Episkopat unterstützte 1870 die Bittschrift des deutschen Cäcilien-Vereins um päpstliche Approbation. Damit stieß man bei Pius IX. offene Türen ein. Der Salzburger Kardinal Katschthaler, seit 1884 auch Diözesanpräses des dortigen Cäcilien-Vereins, lehnt Instrumentalmusik in der Kirche grundsätzlich ab. Würden er und seine Parteigänger sich damit durchsetzen, dürfte sich die Kirche nicht beschweren, wenn die anspruchsvollere neue Kirchenmusik in die Konzertsäle abwandern müsste.

Da zu den Glanzzeiten des Gregorianischen Chorals, auch noch in den Jahrhunderten Palestrinas und der Niederländer, Frauengesang in der Kirche verboten war, müsste der strenge Cäcilianer auch diese altväterische Verbotspraxis erneuern. Ich wage die These, dass die Heilige Cäcilia, Schutzpatronin der Musik seit dem 15. Jahrhundert, gegen den nach ihr benannten Cäcilianismus allein aus diesem Grund Einspruch erheben würde.

Ähnlich dachte auch Anton Bruckner über die kirchenmusikalischen Restaurationsversuche. Er ist das beste Beispiel für einen aufrichtig religiösen Komponisten unseres Jahrhunderts, der die Kirchentonarten und die polyphone Tradition kannte, sie schätzte und beherrschte, Elemente daraus in eigenen Werken verwendete und trotzdem die neueste Musik eines Richard Wagner in ihrer Großartigkeit erkannte und manches für seine eigene kompositorische Praxis adaptierte. Bei aller Vorsicht im Umgang mit Bruckner-Anekdoten erachte ich folgende für ziemlich glaubwürdig: In einer Gesprächsrunde äußerte sich der Prager Erzbischof Kardinal Franz Graf Schönborn lobend über die Cäcilianer. Bruckner, der kirchlichen Autoritäten stets demütig begegnete, ließ in diesem Fall seine schafartige Bravheit hinter sich und entgegnete verärgert: Eminenz, Palestrina a la bonheur! Das ist was, aber die Cäcilianer, die san nix! Nix! Nix!

||

Anton Bruckner komponierte die Messe in d-Moll innerhalb weniger Monate. Sie wurde am 20. November 1864 – ausgerechnet am Cäcilientag! – im Alten Dom uraufgeführt und wegen des starken Eindrucks, den sie hinterließ, am 18. Dezember im Redoutensaal als Concert spirituel wiederholt. Dass auch der kirchenpolitisch konservative Bischof Rudigier großen Gefallen an diesem Werk fand, sagt viel. Offensichtlich teilte Rudigier die Abneigung der Cäcilianer gegen sinfonisch dramatisierende Kirchenmusik nicht. Warum auch? Wird der erhabene Ritus, die Bindung der Musik an die

Liturgie im Wesentlichen anerkannt, was soll dann gegen die Hervorbringung frommer Gefühle durch Musik sprechen? Dem Glauben schädlich ist doch eher das Gegenteil: der nur formale Vollzug des Ritus ohne die Andacht der Einzelseele.

Die d-Moll-Messe war nicht Bruckners erste Messkomposition, es war aber die erste, die unverkennbare Kennzeichen jenes persönlichen Kompositionsstils trägt, den wir dem Meister aus heutiger Sicht zusprechen. Ich begnüge mich mit Andeutungen: kunstvolle Verknüpfung von Chromatik und Diatonik, Taktteilung in Triole und Duole, Streicherbewegung in Achtel- und Sechzehntelnoten, markante Oktav-, Quint- und Quartsprünge, absteigende und aufsteigende Stimmführung im Oktavraum, ostinate Begleitmotive, polyphone Elemente. Man bedenke: Seit Anton Bruckner aus St. Florian weggezogen war, hatte er die mit größtem Ernst betriebenen Studien bei Sechter und Kitzler hinter sich gebracht, er hatte die Linzer Erstaufführung des *Tannhäuser* gehört. Der Theaterkapellmeister Ignaz Dorn vermittelte ihm Berlioz und Liszt. Bruckners Musikverständnis und künstlerische Fertigkeiten erweiterten sich beträchtlich und der Meister dürfte sich der folgenreichen Entwicklung bewusst gewesen sein. Er war jetzt fast schon ein Komponist auf der Höhe der Zeit und musste Vergleiche mit Bedeutenderen nicht mehr scheuen.

Die Musik der d-Moll-Messe ist nicht Begleitung, sondern Auslegung des Wortes. Symbolik und Gefühlswert des Klangs bestimmen die Gestaltung. Für den Ruf *Kyrie eleison* – Herr, erbarme dich unser! – verwendet der Komponist den Tritonus, die verminderte Quint, nicht nur bei ihm ein Symbol für Schmerz, Sünde, Reue und Klage; und die kleine Sekund, absteigend oder aufsteigend, gilt als Seufzer-Motiv. Ab Takt 100 werden die Kyrie-Rufe in Oktavsprüngen und Sekundschritten drängender. Der sündige Mensch wendet sich im Bewusstsein seiner Schuld an Gott, verzweifelt, aber in der Hoffnung auf Gnade. Gehen wir zu weit, wenn wir behaupten, im Oktavsprung symbolisiere Bruckner den unermesslichen Abstand zwischen der Herrlichkeit des triumphierenden Himmelskönigs und dem irdischen Leid des gekreuzigten Jesus? Das *Christe eleison* setzt sich hörbar vom ersten Teil ab. Wird Jesu Name genannt, erzeugt Bruckner mildere, lyrische, um nicht zu sagen mystische Klangwirkungen. Statt der verminderten Quint erklingt jetzt eine reine und der Basston liegt um eine Duodezim höher. Ich erinnere an die sanft hervortretenden Jesus-Takte in beiden *Ave Maria*-Vertonungen. Nach dem Klage- und Bittruf *Christe eleison* leitet Bruckner durch Abschwächung der Dynamik den dritten Teil des Kyrie ein, den Schlussteil. Vielleicht erliege ich nur der Schönheit des trinitarischen Gedankens, wenn ich in der Musik der Reprise das Wirken des Heiligen Geistes symbolisiert höre, der Himmel und Erde, Unendlichkeit und Endlichkeit umspannt …

In den Finalsätzen einiger Sinfonien griff Bruckner auf Motive aus den vorangegangenen Sätzen zurück. Das macht er auch im *Agnus Dei* der d-Moll-Messe, indem er Motive aus dem *Kyrie* und dem *Sanctus* zitiert, bisweilen abwandelt und in neue Interpretationszusammenhänge stellt. *Dona nobis pacem!* Die Seufzer und Klagen aus dem Kyrie wirken nach, sie werden aber nach christlichem Verständnis in hellen Dur-Klängen aufgelöst, denn die heilsgeschichtliche Erzählung verheißt den Menschen, dass die Sünden der Welt vom Lamm Gottes hinweggenommen werden und das ewige Licht leuchten wird.

Der theologische Kern der christlichen Messe ist das *Credo*, daher auch der längste, inhaltlich dichteste. Bekenntnis des Glaubens. *Credo in deum patrem omnipotentem, creatorem coeli et terrae*. Von weit her kommt es, dieses schöne Latein. Die wesentlichen Elemente des *Credo* wurden erstmals auf dem Konzil von Nicäa im Jahr 325 formuliert, als es galt, dem angeblichen Irrglauben des Arius entgegenzutreten und die gültigen Glaubensgrundsätze zu schärfen.

Ich glaube an Gott – den Schöpfer, den Allmächtigen, den Einen und Einzigen. Kraftvoll deklamierender Chor. Orchester. Fanfarenartig schmettern die Trompeten. Oktavsprung – Himmel und Erde. Und ich glaube an Jesus Christus, den Gottessohn, der Mensch geworden ist. Nun setzt es ein, das geheimnisvolle Drama der Heilsgeschichte. Diese wunderliche Geburt des heiligen Helden: empfangen vom Heiligen Geist und von einer Jungfrau geboren. Der Fleisch gewordene Gottessohn. *Et incarnatus est*, die Solostimmen im überirdischen Fis-Dur. – Dann aber die Verdüsterung: die Passionsgeschichte. Unruhige Geigen, bedrohlicher Bläserklang. B-Tonarten, b-Moll. Gelitten unter Pontius Pilatus, gekreuzigt, gestorben und begraben. Schließlich der Tiefpunkt: *descendit ad inferna*. – Aber! Aus einem Paukenwirbel über vierunddreißig Takte und beharrlichem Bassrhythmus baut sich das Neue auf. Streichertremolo, Erweckungsfigur der ersten Geigen. Flöten, Oboen, Trompeten schließen sich an. Dann der Chorjubel: *Resurrexit a mortuis!* Der Tod ist überwunden! *Ascendit ad coelos!* Jesus beim Vater im Himmel. Letztlich die Apotheose des Glaubens in der Reprise!

Die ausnahmslos anerkennenden Besprechungen der d-Moll-Messe in der Linzer Presse erschienen nach der konzertanten Aufführung im Dezember. Der Rezensent der *Linzer Zeitung* würdigte die Messe *als das hervorragendste Werk der jüngsten Zeit auf kirchlichem Gebiete. Herr Bruckner hat hiemit einen entscheidenden Schritt für die Zukunft getan.* Im *Abendboten* schrieb Moritz von Mayfeld: *Der einstige Biograph Bruckner's dürfte sich ungefähr so vernehmen lassen: Der 18. Dezember 1864 kann als der Tag bezeichnet werden, an welchem Bruckner's Gestirn zum erstenmale in vollem Glanz leuchtend am Horizonte emporsteigt.*

Nun, Herr von Mayfeld, da Sie mich, den *einstigen Bruckner-Biographen* schon vor mehr als dreißig Jahren, also sechs Jahre vor meiner Geburt angesprochen haben, will ich Ihnen danken für Ihre kluge Besprechung der d-Moll-Messe, die Sie vor allem dazu nützten, Bruckners Kirchenmusik gegen die cäcilianische Einfalt zu verteidigen. Ich zitiere aus Ihrem Zeitungsartikel: *Ist es erlaubt eine Messe im Style zu schreiben wie Bruckner es getan? Auf diese Frage lautet die Antwort: Nicht nur erlaubt, sondern unerläßlich geboten, wenn überhaupt ein Werk von wirklicher Bedeutung zustande kommen soll. In keinem Zweige der Kunst haben so viele Flachköpfe gesündigt, als gerade im kirchlichen. Jeder Schulmeister, mit dem Generalbass behaftet, glaubt im musikalischen Weinberge des Herrn arbeiten zu dürfen und wählt die Kirche […] zu seinem Tummelplatze. So kommt es, daß die ohnehin schon zum Überdruß breitgetretenen, stereotypen Geleise der Kirchenmusik tunlichst noch mehr ausgefahren werden.*

Selbst Eduard Hanslick, der damals unserem Meister noch gewogen war, verfasste für die *Neue Freie Presse* eine anerkennende Notiz: *Die Linzer Tagesblätter bringen wiederholt eingehende Besprechungen einer Messe von Anton Bruckner, welche dort ungewöhnliche Sensation erregt hat. Der Komponist, gegenwärtig Domorganist in Linz, einer der besten Schüler des Wiener Konservatoriums und renommierter Orgelspieler, ließ diese Messe kürzlich in der Domkirche aufführen. Die (als ergreifend und originell geschilderte Musik) machte auf die Hörer einen solchen Eindruck, daß man ein eigenes ‚Konzert-Spiritual' arrangierte, um darin Bruckner's Messe vollständig zu wiederholen.*

Nicht nur das. Im Jänner 1867 wurde die d-Moll-Messe erstmals in Wien aufgeführt, 1870 in Salzburg. Der Salzburger Rezensent merkte an, dass *das Werk im ganzen auf dem prononcirten Standpunkte der neueren Musik-Richtung steht, und der durchwegs dramatischen Auffassung und Wiedergabe des heiligen Meßtextes huldiget*, dass ihm aber *einheitliche Fassung und zum Theile auch concise musikalische Ausdrucksweise* nachzurühmen sei.

II

Gesangsvereine sind ein kerniges bürgerliches Element im musikalischen Leben unseres Jahrhunderts. Zu ersten Verbindungen dieser Art kam es schon, als Napoleon noch siegreich über Europa galoppierte; eine aus unserem kulturellen Gedächtnis herausragende ist die Berliner Liedertafel, gegründet im Jahr 1809 von Carl Friedrich Zelter, gelernter Maurermeister und hochbegabter Autodidakt der Musik, ambitioniert und hochangesehen, einer der wenigen Duz-Freunde von Johann Wolfgang Goethe, dessen beschränkten musikalischen Geschmack er beeinflusste, nicht zuletzt mit unbedeutenden Vertonungen der bedeutenden Gedichte des Geheimrats.

Zelter setzte noch auf Exklusivität. Eine streng begrenzte Zahl von guten Musikern traf sich einmal im Monat zu einem Festschmaus, der mit Gemeinschaftsgesang gewürzt wurde. Das Beispiel machte Schule. In deutschen Städten und Städtchen – von Leipzig bis Stuttgart – schossen die Liedertafeln aus dem Boden wie die sprichwörtlichen Pilze. Zelters Berliner Tafel legte keinen Wert auf öffentliche Wirkung, aber artähnliche Nachfolgezirkel suchten den Beifall des bürgerlichen Publikums und den Schulterschluss mit den Gesinnungsfreunden.

Von Anfang an vermengten sich musikalische mit politischen Intentionen. Das von den Liedertafeln gepflegte Liedgut, das zuerst von der Romantik und ihrer Liebe zum Volkslied bestimmt worden war, kippte merklich auf die vaterländische Seite. Ob man das für einen Vorzug oder einen Nachteil hält, mag von der weltanschaulichen Position des Betrachters abhängen. Dass bei den Mächtigen in den österreichischen Ländern die Sängerbünde nicht gern gesehen waren, liegt jedenfalls an den markanten politischen Begleittönen. Die Bünde standen im Verdacht, kulturell getarnte Sammelbecken für liberale und deutschnationale Männer zu sein. Erst im Jahr 1843 konnte der erste Wiener Männergesang-Verein seine Tätigkeit aufnehmen, und in meiner Heimatstadt ist man stolz darauf, dass noch im selben Jahr auch in Waidhofen das Gründungsfest gefeiert wurde.

Unsere Stadtchronik spricht von *lebensfrohen Männern, welche Kopf und Herz auf der rechten Stelle* tragen und *dem Gesangsgotte Apollo* huldigen. Anerkennenswert erscheint mir, dass jeder Mann Mitglied werden kann, *ohne Unterschied des Standes* – wobei allerdings der Mitgliedsbeitrag von vornherein eine gewisse Hürde darstellt. Erfreulich ist auch die Gründung des Frauenchors im Jahr 1893, aus meiner Sicht unerfreulich ist die stramm deutschnationale Entwicklung, die auch unser Verein genommen hat. In der Festschrift zum vierzigsten Gründungsjubiläum lese ich: *Das liedreiche Gemüth der Deutschen hat uns schon den reichsten Schatz geschaffen und es wird immerfort ein Born sein, aus dem sich die Nation stets neue seelische Kraft und Frische schöpfen kann.*

Ähnliches erschien zum fünfzigsten Gründungsjubiläum in Reimform: *Des deutschen Liedes Hüter stets zu sein, / Im deutschen Gau den deutschen Sang zu pflegen / Das wollen wir, erschall es im Verein / Und froh und frei und kühn und allentwegen*. Deutscher geht's nicht mehr. Ein Mensch mit Musikverständnis muss doch sehen, dass die Höhe, auf der unser musikalisches Leben steht, nur im Zusammenwirken vieler Kräfte möglich wurde. Was wäre die Musik ohne Italien, Frankreich, Russland, ohne die nationalen Schulen der Tschechen und Ungarn! Mein Vater liebt alles Gesellige. Er verfügt über eine brauchbare Baritonstimme und ist seit vielen Jahren Mitglied unseres Waidhofener Männergesang-Vereins. Er ignoriert die penetrante Deutschtümelei oder verharmlost sie zum quasipolitischen Brauchtum. Ich selbst helfe manchmal als Gastsänger bei den ersten Tenören aus. Mehr Annäherung wünsche ich nicht.

Im Jahr 1845 wurde in Linz ein Männergesang-Verein gegründet, der 1849 den Namen *Liedertafel Frohsinn* bekam. Ihr Gründer war der nationalliberale Reichstagsabgeordnete Ignaz Karl Figuly von Szep. Geprobt wurde anfangs in Linzer Bürgerhäusern und Gasthäusern, das heutige Vereinshaus auf dem Pfarrplatz, das ich besichtigen konnte, ist erst seit 1874 im Besitz der Liedertafel. Vor allem im Redoutensaal und im landständischen Theater organisierten die Frohsinnigen Chorkonzerte, Bälle und Wohltätigkeitsveranstaltungen. Die Sänger und Sängerinnen – seit 1849 gibt es auch einen Frauenchor – wirken bei Messen und anderen kirchlichen Veranstaltungen mit. Kultus und Kunst, Geselligkeit und Gemeinschaft – Sängerbünde wirken nicht nur auf musikalischem Feld, sondern in die soziale Breite.

Anton Bruckner wurde schon in seinem ersten Linzer Wirkungsjahr Mitglied der Liedertafel Frohsinn, er sang bei den zweiten Tenören, noch im selben Jahr wurde er zum Notenwart bestellt. Wegen latenter Heiserkeit trat er als Sänger zurück, 1860 wählte ihn aber die Vollversammlung zum ersten Chormeister. Er dirigierte die Liedertafel bei Sängerfesten in Krems und Nürnberg mit großem Erfolg. Zum deutschen Sängerfest in Nürnberg waren 284 Chöre gekommen, 6 000 Sänger, 15 000 Zuhörer. Bruckner hatte ein schwieriges Werk gewählt, *Wachet auf* von Friedrich Wilhelm Kücken. Die Liedertafel Frohsinn bewältigte es mit Bravour. Frenetischer Beifall! Stürmischer Jubel! Das war im Juli 1861, wenige Wochen später legte Bruckner die Chorleitung zurück, angeblich im Streit – oder aufgrund von Beleidigungen. Bruckners Freund Rudolf Weinwurm sagte mir, so wie in jeder künstlerischen Laienvereinigung hätte es auch beim Frohsinn Meinungsunterschiede über die Zumutbarkeit der Anforderungen gegeben. Manche dürften Bruckners hohe Ansprüche für eine Überforderung der Sängerinnen und Sänger gehalten haben. Außerdem soll es in Nürnberg auf Kosten des Chorleiters zu einem geschmacklosen Streich gekommen sein – irgendeine peinliche Frauengeschichte in einer Weinschenke … An Genaueres könne er sich nicht mehr erinnern. Woran er sich aber noch gut erinnere, sei das Oberösterreichisch-Salzburgische Sängerbundesfest 1865 in Linz.

||

Diese Großveranstaltung benötigte eine lange Vorbereitungszeit, da sie mit einem Preisausschreiben verbunden war. Mehr als dreihundert Männerchöre beteiligten sich daran, acht Kompositionen wurden für das Schlusskonzert ausgewählt, unter ihnen Anton Bruckners Werk *Germanenzug*, das er für diesen Anlass komponiert hatte. Im Unterschied zu anderen weltlichen Chorkompositionen der Linzer Jahre handelt es sich nicht um ein konventionelles Gelegenheitswerk. Was Bruckner in den vergangenen acht Jahren bei Sechter und Kitzler gelernt und was er daraus gemacht hatte, wurde nun hörbar. Taktweise zeichnet sich schon der später so unverwechselbare Bruckner-Klang ab.

Dass die Blechbläserbegleitung Assoziationen militärmusikalischer Art weckt, ist wohl dem heroischen Inhalt geschuldet. Bruckner hatte sich für ein Gedicht des Wiener Schriftstellers August Silberstein entschieden, das dem patriotisch-martialischen Zeitgeist folgt. *Germanen durchschreiten des Urwaldes Nacht. Sie ziehen zum Kampfe, zu heiliger Schlacht.* Der Zug der Krieger wird von den Walküren begleitet. Mögliches Zaudern, Zögern und Zittern zerstreuen die wehrhaften Damen, indem sie den Gefallenen einen Ehrenplatz an Odins Tafel in Walhall in Aussicht stellen. *In Odins Hallen wird es licht … Teutonias Söhne, mit freudigem Mut, sie geben so gerne ihr Leben und Blut.*

Ich gestehe, dass ich dieser kraftvollen Bejahung des Heldentods mit begründeter Skepsis begegne, und zwar nicht nur, weil ich selbst an meinem Leben hänge. Allzu oft habe ich als Mitwirkender in unserer Waidhofener Liedertafel erlebt, wie inbrünstig gerade jene Männer vom süßen Sterben für das Vaterland singen, die in ihrem bürgerlichen Leben wahre Hypochonder sind und bei jedem Hustenreiz ängstlich nach einem Arzt rufen, der ihnen ein möglichst langes Leben unter den Irdischen garantieren soll. Im Zweifelsfall ziehen sie alle die Tafel unseres Kirchenwirts derjenigen des Gottes Odin vor, ganz zu schweigen von der Aussicht auf himmlisches Manna nach christlicher Rezeptur.

Es ist für mich schwer vorstellbar, dass Anton Bruckner ausgeprägte Sympathien für die Todesverachtung der deutschen Krieger hatte. Weltanschaulich authentisch war Bruckner dann, wenn er *Christe eleison* sagte oder *Ave Maria*. Seine Hoffnung war gewiss das ewige Licht, aber nicht das von Walhall. Allerdings muss Bruckners Hoffnung, mit dem *Germanenzug* den Sieg beim Oberösterreichisch-Salzburgischen Sängerbundfest zu erringen, stark gewesen sein. Als ihm und dem Frohsinn nur der zweite Preis zugesprochen wurde, war er – so behauptet Rudolf Weinwurm – maßlos enttäuscht. Die besondere Pikanterie der Sache liegt darin, dass es ausgerechnet Weinwurm selbst war, der mit seiner Komposition *Germania* den ersten Preis errang.

Bruckners Vertrauen in Silbersteins Lyrik wurde allerdings nicht erschüttert. Im Jahr 1866, dem schrecklichen Jahr von Königgrätz, vertonte Bruckner Silbersteins *Vaterländisches Weinlied* und das nicht minder patriotische Vaterlandslied *O könnt' ich dich beglücken* mit dem Versprechen *Willst du mein Leben, willst mein Blut, ich will's dir geben gar treu und gut*. Als der Wiener Männergesang-Verein 1893 sein fünfzigjähriges Bestehen feierte, gratulierte ihm Anton Bruckner mit *Helgoland*, einer germanophilen Kitsch-Ballade für Chor und großes Orchester. Worte: August Silberstein.

Wie naiv darf ein Komponist sein? Und wie weit darf er sich vom Eigenen entfernen, um bei seinen Zeitgenossen und in seinem Wirkungsfeld zu reüssieren? Der Sinfoniker Anton Bruckner setzte immer wieder beeindruckende Beispiele künstlerischer Selbstbehauptung trotz erlittener Zurückweisung. Der Kirchenmusiker Bruckner vertonte die kanonisierten Texte jener Glaubensgemeinschaft, der er sich zutiefst verbunden fühlte, und er vertonte sie in der ihm eigenen Weise. Gut so! Chapeau! Als Bruckner *Helgoland* und *Germanenzug* komponierte, blieb er zwar musikalisch auch bei sich, aber Silbersteins martialische Deutschtümelei muss ihm fern und fremd gewesen sein, nicht zuletzt aus religiösen Gründen. Politische Bedenken quälten ihn bei der Textauswahl nicht, weil er gar nicht politisch dachte. Die Worte waren ihm schlicht und einfach egal, wie es scheint. So entsprach es auch Bruckners Wunsch, dass bei seinem Begräbnis *In Odins Hallen wird es licht* aus dem *Germanenzug* gesungen wurde. Für eine im Sterben begriffene katholische Seele, die sich zur Himmelfahrt aufmacht, ist das ein recht kurioser Wunsch. Was hat sie bei Odin verloren? Falsche Richtung! Offensichtlich mochte er seine eigene Komposition, das heißt: *die Töne*, und es genügte ihm, dass die Worte dazu irgendwie mit Tod und Erlösung zu tun hatten.

Dem Chorgesang blieb der Komponist Anton Bruckner über seine Linzer Jahre hinaus verbunden. Und so wie die vaterländischen Chorwerke dem weltanschaulichen Geschmack der deutschen

Sängerbünde und Liedertafeln bestens angemessen waren, so waren es auch Bruckners andere, meist anlassbezogene Werke dieser Art: Natur- und Liebeslieder, Trink-, Trauungs- und Trauerlieder. Für die Vermählung eines Frohsinn-Mitglieds komponierte Bruckner 1865 einen Trauungschor. Seine eigenen Trauungspläne blieben freilich ein einziges Trauerlied.

||

Sollte Anton Bruckner nach seinem ersten Linzer Jahrzehnt eine Art Bilanz gezogen haben, müsste er eigentlich zufrieden gewesen sein. Als Domorganist war er nicht nur unumstritten, er wurde bewundert und erfreute sich besonderer Zugeständnisse und Aufmerksamkeiten, die ihm sein Dienstherr Bischof Rudigier zukommen ließ. Seine Erfolge mit der Liedertafel Frohsinn hatten seine hervorragende Eignung zum Chorleiter bestätigt. Durch die Studien bei Sechter und Kitzler hatte er ein Fundament erworben, das ihn zu Kompositionen wie der d-Moll-Messe und dem *Germanenzug* befähigte. Er arbeitete an seiner Ersten Sinfonie in c-Moll und erhoffte sich auch als Sinfoniker, was wir eine rosige Zukunft nennen.

Bruckner hatte soeben den Vierziger überschritten. Dass er an eine Heirat dachte, war alles andere als überhastet. Verliebt war der Tonerl sowieso immer, begeistert von jedem sauberen Madl, sagte Karl Waldeck, der mir – ähnlich wie Rudolf Weinwurm – auch zu diesen intimen Dingen offen Auskunft erteilte. Waldeck ist siebzehn Jahre jünger als Bruckner, er war in St. Florian sein Orgelschüler und wurde später sein Freund. 1868 schlug ihn Bruckner als Nachfolger für die Stelle des Organisten an der Dom- und Stadtpfarrkirche vor, ein Amt, das Waldeck, nebst dem eines Kapellmeisters, bis heute innehat.

Karl Waldeck vertritt die Ansicht, dass Bruckner zwar heftige Sehnsucht nach weiblicher Zuwendung hatte, dass er aber in der Beziehungsanbahnung sehr ungeschickt vorging und für Ehe und Familienleben ohnedies ungeeignet gewesen wäre. Waldeck meint auch, es sei überflüssig, nach Namen und Adressen zu suchen, da ja Bruckners ständige Schwärmereien zu nichts geführt hätten. Diese Arbeit könnte ich einsparen. Ich folgte seinem gut gemeinten Rat nicht und stieß dann doch auf manches Konkrete.

Seiner jungen Klavierschülerin Emma Thaner widmete Bruckner das Klavierstück *Stille Betrachtung an einem Herbstabende*. Das Fräulein Thaner soll – wie Waldeck weiß – nicht nur das Klavierspiel erlernt, sondern ihrem Lehrer einige elementare Tanzschritte beigebracht haben. Möglicherweise wäre der Meister gerne mit ihr zum Tanz durchs Leben angetreten, daraus wurde aber nichts.

Emma Thaner heiratete einen anderen. *Stille Betrachtung an einem Herbstabende* steht in fis-Moll. Es gibt lustigere Tonarten!

Bruckner machte sich angeblich keine Mühe, seine Begeisterung für Maria Gärtner zu verheimlichen, eine hübsche Bäckerstochter aus Linz, Alt-Solistin im Domchor. Er suchte ständig und ungeniert ihre Nähe und buhlte – angeblich mit den untauglichsten Mitteln – um ihre Aufmerksamkeit. Er soll sogar um die Hand der holden Bäckerstochter angehalten haben. Maria reichte sie aber nicht dem Domorganisten, sondern einem jungen Arzt.

Karl Waldecks Vermutung, Anton Bruckner sei sein Leben lang ledig geblieben, weil er für den ernsten Schritt ins Eheleben nie so recht bereit gewesen sei, scheint mir nicht ganz unbegründet zu sein. Nur in einem Werbungsfall würde ich ihm widersprechen. Josefine Lang war die Tochter eines Linzer Fleischhauers. Im Rahmen ihres bürgerlichen Lebens soll die Familie Lang musikinteressiert gewesen sein. Bruckner stand mit den Langs schon seit seinen frühen Linzer Jahren in freundschaftlicher Verbindung, in die junge Josefine verliebte er sich so dauerhaft, dass er der Zweiundzwanzigjährigen einen Heiratsantrag in Briefform übermittelte. Die Antwort kam auch mit der Post. Josefine schickte ihm das Gebetbuch und die goldene Uhr, die er als Geschenke beigelegt hatte, zurück. Als Hauptgrund für die Ablehnung soll sie den Altersunterschied angeführt haben. Vier Jahre später heiratete Josefine Lang den Neufeldner Kaufmann Josef Weilnböck und brachte fünf Kinder zur Welt. Eines von ihnen war Karoline, von der ich schon berichtet habe. Als Josef Weilnböck gestorben war, reiste der sechsundsechzigjährige Bruckner nach Neufelden. Was wollte er dort? Ein zweites Mal um Josefine werben, diesmal um die Witwe Weilnböck? Oder gar um ihre Tochter?

Bruckner war von Josefine Langs erster Zurückweisung im Jahr 1866 sehr enttäuscht, behauptet Rudolf Weinwurm. Tatsächlich? Schmerz und Trauer hinderten ihn nicht, noch im selben Monat um eine andere zu werben: Henriette Reiter, die achtzehnjährige Tochter einer Wiener Blumenhändlerin. Parallel dazu – so Karl Waldeck – habe er noch eine Salzburgerin in Erwägung gezogen, sozusagen als zweite Reservistin. Diese Konstellation der Eheanbahnungen entzaubert für mich das romantische Bild einer unglückseligen Josefine-Liebe. Es wird auch dadurch konterkariert, dass Anton Bruckner seinen Freund Weinwurm bat, sich bei einem Wiener Bezirksamt nach den Vermögensverhältnissen der Familie Reiter zu erkundigen. Er sorgte sich, dass die irdische Mitgift der himmlischen Henriette zu niedrig ausfallen könnte.

Alles in allem entsteht bei mir, dem unbestechlichen Biografen mit dem nüchternen Blick, das irritierende Bild eines bürgerlichen Mannes in mittlerem Alter, den schon seit Jahrzehnten das natürliche Verlangen nach Zärtlichkeit und Wollust heimsucht, wahrscheinlich auch die Sehnsucht nach häuslichen Annehmlichkeiten, die für viele eine eheliche Verbindung so verlockend machen: Zuwendung, Fürsorge, Behaglichkeit, Kindersegen. Was war es, das der Erfüllung dieser keineswegs hochtrabenden Wünsche so hartnäckig im Wege stand?

Erstaunlich ist Bruckners Unfähigkeit, bei der Annäherung an die begehrte Frau hinlänglich bekannte Spielregeln bürgerlicher Galanterie anzuwenden. Der Handkuss ist eine schöne Geste unaufdringlicher Verehrung. Ein Kavalier deutet ihn dezent an. Von Bruckner erzählt man sich aber, er habe die weibliche Hand mit unangebrachter Robustheit ergriffen und auf ihr unbeherrscht herumgeküsst, wobei bisweilen sogar ein schmatzendes Geräusch hörbar wurde. Es gilt auch nicht mehr als zeitgemäßer Liebesbeweis, ein Mädchen zur Maiandacht einzuladen oder ihr ein Gebetbuch zu schenken.

Von Bruckners unvorteilhafter Kleidung und Aufmachung spreche ich nicht zum ersten Mal. Über einen Mangel an Schönheit sehen bürgerliche Frauen bei Männern großzügig hinweg, über offensichtliche Geschmacklosigkeit hingegen nicht. Junge Frauen sehen nichts Rührendes oder gar Liebenswertes in der Tollpatschigkeit ihres Zukünftigen, schon gar nicht in unseren Zeiten, in denen alles Soldatische hochgejubelt wird bis zur Blödsinnigkeit. Es wäre doch kein unüberwindliches Hindernis gewesen, solche Mängel in Aufmachung und Verhalten auszugleichen. Warum kümmerte sich Bruckner nicht darum?

Wir sollen, wollen wir das seltsame Phänomen „Bruckner und die Frauen“ besser verstehen, nicht an der Oberfläche bleiben, sondern in die Katakomben der männlichen Seele leuchten. Meinem Freund Raimund verdanke ich den Hinweis auf den Wiener Arzt Doktor Sigmund Freud. Dessen Überlegungen zur psychischen Verfassung des Menschen halte ich für außerordentlich. Doktor Freud wird zwar in medizinischen Kreisen heftig kritisiert, Raimund versichert mir aber, mindestens die Hälfte der Kritik ginge auf das Konto antisemitischer Ressentiments. Freud sei ein Genie, der bislang verschlossene Tore zur Seele aufstoße, und der Neid seiner Kollegen ein ganz mieser Ratgeber. Gemeinsam besuchten wir im vergangenen Jahr zwei beeindruckende Vorträge von Doktor Freud, und manches Elementare daraus fällt mir immer wieder ein, wenn ich mich mit Anton Bruckners wunderlichem Vermeidungsverhalten in Liebesangelegenheiten beschäftige.

Ich halte zwar an meiner These fest, dass Bruckners größte Liebe die Musik war, sodass für Ehe und Familienleben – ähnlich wie bei anderen großen Künstlern – kein Raum mehr blieb. Dennoch kommen bei Bruckner noch andere, individuelle Wirkungskräfte dazu, die bei den komponierenden Junggesellen Beethoven und Brahms in dieser Art nicht nachweisbar sind. Um eine schlüssige Analyse zu leisten, reichen meine bescheidenen Kenntnisse auf dem psychologischen Feld zwar (noch) nicht aus, aber einiges Bedenkenswerte kann ich skizzieren.

Ich habe beobachtet, dass Männer mit sehr starker Mutterbindung häufig Junggesellen bleiben. Manche bleiben im Haushalt der Mutter, bis diese das Zeitliche segnet, insbesondere dann, wenn der Vater früh verblichen und kein potenzieller Nachfolger erhört worden ist. Das war bei Bruckner zwar nicht der Fall, aber seine Mutterbindung war zweifellos stark. Mehrere Auskunftspersonen erwähnten unabhängig voneinander, dass er seine verstorbene Mutter fotografieren ließ. Das Bild der Toten soll zeit seines Lebens in seinen Wohnungen gehängt sein. Allerdings habe er es hinter einem Vorhang versteckt. Auch habe er die Brautschuhe der Mutter aufbewahrt und sie verehrt wie eine Reliquie. Was soll man davon halten? Soll ich versuchen, mit Doktor Freud darüber ins Gespräch zu kommen? So etwas müsste ihn doch interessieren.

Und welche Auswirkungen hatte Anton Bruckners Religiosität auf sein Verhalten gegenüber Frauen? Die katholische Moral erlegt den Gläubigen strenge Gebote sexueller Zurückhaltung auf, und Bruckner gehörte nicht zur doppelbödigen Sorte des österreichischen Katholiken, der damit ironisch und augenzwinkernd umgeht, der Wasser predigt und Wein trinkt. Mein atheistischer Freund Raimund behauptet ja, dass es für ihn kein größeres Vergnügen gäbe als die Verführung einer schönen Kirchgängerin nach der Maiandacht. Das Bewusstsein der Sünde und die Anwesenheit des Teufels beim zärtlichsten Einvernehmen sei für ihn ein nicht überbietbarer Quell der Lust.

Was für ein Zynismus! Undenkbar bei einem Mann wie Anton Bruckner! Es wäre ihm gewiss nicht möglich gewesen, seine männlichen Bedürfnisse außerhalb einer kirchlich legitimierten Ehe zu befriedigen. Das erklärt vielleicht seine überstürzten Heiratsanträge … Vielleicht wäre es ihm aber auch in der Ehe nicht möglich gewesen … Lang und dunkel ist der Schatten einer kreuzbraven Mutter. Die einzige Frau, die sich der ebenso fromme Sohn erlauben darf, ist die Gottesmutter im fernen Himmel. Sonst drohen Höllenstrafen. Erklärt dieser innere Konflikt die schwere Seelenkrise, die Anton Bruckner zu einem mehrwöchigen Aufenthalt in der Heilanstalt Kreuzen veranlasste? Es heißt, seine nervliche Zerrüttung sei so heftig gewesen, dass er befürchtet habe, wahnsinnig zu werden.

||

Moritz von Mayfeld war bis zu seiner Pensionierung im Jahr 1880 Staatsbeamter im Verwaltungsdienst, in mehreren oberösterreichischen Städten tätig, von 1859 bis 1873 in Linz. Seine Frau Barbara, die er Betty nennt, stammt aus wohlhabender Fabrikantenfamilie. Beide sind gebildet und kunstsinnig, insbesondere Frau von Mayfeld soll eine sehr gute Pianistin sein. In ihren Linzer Jahren veranstalteten die Mayfelds musikalische Abende, bei denen auch Bruckner oft zu Gast war. Sie blieben dem Meister, dessen Musik sie sehr schätzen, bis zuletzt freundschaftlich verbunden. Den Hinweis auf das Ehepaar Mayfeld verdanke ich Karl Waldeck und ich bereue die umständliche Reise nach Schwanenstadt, wo Herr und Frau von Mayfeld heute leben, nicht. Karl Waldeck informierte mich nämlich darüber, dass Frau von Mayfeld im Sommer 1867 in der Kaltwasserheilanstalt Kreuzen weilte, just zur selben Zeit, als Anton Bruckner dort drei Monate eine sogenannten Radikal-Kur in Anspruch nahm.

Frau von Mayfeld bestätigte mir bei meinem Besuch in Schwanenstadt, dass Anton Bruckners Gesundheitszustand im Jahr 1867 höchst besorgniserregend war. Er war mit seinen Nerven am Ende, sagte sie, selbst auf kleinste Irritationen und Reize reagierte er heftig. Sein Zählzwang – ein Tick, den er nie ganz loswurde – habe dazu geführt, dass er auf Spaziergängen plötzlich vor Bäumen stehen geblieben sei, um die Blätter zu zählen. Die klägliche Darbietung einiger böhmischer Musikanten vor der Anstalt habe ihn einmal so verstört, dass er Reißaus genommen und sich in eine schwer zugängliche Schlucht verirrt habe. Ich erzählte Frau von Mayfeld, dass Bruckner seinem Freund Weinwurm gegenüber von *gänzlicher Entnervung*, Überreiztheit und einem Gefühl völliger *Vereinsamung* gesprochen habe, sogar von der Angst, irrsinnig zu werden. Frau von Mayfeld sagte, dies decke sich mit ihrer Erinnerung an die bedauernswerte Verfassung des Meisters.

Vorsichtig deutete ich an, dass die Ursache der Erkrankung vielleicht das Unglück unerfüllter Liebe war. Moritz von Mayfeld schloss dies zwar nicht aus, sprach aber auch von anderen Enttäuschungen und Belastungen, die Bruckner in den Sechzigerjahren sichtlich zugesetzt hatten. Der Meister habe sich ein enormes Arbeitspensum zugemutet, die Komposition und Aufführung der c-Moll-Sinfonie, der Messen in d-Moll und e-Moll. Und das alles neben seinem starken Pensum als Organist und seinen Privatstunden. Die Reaktionen des Publikums und der Musikkritik seien auch nicht so ausgefallen, wie Bruckner es gewünscht und erwartet hatte. Als Sinfoniker – so Herr von Mayfeld – sei der Meister damals erst am Anfang gestanden. Der Selbstsicherste sei er ohnedies nie gewesen und das teils laue, teils ratlose, teils auch ablehnende Echo nach der Uraufführung seiner Ersten Sinfonie habe ihn deprimiert. Es sei keine glückliche Idee gewesen, die Erste in Linz aufzuführen: das Orchester mittelmäßig und lustlos, das Publikum überfordert, Bruckner hochgradig nervös. So sei eben vieles zusammengekommen.

Ich frage mich, ob es nicht auch die Mehrdeutigkeit und Ungewissheit der Lebenssituation war, die Bruckner belastete. Aus eigener Erfahrung kann ich sagen, dass uns eine geschlossene Lebenswirklichkeit ohne Aussicht auf Änderung zwar entmutigen und entkräften kann, dass uns aber umgekehrt das Offene, Ungeklärte und Mehrdeutige, wenn es zu lange andauert, in Angst und ständige Anspannung versetzt. Freiheit macht nicht immer glücklich, ihre Begleiterin ist oft die schwere Bürde der Entscheidung. Was tun? Das eine oder das andere? Seines Glückes Schmied werden oder vielleicht doch der höchstpersönliche Totengräber eigener Hoffnungen?

Anton Bruckner war nie ganz zufrieden mit seinem Linzer Dasein. Er sah sich schon bald nach Alternativen um. 1861 bewarb er sich vergeblich um die Direktorenstelle am Salzburger Dommusikverein und Mozarteum. Ein Jahr später erkundigte er sich nach Möglichkeiten, an die Hofmusikkapelle in Wien berufen zu werden. Ziemlich undurchsichtig und nahezu kurios erscheint mir die von Rudolf Weinwurm vertretene Behauptung, Bruckner habe Mitte der Sechzigerjahre ernsthaft die Auswanderung nach Mexiko erwogen. Weinwurms Geschichte nimmt in etwa diesen Verlauf: Maximilian, der jüngere Bruder unseres Kaisers Franz Joseph, ließ sich von Napoleon III. dazu verlocken, die Kaiserkrone von Mexiko anzunehmen. 1864 landete er mit seiner Gattin Charlotte und einem Häuflein Freiwilliger an der Küste Mexikos und machte sich an die Regierungsarbeit. Er wollte die Mexikaner mit europäischer Kultur beglücken, wozu auch die Einrichtung einer Hofmusikkapelle gehört hätte. Hier soll Bruckner ins Spiel gekommen sein. Als Verbindungsperson zwischen ihm und dem mexikanischen Hof fungierte – so vermutet Frau von Mayfeld – Emilie von Binzer, die mit Maximilian in fast freundschaftlichem Kontakt gestanden war. Dass Frau von Binzer den hochgeschätzten Domorganisten ihrer Heimatstadt für die Organistenstelle am mexikanischen Hof empfohlen hat, ist durchaus denkbar. Dass Bruckner dieses Abenteuer tatsächlich gewagt hätte, halte ich aber für unwahrscheinlich. Sollte er den mexikanischen Traum doch einmal geträumt haben, so folgte das jähe Erwachen bald.

Kaiser Maximilian, der keinerlei Unterstützung für seine Regierung fand, fiel dem mexikanischen Widerstand gegen die Fremdherrschaft zum Opfer. Ein Kriegsgericht verurteilte ihn zum Tode. Am 19. Juni 1867 wurde das Urteil vollstreckt. Bruckner soll sich für Glück und Ende des mexikanischen Kaisers sehr interessiert und dessen überführtem Leichnam die letzte Ehre erwiesen haben …

Während der unglückliche Maximilian in Mexiko auf seine Erschießung warten musste, schritt Anton Bruckners Genesung in der Kaltwasserheilanstalt Kreuzen voran. Der für ihn zuständige Maximilian war nun der Badearzt Maximilian Keyhl, kein Doktor der Medizin, wie ich bei meinem Besuch in der malerischen Mühlviertler Ortschaft erfuhr, sondern eine Art Naturheiler, der seine Ausbildung bei Vincenz Prießnitz erhalten hatte. Der 1851 verstorbene Schlesier war selbst nur Naturheiler, ein ehemaliger Landwirt, kaum des Schreibens und Lesens mächtig, in medizinischen Fachkreisen bis heute umstritten. Ungeachtet dessen soll Prießnitz im Laufe seines Arbeitslebens mehr als dreißigtausend Patienten einigermaßen wirkungsvoll behandelt haben, wodurch der aus armer Familie stammende Mann zu einem millionenschweren Vermögen gekommen sein soll.

Die radikale Kaltwasserkur nach Prießnitz, der sich Bruckner drei Monate lang aussetzte, umfasst innere und äußere Anwendungsweisen. Abreibungen und Bäder, kalte Wickel und eiskalte Duschen im Geiste körperlicher Abhärtung gehören ebenso dazu wie die Trinkkur, daneben auch Diät und Bewegung im Freien, Vermeidung beruflicher Belastungen und geistiger Anstrengungen. Kurz gesagt: Duschen statt lesen! Der erfolgreiche Verlauf einer Wasserkur hängt, wie man mir in Kreuzen sagte, auch davon ab, ob es der als geheilt entlassene Patient nach Kurende schafft, jenen Lebensstil zu ändern, der zum Zusammenbruch geführt hat. Diät, Bewegung, Belastungskontrolle etc. hätte der genesene, aber nicht vollständig geheilte Bruckner nun in sein Alltagsleben integrieren müssen. Hätte, sollte, müsste …

Im August 1867 beendete Anton Bruckner nach den vorgeschriebenen drei Monaten seinen Kuraufenthalt und kehrte nach Linz zurück, an die Orgel, an den Kompositionstisch, ans Dirigentenpult. Er begann mit der Arbeit an der f-Moll-Messe, ließ sich im Jänner des Folgejahres wieder zum Chormeister der Liedertafel Frohsinn wählen, bereitete deren zwanzigjähriges Jubiläumskonzert vor und die Uraufführung seiner Ersten Sinfonie. Sie fand am 9. Mai im Redoutensaal statt, war schlecht besucht und wurde – sieht man von reserviert freundlichen Kritiken in Linzer Blättern ab – kaum beachtet. Gesundheitlich drohte nun ein schwerer Rückfall. Im September suchte Bruckner abermals Hilfe in Kreuzen und fand sie wohl auch. Im Oktober 1868 war er wieder einigermaßen gesund. Er hatte die Kraft, nach Wien zu übersiedeln und seine neue Stelle am Konservatorium der Musikfreunde anzutreten.

INTERLUDIUM II

Waidhofen an der Ybbs, im April 1897

Was eine schwere Krise ist, weiß ich aus eigener Erfahrung, denn keine geringere ergriff mich, als ich Anton Bruckner zum ersten und letzten Mal in direkter Begegnung gegenüberstand. Mir war klar, dass ich, wollte ich mein Vorhaben einer ersten und damit wegweisenden Bruckner-Biografie zu einem glücklichen Ende führen, auch das persönliche Gespräch mit dem Porträtierten suchen musste. Dennoch hatte ich den unvermeidlichen Besuch immer wieder aufgeschoben, gehemmt von meinen Skrupeln, ich wäre noch nicht ausreichend vorbereitet. Welche Fragen sollte ich dem Meister stellen, welche durfte ich stellen? Welche musste ich vermeiden, um ihn nicht zu verärgern? Konnte ich ihm die Bitte vortragen, mir persönliche Dinge zu überlassen, vor allem Handschriften und Briefe? Wusste ich schon genug über seine Kompositionen, um ihn nicht durch Ahnungslosigkeit zu vergrämen?

Meine Fragenliste war lang, thematisch breit gefächert, setzte konventionell an bei Kindheit und Jugend, den ersten musikalischen Erlebnissen, den ersten Lernerfahrungen auf der Orgel bei seinem Paten Johann Baptist Weiß. Wie er als Zwölfjähriger den frühen Tod des Vaters erlebt hatte, wollte ich ihn fragen, und wie die Schuljahre als Sängerknabe in St. Florian. Wann und wie reifte Bruckners Vorstellung, zum Musiker berufen zu sein? Woher nahm er den Willen, diesen Weg zu gehen? Wäre es nicht auch möglich gewesen, als Volksschullehrer in Windhaag oder Kronstorf zu bleiben, als Stiftsorganist in St. Florian, bestenfalls als Domorganist in Linz? Warum konzentrierte er sich nicht ganz auf die Orgel, der er doch seinen internationalen Ruhm verdankte. Wann und aufgrund welcher Ereignisse sagte er eines Tages den Satz *Ich bin Komponist*? Sagte er ihn anfangs nur zu sich selbst oder teilte er ihn anderen mit? Hatte sein lieber Gott dabei die Hand im Spiel? Hätte es auch sein können, dass er sich ausschließlich der Kirchenmusik widmet, als Organist, Regens chori und Komponist geistlicher Werke? Wie kam es, dass in ihm die Mutmaßung reifte, seine Berufung sei die große Sinfonie in der Nachfolge und gleichzeitigen Überwindung Beethovens? Von welchen kräftigen Vorgängern und Zeitgenossen sieht er sich hauptsächlich beeinflusst? Von Wagner? In Sachen Kontrapunkt von Bach, vielleicht auch von Palestrina? Und wie sieht Bruckner den vermeintlichen Kontrahenten Johannes Brahms? Welches Bild des schöpferischen Musikers hat Bruckner? Wie sieht er sich im Spannungsfeld von handwerklicher Solidität und kreativer Genialität, vielleicht sogar göttlicher Inspiration? Daran anschließend die für den Bruckner-Biografen so dringliche Gretchenfrage: Meister, wie haben Sie's mit der Religion? – Würde es gelingen, über den Glauben, die Kirche und die katholische Moral einen Pfad zum Herzen des Meisters zu finden, sodass dieser bereit wäre, Intimes über seine schwierige Liebe zu Frauen und sein Junggesellenleben preiszugeben? Und welche Themen wird ein hoffentlich redseliger Bruckner selbst ansprechen, auf die ich vorbereitet sein musste? Die Arbeitsprozesse an seinen Sinfonien zum Beispiel, die Umarbeitungen, die Fassungen, die Uraufführungen, die Rezensenten …

Dann kam aber alles anders. Es war bekannt, dass Bruckner seine Wohnung im Haus Heßgasse 7 nur mehr selten verließ. Er litt an einer bösen Herzerkrankung, verbunden mit starker Atemnot. Aus eigener Kraft war es ihm nicht mehr möglich, in den vierten Stock zu kommen. Wie er in dieser körperlichen Verfassung im Jänner 1894 die Reise nach Berlin bewältigt hatte, bleibt mir unbegreiflich.

Um nicht mit der Tür ins Haus zu fallen, wartete ich vor dem Haustor geschlagene zwei Stunden auf das Erscheinen von Bruckners Haushälterin Katharina Kachelmaier. Ich stellte mich ihr wahrheitsgemäß als Musikstudent und Bewunderer des Meisters vor und fragte sie betont höflich, wann und unter welchen Umständen ich Herrn Bruckner sprechen könnte. Es wäre mir ein Herzensanliegen. Na ja, sagte sie, er ist eh daheim, gehen S' halt hinauf. Er beißt ja nicht. – Weg war sie. So stieg ich in den vierten Stock hinauf und ich wusste nicht, ob mein Herz wegen der körperlichen

Anstrengung oder der seelischen Aufregung so heftig klopfte.

Bruckner öffnete die Tür. Vor mir stand ein Greis, ein alter, gebückter, gebrechlicher Mann, unübersehbar gezeichnet von schwerer Krankheit. Ich stellte mich vor, erwähnte, dass ich einige seiner Vorlesungen gehört hatte, und versicherte, dass ich die hoffentlich verzeihliche Unverschämtheit eines unangemeldeten Besuchs nur deshalb gewagt hätte, weil ich zu den größten Bewunderern seiner Kompositionskunst gehörte.

Das schien Bruckner freundlich zu stimmen. Er forderte mich auf einzutreten und bot mir, nachdem er einen Packen mit Noten zur Seite geschafft hatte, einen Sessel an. Er selbst nahm auf dem Sofa Platz. Die durchaus geräumige Wohnung, von der man einen sehr schönen Blick zum Kahlenberg hat, war in sauberem Zustand, allerdings schwer beladen mit Musikalien aller Art, recht typisch für einen Junggesellen, der das Heim zum Arbeitsplatz macht und nicht zum Zentrum eines gedeihlichen Familienlebens. Anknüpfend an mein Eingangskompliment erzählte ich Anton Bruckner möglichst viel Kluges und Anerkennendes über seine Achte Sinfonie und schilderte, welch ein ergreifendes Erlebnis die Uraufführung für mich gewesen war. Er lächelte.

So viel Gutes wie von Ihnen, sagte Bruckner, höre ich hier in Wien nur selten. Dabei haben Sie gar keine andere Veranlassung als Ihre ehrliche Begeisterung. Sie werden ja wissen, dass ich in Wien viele Feinde habe, von Anfang an gehabt habe. Da könnte ich Ihnen Geschichten erzählen, dass sich Ihr Haupthaar sträubt!

Rasch und ohne Umwege waren wir hineingekommen in mein Wunschthema *Anton Bruckner, sein Leben, seine Musik*, und ich musste nichts anderes tun, als dem Bedürfnis des Meisters nach Mitteilung Raum und Nahrung zu geben. Er klagte unverhohlen über Wien und die Wiener. Nicht nur einmal habe er sich die Frage gestellt, ob es nicht besser für ihn gewesen wäre, in Linz zu bleiben, beim Bischof Rudigier. Das sei nämlich ein feiner Mensch gewesen, mit Sinn für große Kunst, ein wahrer Förderer. In Wien hingegen habe man ihn, Bruckner, in den ersten Jahren fast verhungern lassen.

Als ihm 1871 seine liebe Schwester Nanni weggestorben sei, hätte er sich die größten Vorwürfe gemacht, dass er ihr den Haushalt aufgelastet, dass er sie überhaupt mitgenommen habe in die Großstadt. Der Nanni habe es sehr weh getan mitanzusehen, dass man hier so übel umspringt mit ihrem armen Bruder. Die Menschheit sei zwar dort wie da eine Bagage, in Wien sei aber die Schlechtigkeit noch schlimmer als in Linz, und der Schlimmste von allen, aber leider auch der Mächtigste, sei der Hanslick von der *Neuen Freien Presse*, der ihn seit zwanzig Jahren verfolge mit seinem Hass und seiner Bosheit. Und wissen S' warum? Weil er es nicht verwunden hat, dass ich trotz seines Einspruchs an der Universität ein Lektorat bekommen habe. Deswegen macht er meine Sinfonien herunter, dass einem das Grausen kommt. Ich habe es auch Seiner Majestät erzählt und um Hilfe gebeten, aber geändert hat das nichts. Nicht einmal der Kaiser ist in Wien so mächtig wie der Hanslick. Und die anderen Kritiker, der Kalbeck, der Dömpke und wie sie heißen, sind nur die Wasserträger vom Hanslick und wagen keinen Mucks, den ihr Herr und Meister nicht absegnet. Der Kalbeck schreibt ja eine Biografie über den Brahms, und der Brahms, der steckt mit denen auch unter einer Decke. Der hat mir auch immer nur schaden wollen …

Meinen höflichen Einwand, dass es doch auch recht gute Besprechungen seiner Siebenten und Achten Sinfonie gegeben habe, in der *Morgenpost*, im *Vaterland*, im *Fremdenblatt* und im *Tagblatt*, wies Bruckner resigniert zurück: Ja eh, aber wer liest die schon! Was nicht in der *Neuen Freien Presse* steht, ist in Wien nicht einmal die Hälfte wert. Was mir wirklich geholfen hat, das waren meine braven Vormünder (Bruckner verwendete tatsächlich den seltsamen Begriff Vormünder), der Nikisch, der Levi, die Schalk-Brüder, der Richter … und Richard Wagner natürlich, der Meister aller Meister, der hat meine Sachen auch sehr geschätzt.

Dem seine Freude hätten Sie erleben sollen, wie ich ihm die Dritte Sinfonie gewidmet habe! Leider ist er auch schon gestorben … Lange hat's gedauert, bis ich mich durchgesetzt hab, sehr lang, wahrscheinlich zu lang … Schauen Sie mich an, ich bin ein kranker, alter Mann, bald wird es aus sein mit mir. Wenn ich nur meine Neunte noch fertigmachen könnte. Ich habe sie dem lieben Gott gewidmet, damit er vielleicht ein Einsehen hat mit mir und einen Aufschub gewährt. Er hat mich ja zum Sinfoniker bestimmt.

Der Zeitpunkt schien mir jetzt günstig zu sein … Meister, sagte ich, umso wichtiger ist es, dass künftige Generationen nicht nur Ihre unsterbliche Musik hören, sondern auch über Ihr Künstlerleben Bescheid wissen. Ich trage mich mit dem Gedanken, Ihre Biografie zu schreiben und nichts wäre für mich ermutigender und aufmunternder als Ihre Zustimmung zu meinem Vorhaben.

Das ist sehr lieb von Ihnen, sagte Bruckner, das freut mich, aber tun Sie sich die Plage nicht an. An meiner Biografie, da arbeitet ja schon seit ein paar Jahren der Göllerich, der August. Vielleicht kennen Sie ihn eh.

Die wenigen Sekunden, die Bruckner brauchte, um diesen Satz auszusprechen, genügten, um mich zu vernichten. August Göllerich – ich kannte nur den Namen und wusste nichts über seinen Träger, aber dieser Mensch war ab sofort mein größter

Widersacher, der böse Konkurrent, wahrscheinlich überlegen und voran in allem, weil er – wie Bruckner gesagt hatte – schon seit ein paar Jahren an der Biografie arbeitete und obendrein zum Meister, wie es schien, in freundschaftlicher Beziehung stand – *der Göllerich, der August*, zweifellos ein Vertrauter, ein Duz-Freund …

Meine Anwesenheit in Bruckners Wohnung war ab diesem Moment eine Qual. Der Meister war freundlich, zeigte mir noch dies und jenes, einige begonnene Arbeiten, Erinnerungen an seine Begegnungen mit Richard Wagner, sogar die Fotografie seiner toten Mutter, die gerahmt hinter einem Vorhang hing. Ich fühlte mich wie gelähmt, fragte nichts mehr, antwortete knapp und einsilbig, wollte nur mehr weg, bat wegen Unpässlichkeit um Entschuldigung, mein schneller Abschied wirkte wohl wie Flucht.

Ein bisserl blass sind Sie, sagte Bruckner, haben Sie genug gegessen und getrunken? Wissen Sie, vor ein paar Jahren, da hätte ich jetzt gesagt: Gehen wir noch auf ein Bier ins Wirtshaus und auf eine Jaus'n, aber ich komme aus meinem vierten Stockwerk nicht mehr hinunter auf die Gassen. Ich hab neulich einen Brief an die Erzherzogin Marie Valerie geschrieben mit der Bitte, dass man mir eine Parterre-Wohnung im Kustodenstöckl vom Belvedere zuweist, aber ich hab noch keine Antwort bekommen.

Aus! Es war aus! Aus und vorbei! Ich saß in meinem Ottakringer Studentenzimmer, leerte zügig eine Flasche Wein und war fest entschlossen, noch in dieser Woche heimzufahren nach Waidhofen, mich mit Hedwig zu verloben und den Einfluss meines künftigen Schwiegervaters zu nützen, um in der Stadtverwaltung mein Auskommen als Kanzlist zu finden. Ich war meinem Cello-Studium nur mehr halbherzig nachgekommen. Was ich auf dem Instrument konnte, reichte vielleicht für zweitrangige Singspiele auf Vorstadtbühnen. Meinen Jugendtraum, in der Harmonielehre so weit voranzukommen, dass ich mit eigenen Kompositionen reüssieren könnte, hatte ich längst ausgeträumt. Ich hatte alles auf die Karte Anton Bruckner gesetzt – und alles verloren. August Göllerich wird den Ruhm ernten, nicht Jakob Weinberger, das war die bittere Wahrheit. In einer nahezu rituellen Handlung wollte ich alle meine Aufzeichnungen zur Bruckner-Biografie vernichten, wollte kapitulieren und den Rückzug nach Waidhofen antreten. Da pochte jemand an die Zimmertür …

Ich verhielt mich ruhig, wollte niemanden sehen und hören, wollte allein sein mit meinem Jammer. Der unerwartete Besucher pochte noch einmal, pochte heftiger – dann hörte ich eine vertraute Stimme: Jakob, bist du da?

Raimunds Stimme! Ich öffnete sofort die Tür, riss sie geradezu auf und fiel dem Freund schluchzend um den Hals. Kein Besuch wäre mir in meiner verzweifelten Lage gelegener gekommen als seiner.

Als ich meine Gefühle wieder einigermaßen unter Kontrolle gebracht hatte, erzählte ich Raimund umständlich von meinem Besuch bei Anton Bruckner und von dessen vernichtender Mitteilung, ein gewisser August Göllerich arbeite schon seit Jahren an einer Bruckner-Biografie. Das sei zweifellos unerfreulich, sagte Raimund, aber kein Grund, präventiv zu verzweifeln. Er zitierte Goethe – *Wo so ein Köpfchen keinen Ausgang sieht, stellt er sich gleich das Ende vor* – und legte mir die Sache Punkt für Punkt so heilsam nüchtern aus, wie er sie sah und beurteilte.

Erstens: Den Namen Göllerich kenne er, sagte Raimund, er schreibe für das *Deutsche Volksblatt*, genauere Informationen über den Mann werde er einholen. Zweitens: Selbst wenn dieser Göllerich an einer Biografie arbeite, sei keineswegs sicher, dass er schon so weit vorangekommen sei, dass es in naher Zukunft zu einer Publikation kommen werde. Drittens: Falls Herr Göllerich demnächst tatsächlich ein Buch über Bruckner veröffentlichen sollte, könnte es sein, dass Jakob Weinberger mit zeitlichem Abstand ein besseres Buch vorlegen wird. Am Ende, lieber Jakob, sind wir noch lange nicht. Triff bitte keine voreiligen Entschlüsse, die dich vom Regen in die Traufe bringen. Waidhofen und sein Magistrat laufen dir nicht davon – und wenn es nicht die Hedwig wird, dann vielleicht eine Hermine, eine Hilde oder sonst ein braves Frauenzimmer. Weißt du was, fahr mit mir für ein paar Tage hinaus zum Semmering! Wir machen kleine Wanderungen, kehren in Landgasthöfen ein, charmieren im Panhans mit der noblen Damenwelt und überlegen in Ruhe, wie es weitergehen wird.

Raimund hat mich gerettet. Am Semmering habe ich mich einigermaßen erholt, ich war wieder handlungsfähig und erfuhr schon bald Genaueres über August Göllerich. Raimund zapft immer brauchbare Quellen an. August Göllerich Junior ist der Sohn des 1883 verstorbenen August Göllerich Senior, welcher in Wels Gemeindesekretär und im oberösterreichischen Landtag deutschnationaler Abgeordneter war. Der kunstaffine Vater leitete den Männergesang-Verein in Wels und mischte auch im Oberösterreichisch-Salzburgischen Sängerbund an führender Stelle mit. Die Bekanntschaft der Familie Göllerich mit Anton Bruckner geht auf den Senior zurück. Göllerich Junior wurde 1859 geboren, erhielt schon als Kind Klavierunterricht, besuchte die Realschule in Linz, studierte zuerst an der technischen Universität, entschied sich aber für die Musik. Er war Sekretär bei Franz Liszt und gilt als kämpferischer Wagnerianer. Seit fünf Jahren ist er Direktor einer Musikschule in Nürnberg, gelegentlich tritt er als Konzertpianist und Liedbegleiter auf. Zu Anton Bruckner dürfte Göllerich tatsächlich eine freundschaftliche Beziehung unterhalten. Angeblich soll er in Nürnberg die Vierte Sinfonie aufgeführt haben. In Zeitungsbeiträgen und Reden trat er couragiert für Bruckner und die Neudeutschen ein. Das Gerücht, Göllerich arbeite an einer Bruckner-Biografie, habe sich erhärtet, aber keiner von Raimunds Informanten wusste, wie weit die Arbeit schon gediehen war. Das, sagte Raimund, nehme ich als günstiges Zeichen. Stünde nämlich die Biografie schon vor dem Abschluss, wüsste man in gut informierten Kreisen etwas darüber.

Ich vertraue nur diesen privaten Papieren eine Peinlichkeit an, die ich für immer geheimhalten werde. Beinahe hätte ich mich von meinen überreizten Nerven zu einer Torheit hinreißen lassen. Ich hatte die Wohnadresse von August Göllerich ausfindig gemacht und wollte nach Nürnberg reisen – nicht etwa um das Gespräch mit dem Rivalen zu suchen, sondern um nach Diebesart in seine Wohnung einzubrechen. Ich hoffte, auf diese Weise an Informationen über Stand und Fortschritt seiner biografischen Arbeit heranzukommen, mehr aber noch, um Dokumente zu finden, die ich entwenden und für mein eigenes Vorhaben nützen konnte.

Da ich befürchtete, von diesem kriminellen Alleingang überfordert zu sein, zog ich Raimund ins Vertrauen und hoffte, ihn als Komplizen meiner Unternehmung zu gewinnen. Ich erklärte ihm, dass es zunächst erforderlich sei, Göllerichs Lebensgewohnheiten zu erkunden, damit wir wissen, zu welchen Zeiten wir unbemerkt eindringen könnten. Meine Hoffnung sei, dass wir schon beim ersten Einbruch die gewünschten Informationen und das für mich nützliche Material finden. Ansonsten müssten wir eben noch ein zweites Mal …

Raimund ließ mich die Sache ausführlich erklären, legte mir eine Hand auf die Stirne und sagte ruhig, aber bestimmt: Ich glaube, du brauchst einen Arzt. – Kurzum, er redete mir mein überspanntes Vorhaben aus und meinte: Weißt du, wenn ich mich entscheiden muss, dann besuche ich dich doch lieber im Waidhofener Magistrat als im Nürnberger Kriminal.

Diese Ereignisse liegen mehr als zwei Jahre zurück. August Göllerich hat mittlerweile Nürnberg den Rücken gekehrt, seit einem halben Jahr ist er Direktor der Linzer Musikvereinsschule und in mannigfacher Weise aktiv. Er wurde zum Musikdirektor des Linzer Musikvereins bestellt, dirigiert den Sängerbund, wird gerne als Liedbegleiter angefragt und anderes mehr. Das sehe ich mit großer Sympathie. Je mehr sich Herr Göllerich in Alltagspflichten wirft, umso weniger Zeit hat er, an seiner Bruckner-Biografie zu arbeiten, von der hier in Linz niemand spricht. Ich hingegen, der ich von niemandem gebraucht werde, komme mit meinen eigenen Angelegenheiten gut voran. Was ich nach bisherigem Forschungsstand zu Bruckners Linzer Jahren sagen kann, habe ich niedergeschrieben. Vor einer Woche bin ich von Linz nach Waidhofen zurückgekehrt. *Frühling lässt sein blaues Band wieder flattern durch die Lüfte*, wie der Dichter sagt, und ich nehme forsch mein nächstes Kapitel in Angriff: Anton Bruckner in St. Florian.

DRITTER SATZ
Adagio.
Feierlich langsam, doch nicht schleppend

Bruckner in St. Florian (1837–1840, 1845–1855)

Lehrerbub, Halbwaise, Sängerknabe || Über das Stift St. Florian im Allgemeinen und den Gesang zur Ehre Gottes im Besonderen || Wie der tüchtige Schulgehilfe Anton Bruckner Stiftsorganist wurde || Bleiben oder weiterziehen? Bruckners Entscheidung für das Offene || Aloisia, die erste erloschene Flamme

Meinen Bittbrief, mir zur Förderung meiner Bruckner-Studien abermals einen längeren Besuch im Stift St. Florian zu ermöglichen, beantwortete der Propst sehr freundlich. Ich bin für Ferdinand Moser kein Unbekannter. Mein erster Aufenthalt im Stift liegt keine zwei Jahre zurück. Regens chori ist Bernhard Deubler, Priester und Musiker – so wie sein Vorgänger, der verstorbene Ignaz Traumihler, der mit Bruckner befreundet war, obwohl er Cäcilianer war. Auch Deubler macht kein Geheimnis aus seinen Sympathien für die cäcilianische Richtung, er betreibt sie aber – ähnlich wie sein Vorgänger – nicht mit verstockter Hartnäckigkeit. Ich nehme daher höflichen Abstand von kritischen Anmerkungen, zumal mir Bernhard Deubler herzlich begegnete und bereitwillig Einblick in Dokumente gewährte, die für mich von unschätzbarem Wert sind.

Aus dem schönen, angenehm kühlen Zimmer, das man mir zugewiesen hat, blicke ich gelegentlich hinaus auf die besonnte Sommerlandschaft, hauptsächlich jedoch auf die zahlreichen verstreuten Notizen, denen ich in den kommenden Wochen eine zusammenhängende sprachliche Gestalt geben will.

Anton Bruckners Jahre in St. Florian lassen sich in zwei Abschnitte trennen, seine frühen Jahre als Sängerknabe und seine späteren als Hilfslehrer und Organist. Vater Bruckner, Schullehrer und

Kirchenmusiker zu Ansfelden, starb am 7. Juni 1837 im Alter von 46 Jahren. Für die Familie war es nicht nur ein schmerzlicher Verlust, sondern auch ein existenziell bedrohlicher Schicksalsschlag. Der Verstorbene hinterließ fünf unmündige Kinder. Anton, der älteste Sohn, stand knapp vor seinem dreizehnten Geburtstag, als er den Vater verlor. Wenige Wochen später wurde er als Sängerknabe in St. Florian aufgenommen. Ob dies vor allem seiner materiellen Versorgung dienen sollte, ob es auch der Wunsch des Knaben war oder nur der seiner Mutter Theresia, vielleicht in Absprache mit Antons Paten Johann Baptist Weiß, inwieweit andere hilfsbereite Menschen beteiligt waren, das alles konnte ich nicht mit Sicherheit klären.

Gemäß der damals üblichen Regelung wohnte Anton nicht im Stift, sondern – gemeinsam mit den zwei anderen Sängerknaben – im Haus des Schullehrers Michael Bogner. Einer der beiden Kommilitonen war Karl Seiberl. Als er nach St. Florian kam, war der um sechs Jahre ältere Anton schon im Stimmbruch. Seiberl, der später weder Musiker noch Priester wurde, sondern Jurist, lebt heute in Wels und wird demnächst als Staatsbeamter in Pension gehen. Er war, wie er mir berichtete, mit „dem Tonerl“ bis zuletzt in Kontakt und unterstützte ihn gelegentlich in Rechtsfragen. Karl Seiberl erinnert sich, dass der junge Bruckner nach dem Stimmbruch in der Stiftsmusik hauptsächlich als

Geiger eingesetzt wurde. Dieses Detail finde ich interessant, weil sich zwei Primgeiger der Philharmoniker einmal darüber echauffierten, dass Bruckners Sinfonien nicht zuletzt deshalb ein Ärgernis seien, weil der Komponist nichts von der Eigenart einer Geige verstünde.

Nach zwei Schuljahren schloss der junge Bruckner als Primus die Volksschule ab. Im Herbst 1840 begann seine Lehrerausbildung an der Präparandie der k.k. Normalhauptschule in Linz. Dies entsprach, wie man mir sagt, nicht nur der Familientradition, sondern auch Antons eigenem Berufswunsch. Nach Abschluss der Lehrerausbildung, die bescheidene zehn Monate dauerte, wurde der 17-jährige Bruckner als Schulgehilfe zuerst in Windhaag bei Freistadt eingesetzt, ab Jänner 1843 in Kronstorf, wovon ich an anderer Stelle ausführlicher berichten werde. Im Jahr 1845 kehrte er – nach wie vor in der Rolle eines Hilfslehrers – nach St. Florian zurück und wohnte wieder bei der Lehrerfamilie Bogner.

||

Der heilige Florian war, als er noch nicht heilig war, der ranghöchste Verwaltungsbeamte von Ufernoricum, zur Zeit seines Märtyrertods allerdings schon in Pension. Angeblich ist er der erste oberösterreichische Christ, dessen Name bekannt ist.

Die älteste erhaltene Vita, die *Passio Floriani* aus dem 4. Jahrhundert, berichtet, Florian habe sich in der Zeit der Christenverfolgung unter Kaiser Diokletian couragiert zum Christentum bekannt und für verfolgte Landsleute eingesetzt. Er wurde verhaftet, dem römischen Statthalter Aquilinus vorgeführt, schwer gefoltert und am 4. Mai 304 mit einem Stein um den Hals in die Enns gestürzt. Das Grab des Heiligen wurde in der Vorstellungswelt der Gläubigen zu einem Heils- und Gnadenort, wie geschaffen für Wallfahrten und eine Klostergründung. Mönchisches Leben ist hier seit dem 9. Jahrhundert nachweisbar. Im Jahr 1071 verpflichtete Bischof Altmann von Passau die Gemeinschaft auf die Ordensregel der Augustiner Chorherren.

Dass die Musik im Ordensleben der Chorherren von Anfang an ihren festen Platz hatte, lässt sich unter anderem dadurch erklären, dass ihr der heilige Augustinus große Wertschätzung entgegenbrachte. Die Musik gehörte für ihn zu den Bereichen antiker Kultur, die sich der gute Christ aneignen soll. Anknüpfend an neuplatonisches Denken sah der Heilige in der Musik eine Manifestation göttlicher Schönheit. Auch vor Augustinus und unabhängig von seinem Einfluss als Kirchenvater wurde bei christlichen Feiern gesungen. Unerreichbares Leitbild des frommen Gesangs sind die Lobgesänge der Engel zur Ehre des Herrn, von denen der Evangelist Lukas berichtet.

Als das Chorherren-Stift St. Florian gegründet wurde, konnte man sich bereits auf eine anspruchsvolle Musiktheorie aus Psalmtönen und Kirchentönen stützen. Wegweisend wurden die kirchenmusikalischen Reformen, die Papst Gregor I. anregte. Sie führten zu jener festen Gestalt der Messe, die in ihren Kernstücken bis heute erhalten geblieben ist. Das *Ordinarium missae* besteht aus Kyrie, Gloria, Credo, Sanctus (mit Benedictus) und Agnus Dei. Der gregorianische Gesang setzte sich in der römisch-katholischen Kirche um das Jahr 1000 endgültig durch. Gesungen wurde in lateinischer Sprache, ohne instrumentale Begleitung, anfangs einstimmig und nur von Männern. Das Prinzip *Mulier in ecclesia tacet* galt seit dem 5. Jahrhundert.

Schon in den ältesten Quellen werden explizit auch „pueri", also Knaben als Sänger erwähnt. Daher ist es keine Angeberei, wenn die Florianer Sängerknaben ihre Gründung auf das frühe Jahr 1071 zurückführen. Über die Motive, Knaben zum geistlichen Gesang heranzuziehen, ist mancherlei spekuliert worden. Neben praktischen Überlegungen zur Besetzung der hohen Stimmen hält sich auch die quasitheologische These, das vorpubertäre Kind erstrahle im Nimbus der Unschuld und verleihe daher dem Gesang die Aura besonderer Gottgefälligkeit. Tatsache ist, dass viele Klöster Schulen eingerichtet haben, allein aus Gründen der Nachwuchssicherung. So war es naheliegend, die Knaben auch im Gesang zu unterrichten, der zum Alltag des Mönchslebens gehörte.

Die Erschütterungen des 16. und frühen 17. Jahrhunderts, die Glaubens- und Bauernkriege mit sich brachten, müssen wir uns massiv vorstellen. Am Höhepunkt der reformatorischen Bewegung bekannten sich neunzig Prozent der oberösterreichischen Bevölkerung zum Protestantismus, viele Klöster gerieten in höchste Bedrängnis. Erst im Laufe des späteren 17. Jahrhunderts, als die umstrittenen Maßnahmen der Gegenreformation zu greifen begannen, können wir von Beruhigung und schrittweiser Reorganisation des Ordenslebens sprechen. Das betrifft auch den reformierten Bildungsweg der Florianer Sängerknaben. Wie viele es im 17. Jahrhundert waren, kann man nicht mit Sicherheit sagen, denn die Angaben schwanken zwischen zwei und zwölf. Neben ihrer musikalischen Ausbildung wurden sie nun in der Stiftsschule St. Florian durch systematischen Lateinunterricht auf das Gymnasium vorbereitet, das die Ambitionierten nach dem Stimmbruch besuchen konnten, bevorzugt in Linz oder Steyr.

Als der Westfälische Friede die Schreckenszeit des Dreißigjährigen Kriegs beendete, war halb Europa zerstört, aber die Lebenskräfte erwachten wie nach Tod und Auferstehung: Bejahung des Lebens, Pracht, Herrlichkeit und Diesseitsfreude.

Die Bauwerke des Barock erzählen davon, und viele Klöster wollten – nicht unbedingt im Einklang mit ihren spirituellen Ursprüngen – hinter dem Glanz der fürstlichen Hofkultur nicht zurückstehen. Der Erfolg der Gegenreformation restaurierte das katholische Selbstbewusstsein. In oberösterreichischen Klöstern wurden umfangreiche Um- und Neubauten in Angriff genommen, so auch in St. Florian. Einen kräftigen Schub versetzte diesem Vorhaben der endgültige Sieg des Hauses Habsburg über die Türken. Kaiser Leopold I. und seine Gemahlin kamen 1684 zu einer Dankwallfahrt nach St. Florian. Der damalige Propst David Fuhrmann initiierte die Barockisierung der Stiftskirche und den Neubau der gesamten Klosteranlage, anfangs nach den Plänen des italienischen Baumeisters Carlo Antonio Carlone. Nach dessen Tod übernahm der Tiroler Jakob Prandtauer das Projekt. So wurden die Pröpste von St. Florian nun auch selbstbewusste Bauherren und das Erscheinungsbild ihres Stifts glich mehr und mehr dem eines Schlosses.

Aus theologischer Sicht mag man diese Entwicklung des Klosterlebens kritisch beurteilen, für die Musik hatte sie günstige Auswirkungen. Neben ihrer ursprünglichen, also liturgischen Funktion begleitete und veredelte die Musik nun auch Empfänge hochrangiger Gäste, Namensfeiern von Prälaten, Jubiläen, Schulfeiern oder –

in Form der Tafelmusik – einfach nur die kulinarischen Freuden. Man begann sich für Theater und Oper zu interessieren, auf der Stiftsbühne wurden Singspiele aufgeführt, oft mit den Stoffen der heidnischen Mythologie.

Für diese künstlerischen Unternehmungen brauchten die Äbte geeignetes Personal. Auf einer Gehaltsliste aus dem Jahr 1734 findet man zwanzig Musiker. Unter Propst Franz Klaudius Kröll wurde zur Unterstützung der Chorknaben ein Kastrat angestellt und überdurchschnittlich gut entlohnt. Propst Johann Baptist Födermayr setzte die kunstfreundliche Politik seines Vorgängers fort. Der kulturelle Horizont eines Florianer Sängerknaben beschränkte sich im 18. Jahrhundert längst nicht mehr auf Messe und Chorgesang. Im Stiftsarchiv ist ein reichhaltiger Bestand an Theaterkostümen und Requisiten zu bestaunen. Die Knaben wurden nach herrschender Mode uniformiert – blumenfarbiger Rock, rote Weste, rote Strümpfe, kurze Hose, Hut und Mantel – und bewährten sich nicht nur im geistlichen Gesang, sondern auch in Singspiel und Schuldrama. Manche erlernten wohl auch ein Instrument.

Dem fröhlichen Kunst- und Lebensgenuss barocker Klöster setzte Kaiser Joseph II. ein strenges Ende. Schon Maria Theresia hatte die Verweltlichung des Ordenslebens argwöhnisch betrachtet und Beschränkungen verordnet. Joseph ging viel

weiter als seine Mutter. Er löste rund siebenhundert Klöster auf und zog ihren Besitz ein. 1784 drohte auch St. Florian die Auflösung.

Dazu kam es zwar nicht, aber spürbar wurde die kaiserliche Spar- und Nützlichkeitspolitik allemal. Davon war auch die Stiftsmusik betroffen. Ein kaiserliches Dekret veranlasste die Einschränkung des Chorgesangs und begründete sie mit medizinischen Argumenten: *Da es aber offenbare Wahrheit ist, daß das mit vieler Anstrengung des Körpers verbundene Chorsingen mehr, als die Ausübung der Seelsorge die Leibesbeschaffenheit der Mönche zu Grund richtet, (…) so würde es der gegenwärtigen Bestimmung der Klostergeistlichkeit entsprechen, wenn man die jungen Geistlichen nicht durch einen schreienden Chorgesang der Gefahr, sich Leibesgebrechen zuzuziehen aussetze, sondern nur einen mässigen Gesang, oder statt dessen ein lautes Gebett (…) einführte.* Josef Valentin Eybel, kaiserlicher Kommissär für die oberösterreichischen Stifte, war der Meinung, es wäre vernünftig, die Aufnahme von Sängerknaben generell einzustellen und die Knaben lieber *zu Handwerkern, Künsten, Fabriken oder auch zum Studieren* zu bringen.

Kaiser Joseph II. starb 1790, seine Nachfolger standen den Klöstern weniger kritisch gegenüber, dennoch verbesserte sich die Situation aufgrund neuer politischer Verwerfungen nicht wesentlich.

Die Franzosenkriege belasteten das Land und seine Bevölkerung. Im Stift St. Florian waren zeitweise 800 Offiziere einquartiert, es kam auch zu Plünderungen. Mit der Revolution und ihren gesamteuropäischen Auswirkungen war die Zeit der höfischen Repräsentationskunst endgültig vorbei. Die gesellschaftliche Bedeutung von Adel und Klerus war angeschlagen, und das aufstrebende Bürgertum wird in einem neuen Jahrhundert andere künstlerische Formen hervorbringen und bevorzugen.

Im Jahr 1817 beurteilte Franz Kurz, der bis 1810 Regens chori und ein geachteter Historiker war, den *Musikzustand des obderennsischen Stiftes Sanct Florian* folgendermaßen: *Als ich im Jahre 1789 als ein künftiges Mitglied des Stiftes aufgenommen wurde, hörte ich wohl noch manche Erzählung von dem vormahls mehr blühenden Zustande der Musik, die aber seit der Administration des Stiftes unter dem Kaiser Joseph schon ganz in Verfall gerathen war. Man musste sich begnügen, an Sonn- und Feyertagen auf dem Kirchenchor eine gewöhnliche Messe nur leidentlich aufzuführen; und dieses war in den folgenden Jahren noch mehr der Fall, als während des fortdauernden Krieges und des dreymahligen feindlichen Einfalles alle unnöthigen Ausgaben möglichst vermieden werden mussten. Alle unsere Musiker sind bey irgend einem Amte in der Kanzley u.s.w. angestellt, und Musik*

bleibt also nur eine unbedeutende Neben. wodurch sie nothwendig so tief herabsinken m als sie nun wirklich elend erscheint.

Dennoch half man sich im Rahmen der Möglichkeiten, so gut man eben konnte. Dass die Pröpste Musikfreunde waren, begünstigte die Neuorientierung der musikalischen Klosterkultur. Propst Arneth war nicht nur ein versierter Theologe, sondern auch Generaldirektor für die oberösterreichischen Gymnasien. Er bemühte sich um die Verbesserung der Lehrerausbildung und hielt die verantwortlichen Pfarren an, sich besonders des Lehrernachwuchses anzunehmen – *auch auf musikalischem Gebiet, denn Gesang, ein Saiteninstrument und Orgelspiel sollte ein Lehrer beherrschen.* Über sein kirchenmusikalisches Engagement hinaus pflegte er Kontakte zum bürgerlichen Musikleben, insbesondere zum Schubertkreis. Angeblich soll Schubert selbst das Stift besucht und ein Konzert auf dem Klavier gegeben haben. Im Musikarchiv findet man zahlreiche Lieder des Meisters und ein echtes Juwel, das älteste Manuskript des *Forellenquintetts.*

In einer Verfügung aus dem Jahr 1824 initiierte Propst Michael Arneth die dauerhafte Bestellung von drei Sängerknaben, zweier Diskantisten und eines Altisten. Sie seien dem Schullehrer zu übergeben, *der auch mit diesen Sängerknaben und seinem Gehilfen sich zur Kirchen- und Kammer-*

musik brauchen lassen und jedesmal bei denselben erscheinen muss und ohne vorhergehende Meldung beim und Erlaubnis des Herrn Regens chori nicht davon ausbleiben darf. Diese Regelung machte es so gut wie unmöglich, dass in St. Florian jemand Lehrer werden konnte, der nicht über solide musikalische Fähigkeiten verfügte. Die Anforderungen waren erheblich. Für Bruckners Sängerknabenjahr 1838/39 habe ich rund neunzig, an die Feste des Kirchenjahrs gebundene Aufführungen gezählt. Dazu kamen noch der tägliche Choralgesang und Aufführungen weltlicher Musik. Das Repertoire der Stiftsmusik setzte sich vor allem aus Werken der Klassik und Vorklassik zusammen.

Kurzum, als der dreizehnjährige Bruckner als Sängerknabe in das Stift St. Florian eintrat und beim Lehrer Bogner Quartier bezog, befand sich die klösterliche Musikkultur nach schwierigen Jahrzehnten wieder im Aufwind, nicht im Sinne einer Restauration des ein für alle Mal Verlorenen, sondern im Sinne einer Neubelebung unter den Vorzeichen der jüngeren Musikentwicklung. Regens chori war damals Eduard Kurz, der Bruder des bereits erwähnten Franz Kurz. Der Stiftsorganist war Anton Kattinger, weithin gerühmt wegen seiner Improvisationskunst. Schon als Sängerknabe bekam Bruckner bei Kattinger Orgelunterricht, ein Jahrzehnt später wird er dessen Nachfolger als Stiftsorganist werden. Im Zeugnis, das er seinem

besten Schüler und oftmaligen Stellvertre
stellte, bestätigte Anton Kattinger, dass *Her
Bruckner nicht nur allein mit dem Spiele bez
Basses jeder Generalbaßlehre, in welcher
durch fleißiges Studium theoretisch und praktisch durchgebildet hat, entspricht, sondern er auch im Präludium, Ausführung kontrapunktischer Sätze immerhin jeden, und besonders den Sachkenner zu befriedigen imstande ist, daher er hier wo man das Bestreben hat, durch gute Kirchenmusik überhaupt Gott den Herrn zu verherrlichen und die Gemeinde zur Andacht zu erwecken und sie in selber zu erhalten, als Organist unbedenklich bestens empfohlen werden kann.*

Ich möchte am Ende meiner Ausführungen noch anmerken, dass in unserer generell religionskritischen Zeit der Einfluss der Kirche auf das Schulwesen oft recht skeptisch beurteilt, von manchen sogar grundsätzlich abgelehnt wird. Aufgrund meiner liberalen Überzeugungen weise ich zwar auch die Generalaufsicht der Kirche über die Schulen, also auch die staatlichen, zurück, dennoch sollten wir der konfessionellen Schule Gerechtigkeit widerfahren lassen. Erstens war die klösterliche Lateinschule viele Jahrhunderte lang fast die einzige Bildungseinrichtung und hat allein aus diesem Grund unschätzbare Verdienste um die Kultur des Landes. Zweitens zeigt uns gerade das Beispiel Anton Bruckner, dass eine gute Klosterschule für Knaben aus pekuniär dürftigen Verhältnissen Möglichkeiten eröffnen konnte, welche diese sonst nie und nimmer gehabt hätten.

In den Wiener Salons erzählt man mit gewisser Süffisanz, Johannes Brahms habe einmal kritisch angemerkt, der Musiker Anton Bruckner sei „von den Pfaffen in St. Florian verdorben worden". Diesem strammen Urteil, Ausdruck von Unwissenheit, Ahnungslosigkeit, Überheblichkeit und Vorurteil, widerspreche ich! Hätte Bruckner nicht die Möglichkeit gehabt, im Stift St. Florian eine alles in allem solide kirchenmusikalische Ausbildung zu bekommen, wäre ihm eine professionelle musikalische Laufbahn sicher verwehrt geblieben. Zweitens empfehle ich dem vorwitzigen Herrn Brahms, seine protestantischen Aversionen gegen das katholische Ordensleben zu zügeln und – sine ira et studio – zu studieren, auf welchem Niveau im Stift St. Florian und in anderen Klöstern seit vielen Jahrhunderten musiziert wird. Dann müsste auch ihm bewusst werden, dass ein katholischer Musiker wie Anton Bruckner auf diesem kulturellen Boden nicht verdorben wird, sondern mit Gewinn einen Teil jenes Weges gehen kann, der ihn später zur Meisterschaft führen wird.

Der junge Bruckner war kein Einzelfall, sein Bildungsweg, zumindest bis zum vierzigsten Lebensjahr, erscheint mir eher typisch zu sein. Meinen Recherchen zufolge kam mindestens ein Drittel der Sängerknaben aus einfachen Familien, vornehmlich aus dem Lehrerstand, der schlecht entlohnt und oft auf Nebeneinnahmen angewiesen war. Die Landschullehrer betätigten sich in der Regel auch als Mesner, Organisten, Instrumentalisten, Sänger und Chorleiter. Nach ständischer Familientradition wurden die Lehrerkinder schon im Elternhaus musikalisch unterwiesen, sodass in kleinen Ortschaften eine größere Lehrerfamilie nicht selten das Hauptkontingent des Kirchenensembles bilden konnte. Die Lehrerbuben wurden dann auch wieder Lehrer und trugen nicht unerheblich dazu bei, dass die Musik flächendeckender Bestandteil unseres Fest- und Feierlebens geblieben ist. Dass die künstlerische Qualität des Erreichten nur selten an die von Anton Bruckner heranreichte, versteht sich von selbst, sollte aber nicht Anlass zu überheblicher Geringschätzung sein.

||

Erst im Rückblick auf ein wechselhaftes Leben zeigt sich, welche Menschen durch ihr Handeln maßgeblich zu dessen Gelingen oder Misslingen Beiträge geliefert haben – ob vorsätzlich oder auch nicht. Im Fall von Anton Bruckner verfestigt sich mein Eindruck, die Verdienste von Propst Michael Arneth um Bruckners Fortkommen müsse man hervorheben. Arneth bemerkte von Anfang an, dass dieser Anton Bruckner besonderer Aufmerksamkeit und Förderung würdig sei. Er hatte ihn von den bedrückenden Windhaager Verhältnissen erlöst, ihm in Kronstorf ein geeigneteres Umfeld verschafft und dann die erste Möglichkeit genützt, um den ehemaligen Sängerknaben und jungen Lehrer mit den ausgezeichneten Zeugnissen heimzuholen ins Stift.

Im September 1845 trat Anton Bruckner in St. Florian seinen Schuldienst an, *als 1ter systemisierter Schulgehülfe* für das zweite große Lehrerzimmer. Er unterrichtete in der ersten und zweiten Klasse und hielt die Wiederholungskurse der Sonntagsschule. Den Sängerknaben gab er Gesangs- und Violinunterricht und ab 1849 täglich eine Stunde Privatunterricht in den Gegenständen der dritten Klasse. Privatunterricht erteilte er auch zwei jungen Grafen von der Tillysburg. Die Entlohnung gab – vergleicht man sie mit anderen Schulgehilfen – Anlass zu mittelständischer Zufriedenheit. Bruckner hatte seine Dienstwohnung im Schulgebäude bei der Familie Bogner, erhielt vom Stift Verpflegung und Brennholz, 36 Gulden Grundgehalt im Jahr sowie ein Zusatzgehalt für den Privatunterricht bei den Sängerknaben. Sein tägliches Arbeitspensum muss man sich zwar beträchtlich vorstellen, aber Arbeit scheute Bruckner nicht. Im Gegenteil, er erfüllte nicht nur verlässlich seine täglichen Pflichten, sondern bemühte sich auch um den Ausbau seiner Fähigkeiten und Kenntnisse, vertiefte sich in die Fächer Latein und Physik, nahm ein zweijähriges Fortbildungsangebot der Unterrealschule in Anspruch und wurde in allen Unterrichtsgegenständen (Religionslehre, Geografie und Geschichte, Deutsch, Mathematik und Geometrie, Naturgeschichte, Naturlehre und Schönschreiben) mit Sehr gut beurteilt. Wenige Jahre später bestand er auch die Hauptschullehrerprüfung mit ausgezeichnetem Ergebnis.

Bei seinen Schülern war der Lehrer Bruckner, wenn die Aussagen der von mir befragten Menschen zutreffen, sehr beliebt. Erwähnenswert scheint mir, dass er auch den bürokratischen Teil seiner Lehrtätigkeit ernst nahm, was bei künstlerisch veranlagten Persönlichkeiten eher selten vorkommt. Er stellte bei sich selbst sogar *eine besondere Vorliebe* für Kanzleiarbeit fest, die ihn im Jahr 1853 dazu veranlasste, sich um einen Posten als Kanzleischreiber im Staatsdienst zu bewerben. Man bedenke, dass Bruckner in diesem Jahr schon seit zwei Jahren besoldeter Stiftsorganist war! Unnötig, unpassend, ja beinahe komisch erscheint auch mir der unterwürfige Ton, in dem er seine Bewerbung verfasste. Der *gehorsamste Bittsteller* versichert, dass er *auf alle ihm mögliche Weise mit allem Fleiße und Hingebung bemüht war, sich für das Kanzleifach auszubilden, welchen Beruf er schon so lange in sich fühlt* (...) und schließt mit der ehrfurchtsvollen Bitte, die *Hohe k.k. Organisierungskommission wolle bei der Besetzung der künftigen k.k. Gerichtsstellen ihm eine Kanzlisten- oder eine seinen nachgewiesenen Kenntnissen und Fähigkeiten angemessene Dienstesstelle in hoher Gnade zu verleihen geruhen.* Glücklicherweise lehnten die Entscheidungsträger diese schwer nachvollziehbare Bewerbung ab.

Aus den musikalischen Werken, die im Florianer Jahrzehnt entstanden sind, greife ich zunächst die weltliche Gelegenheitskomposition *Der Lehrerstand* heraus, die zwar künstlerisch unerheblich ist, aber einiges über Anton Bruckners Erfahrung des Lehrerdaseins verrät. Die inhaltliche Aussagekraft des Chorlieds, das Michael Bogner gewidmet ist, ist dadurch erklärbar, dass Bogner selbst die 36 holprigen Verse gedichtet hat, ein Laie der Poesie, ein Kenner der Profession:

Die Zeit weiset auf einen Stand,
Der wenig gilt doch allen nützt,
Den leider! Mancher hier zu Land
Weder ehret noch unterstützt.
Ist jener Stand Euch nicht bekannt?
Es ist der wackere Lehrerstand. (...)

Schon in den ersten sechs Zeilen klingt das Kernmotiv an, die geringe öffentliche Anerkennung des Lehrerstands. In anderen Versen ist sogar von Hohn und Spott die Rede und auch davon, dass Lehrerfamilien von materieller Not bedrückt werden. Antithetisch zum mangelnden Ansehen und zum spärlichen Lohn steht die Bedeutung der Lehrer für den Staat und den einzelnen Menschen. *Kennt ihr den Stand, der Geister weckt, / Das Kind fürs Leben brauchbar macht?* Die Diskrepanz zwischen mangelhafter Anerkennung und *segensreichem Walten* überbrückt der Lehrer durch eine Reihe individueller Tugenden: ernsthaft, bescheiden, edelmütig, fleißig, ordentlich, geduldig, nie betrübt.

Die Hoffnung auf Verbesserung verlegt Bogner ins Jenseits:

Für Menschenwohl und Menschenglück
Kämpfe fort, du wackrer Stand!
Es wird sich ändern Dein Geschick
In einem bessern Vaterland.
Dort empfange vom Gottessohn
Deinen verkürzten Lohn.

Die letzten zwei Zeilen sind unfreiwillig ironisch geraten. Die Formulierung legt nämlich nahe, dass selbst der Gottessohn den Lehrern ihren Lohn verkürzen wird. Tatsächlich meint der Schreiber aber, dass der Lehrerstand im Himmel, dem *besseren Vaterland*, den Lohn in voller Höhe empfangen wird, der ihm auf Erden verkürzt worden ist.

Aus den geistlichen Kompositionen, die Anton Bruckner in diesen Jahren schrieb, ragen zwei heraus: Die *Missa solemnis in b-Moll* und das *Requiem*. Franz Sailer, der Hofschreiber und Gerichtsaktuar des Stifts, starb unerwartet im Jahr 1848. Sailer war Bruckner freundlich gesonnen, nahezu ein Förderer des vielversprechenden jungen Musikers. Den Bösendorfer-Flügel, der Bruckner später bis nach Wien begleiten sollte, hat ihm Sailer vererbt. Daher war es nicht nur der schmerzliche Verlust, sondern gewiss auch ein Gefühl der Dankbarkeit, das Bruckner dazu veranlasste, dem Andenken Franz Sailers ein Requiem zu widmen. Es wurde an dessen erstem Todestag in St. Florian uraufgeführt. Die Komposition für Soli, vierstimmigen Chor, Streicher, drei Posaunen, Horn und Orgel ist der klassischen Tradition verpflichtet und will es nicht verheimlichen. Michael Haydn darf man als Vorbild in Erwägung ziehen, deutlicher noch das Requiem von Wolfgang Amadeus Mozart, das Bruckner sehr gut kannte. Wie Mozart wählte auch er die Tonart d-Moll, verwendete bewusst einige Mozart-Zitate, erzeugte im Introitus durch synkopierte Streicherbewegungen eine ähnlich beunruhigende Stimmung wie Mozart. Auch im *Dies irae* sind die Parallelen offensichtlich.

Der alte Bruckner schätzte seine frühe Arbeit, hielt sie bleibender Aufmerksamkeit und behutsamer Reparaturarbeiten für würdig. Er widmete die überarbeitete Fassung von 1895 dem Regens chori der Steyrer Stadtpfarrkirche Franz Bayer, der sie beim Trauergottesdienst für den Stadtpfarrer Johann Evangelist Aichinger aufführte. Bruckner verbrachte gerne seine Sommerurlaube im Steyrer Pfarrhof und hatte sich dort mit Pfarrer Aichinger angefreundet. Ich selbst hörte Bruckners *Requiem* – verkürzt um das *Hostias* und das sehr schöne *Benedictus* – einen Tag nach Bruckners Beerdigung in St. Florian unter der Leitung von Regens chori Bernhard Deubler. Die Wirkung war nicht zuletzt durch den Einsatz der großen Chrismann-Orgel enorm, die Ergriffenheit der Anwesenden spürbar.

Beim Begriff *Missa solemnis* denken Musikfreunde spontan an Ludwig van Beethovens *Messe in D-Dur für Soli, Chor, Orchester und Orgel.* Gewiss war sie auch für Anton Bruckner ein Fixstern, den er nicht aus Augen, Ohren und Sinn ließ, als er an seiner *Missa solemnis in b-Moll* arbeitete. Diese Komposition – er erweiterte das Instrumentarium um Oboen, Fagotte, Trompeten und Pauke – erinnert mich aber auch an die großen Messen von Joseph Haydn, vor allem an die *Nelson-Messe*. Überhaupt erhärtet sich bei mir der Eindruck, Bruckner habe sich bei dieser Arbeit den widerstreitenden Kräften von Tradition und Gegenwart gestellt, wobei sich die Integration von romantischem Gefühlsausdruck, klassischer Form und barocker Fugenkunst als enormer Kraftakt herausstellte. Geschlossenheit und Homogenität wird man dort und da vermissen, und vielleicht ist es in diesem Zusammenhang aussagekräftig, dass

Bruckner zum letzten Mal den nummerierten Generalbass einsetzte, ein traditionelles Verfahren, das er jetzt verabschiedete.

Auch die kleineren geistlichen Kompositionen des Florianer Jahrzehnts dienen – soweit sie überhaupt erhalten und zugänglich sind – den Abläufen und Erfordernissen des Glaubenslebens im Kloster. Beim *Aequale* für drei Posaunen handelt es sich um typische Begräbnismusik. Zwei *Asperges* mit dem Lob der Dreifaltigkeit (*Gloria Patri et Filio et Spiritui Sancto*) sind insofern erwähnenswert, als sich Bruckner hier erstmals im Kontrapunkt versuchte. Die Komposition eines *Magnifikat* erscheint fast obligatorisch angesichts der Stiftsbasilika Mariae Himmelfahrt.

Bemerkenswert finde ich, dass nicht weniger als fünf Vertonungen des *Tantum ergo* erhalten sind. Man muss nicht darüber nachdenken, ob dieser Hymnus für Bruckner von herausragender Bedeutung war, er war es sicher, denn er feiert das christliche Kernsakrament. Mit den Worten *Tantum ergo* beginnen die zwei Schlussstrophen aus dem geistlichen Hymnus *Pange lingua*, dessen Text Thomas von Aquin zugeschrieben wird. Allein diese Herkunft gibt ihm spirituelle Größe und geschichtliche Würde. Die ersten vier Strophen feiern das Mysterium von Leib und Blut Christi, die Geburt Jesu und das letzte Abendmahl – als Ursprung der Eucharistie, des Altarsakraments,

Mitte und Ziel aller christlichen Sakramente. Die Verse des *Tantum ergo* vermitteln uns die theologisch bedeutsame These, dass man das Mysterium der Gegenwart Jesu in Brot und Wein *glauben* müsse, da es der *Verstand* nicht fassen könne. Die letzte Strophe ehrt die göttliche Dreifaltigkeit …

||

Mehr und mehr gewinne ich den Eindruck, dass sich Anton Bruckner in den frühen Fünfzigerjahren in einer beunruhigenden Übergangsphase befand, weil sich Veränderungen ankündigten, aber nur als vages, konturenloses Gefühl, nicht in greifbarer Gestalt. So mag eine gewisse Widersprüchlichkeit und Zerrissenheit erklärbar sein. Bruckner begann seine Fühler Richtung Wien auszustrecken. Er hatte den damaligen Hofkapellmeister Ignaz Assmayr kennengelernt, legte ihm 1852 sein *Requiem* zur Begutachtung vor und widmete ihm seine Vertonung des Psalms 114. Ein schwaches Jahr später bewarb er sich aber, wie schon erwähnt, um eine Kanzlistenstelle im Staatsdienst, was ehrgeizigen musikalischen Plänen zu widersprechen scheint. Der gemeinsame Nenner der einander entgegengesetzten Ambitionen könnte eine gewisse Los-von-St.-Florian-Tendenz sein, der es allerdings auch an Eindeutigkeit mangelt.

Zu gerne wäre ich im Besitz eines sagenumwobenen Briefs, in dem sich Anton Bruckner bei Ignaz Assmayr über die mangelnde Wertschätzung der Musik beklagt haben soll, unter der auch er im Stift zu leiden habe. In dieses Bild fügt sich ein Vorfall, der mittlerweile Eingang in den Kanon der bekannteren Bruckner-Anekdoten gefunden hat und daher von begrenzter Zuverlässigkeit ist. Die *Missa solemnis in b-Moll* wurde anlässlich der Verleihung der Abt-Insignien an Propst Friedrich Mayr, der dem 1854 verstorbenen Michael Arneth gefolgt war, uraufgeführt. Wie bei Ordensfesten üblich, waren zur anschließenden Festtafel nur die Ordensmitglieder, nicht aber die Stiftsangestellten eingeladen. Bruckner hatte sich – zu Recht, wie ich meine, aber vergeblich – erwartet, dass man für ihn, den Komponisten der Messe und Stiftsorganisten, eine Ausnahme machen werde. Folgt man dem heiteren Anekdotenschluss, dann tröstete sich Bruckner im gegenüberliegenden Gasthaus Sperl mit einem fünfgängigen Menü und drei verschiedenen Weinsorten. Die Kränkung soll aber stark gewesen sein und dauerhaft nachgewirkt haben.

Im Jahr 1854 absolvierte Bruckner vor Ignaz Assmayr, Simon Sechter und Gottfried Preyer in der Wiener Piaristenkirche auf eigenen Wunsch die Orgelprüfung. Assmayr lobte den Prüfling im Zeugnis als *genauen und gründlichen Organisten.*

Als sich Bruckner ein Jahr später bei Sechter als Kompositionsschüler bewarb, legte er ihm seine *Missa solemnis* vor. Sechter soll beeindruckt gewesen sein, vor allem von Bruckners Vorkenntnissen der Fuge.

Die Arbeits- und Lebensbedingungen, die man Bruckner im Stift St. Florian einräumte, waren vergleichsweise gut. Wir dürfen, wollen wir zu einem gerechten Urteil kommen, nicht von den Ansprüchen eines freischaffenden Künstlers ausgehen, sondern vom Status eines kirchlichen Kulturangestellten mit festgelegten Verpflichtungen. Als Stiftsorganist und Lehrer verdiente Bruckner im Jahr 80 Gulden, bei freier Wohnung und Verpflegung. Ihm stand eine der besten Orgeln des Landes zur Verfügung und ein Bösendorfer-Flügel. Propst Michael Arneth war ihm ein ebenso wohlwollender Arbeitgeber wie dessen Nachfolger Friedrich Mayr. Bruckner komponierte für beide Pröpste Festkantaten. Dass seine Kunst im Stift und darüber hinaus geschätzt wurde, bewies die Einladung der Diözese Linz, sich als Dom- und Stadtpfarrorganist zu bewerben. Für Bruckner Ehre und Freude – einerseits, andererseits soll ihm der Abschied von St. Florian nicht leicht gefallen sein. Nach der provisorischen Ernennung in Linz zögerte er, das Ansuchen um Definitivstellung überhaupt abzugeben. Auch in den folgenden Jahrzehnten, als er zuerst in Linz, dann in Wien suchte er das Stift immer wieder und hatte cher seine guten Stunden. Sein Wunsch, in Krypta unter der großen Orgel begraben zu rden, bestätigt die tiefe Verbundenheit. Im Abgangszeugnis, das man Bruckner in St. Florian ausstellte, wird dem scheidenden Lehrer bescheinigt, *daß er während der Zeit seines Wirkens in der hiesigen Pfarrschule durch einen musterhaft sittlichen Wandel, durch strenge Erfüllung seiner kirchlich-religiösen Obliegenheiten, durch seinen Fleiß in der Schule, durch wahrhaft geistliche Liebe zu den ihm anvertrauten Kindern, durch seltenen Eifer nicht nur in der Wiederholung des katechetischen Unterrichtes den Kleinen die Wahrheiten des ewigen Heiles einzuprägen sondern auch sie zur Übung derselben zu ermuntern und anzuleiten und ihnen seine Liebe zu Gott, zur Frömmigkeit und zur Religion einzuflößen; endlich durch nie ermüdenden Eifer, sich in den Fächern seines Berufes immer noch auszubilden, sich die Zufriedenheit und die Achtung seiner Vorgesetzten und die Liebe der Kinder und Pfarrgemeinde in seltenem Maße erworben habe.*

Unterzeichnet ist das Zeugnis vom Pfarrvikar Jodok Stülz, der Bruckners Beichtvater war, und vom Dechanten Anton Landgraf. Nicht weniger anerkennend ist das Zeugnis, das Propst Friedrich Mayr und Regens chori Ignaz Traumihler dem Stiftsorganisten Anton Bruckner mit auf seinen neuen Weg gegeben haben.

Den wahren Grund für Bruckners Gefühlsambivalenzen vermute ich in der stetig wachsenden Ahnung, er sei auf seinem musikalischen Weg noch lange nicht am Ziel, weder künstlerisch noch geografisch. Bruckner litt wahrlich nicht an Selbstüberschätzung, blieb vorsichtig, zögerlich, hatte Angst vor Veränderungen, deren Folgen er nicht berechnen konnte. Aber ein vages inneres Wissen um sein künstlerisches Potenzial schlug nun den existenziellen Grundton an. Der tiefgläubige Mann könnte ihn als Stimme und Auftrag Gottes gedeutet haben. Der Knecht, der die Talente nicht entfaltet und mehrt, die ihm der Herr anvertraut hat, ist ihrer nicht wert. So steht es geschrieben – im Evangelium des Matthäus.

||

Als der zwölfjährige Tonerl in St. Florian Sängerknabe wurde, war Aloisia, die älteste Tochter des Ehepaars Bogner, ein Kleinkind. Als er nach der Lehrerausbildung und den Praxisjahren in Windhaag und Kronstorf zurückkehrte, war sie ein neunjähriges Mädchen, das den Schulgehilfen, der zur Hausgemeinschaft gehörte, recht gern hatte. Wie man den Urteilen über Bruckners Lehrtätigkeit entnehmen kann, fiel es ihm nicht schwer, Vertrauen und Zuneigung der Kleinen zu gewinnen.

Es ist unserer Einbildungskraft überlassen, uns den Augenblick vorzustellen, in dem Anton Bruckner zum ersten Mal bewusst wurde, dass er Aloisia nicht mehr als Kind, sondern als anziehendes weibliches Wesen wahrnahm. Bedenken wir Bruckners Grundsätze katholischer Sittlichkeit, dann müssen wir uns seine Wahrnehmungsänderung als Verstörung vorstellen. Erotisches Begehren, die natürlichste Sache der Menschheit, hat für ernste Katholiken allemal den Ludergeruch der Sünde – was, nebenbei bemerkt, Bedeutung und Reiz der Sache höllenfeuerartig überhitzt.

Unerfahren im Umgang mit diesen Regungen griff Bruckner zum naheliegenden Medium: Lyrik und Musik. Dass er Frauen seine amouröse Verehrung in Liedform übermittelte, ist auch aus seiner Linzer Zeit bekannt. Für eine Chorsängerin namens Pauline Hofmann vertonte er August von Platens Gedicht *Mein Herz und deine Stimme*, womit er eher Verlegenheit ausgelöst haben soll als Erwiderung der Gefühle. Der fünfzehn- oder sechzehnjährigen Aloisia Bogner widmete er ein Heft mit Liebesliedern – unter anderem Ännchen von Tharau, *Lebe wohl geliebtes Wesen*, die Eigenkomposition *Der Mondabend*, eine Anlehnung an Schubert. Er vertonte auch Heinrich Heines *Frühlingslied* und soll es sogar mit Aloisia einstudiert haben – allein vergeblich. Aloisia Bogner soll, als ihr die Herzensangelegenheit zu heiß wurde, weitere

Widmungen zurückgewiesen haben. Einige Jahre später heiratete sie zwar einen Anton, aber nicht den Bruckner, sondern den Herrn Schlagintweit, Schulleiter in Asten. Einer Anekdote zufolge eilte Anton Bruckner bei einem späteren Wiedersehen in St. Florian auf Aloisia zu, schüttelte ihr kraftvoll die Hände und sagte herzlich: *Sie sind meine erste richtige Flamme gewesen!* Frau Schlagintweit, die im Jahr 1892 verstorben ist, soll diesen Vorfall oft und gerne erzählt haben.

INTERLUDIUM III

Wien, im August 1897

Am späten Nachmittag, zwei Tage vor meiner Abreise aus St. Florian, meldete man mir die Ankunft von Raimund. Er hatte mir seinen Besuch in einem Brief angekündigt: *Dich kann man ja nicht mehr unbesorgt allein lassen, lieber Freund. Einem Besessenen, der bei August Göllerich einbrechen will, ist auch zuzutrauen, dass er den Propst von St. Florian als Geisel nimmt, um an eine Auskunft zu Bruckners Marienverehrung heranzukommen. Und noch ein guter Rat: Solltest du Bruckners Geist begegnen, dann verhalte dich höflich, aber nicht devot, leutselig, aber nicht aufdringlich! Und versuche keinesfalls, ihn zu berühren!*

Raimunds Humor hat eine günstige Wirkung auf mein ernstes Gemüt, auch seine Sorglosigkeit und Genussfähigkeit, oft schon sein bloßes Erscheinungsbild. In heller, leichter Sommerkleidung reiste er an, mit offenem Hemdkragen und schräg gesetzter Leinenkappe. Als wir beim Abendessen saßen, erzählte er Neuigkeiten von gemeinsamen Bekannten, Kurioses aus dem Wiener Gesellschaftsleben, Außergewöhnliches über Gewinn und Verlust beim Pferderennen.

Um eine Klosterführung darf ich dich aber morgen schon bitten, sagte er, ich möchte wetten, du bist nach drei Wochen Aufenthalt besser informiert als alle Chorherren zusammen.

Gerne erfüllte ich Raimunds Wunsch. Der Propst gewährte uns Zugang zu den Kaiserzimmern, zur

Krypta, zu Bibliothek und Archiv. Stiftsbibliothekar Albin Czerny zeigte uns alte Chroniken und Rechnungsbücher, erklärte Urkunden aus längst versunkenen Jahrhunderten, die vor allem die Baugeschichte der Klosteranlage dokumentieren sowie Gepflogenheiten des Klosterlebens. Einen tiefen Eindruck hinterließ eine große, kostbare Bibel aus dem 12. Jahrhundert, eine Meisterleistung des Florianer Skriptoriums. Das nützliche und aufschlussreiche Repertorium zum Archivbestand verdankt das Stift jenem Jodok Stülz, der Anton Bruckners Beichtvater war. Den von mir schon erwähnten Ordensgeistlichen Franz Kurz würdigte Albin Czerny als Vorkämpfer einer zuverlässigen, weil auf Quellen gestützten Geschichtsschreibung. Wir blätterten in der von Kurz begründeten Reihe *Beiträge zur Geschichte des Landes ob der Enns.*

Meinen kirchenkritischen Freund überraschte die Wertschätzung, die man im Orden der Wissenschaft entgegenbringt. Sie passte nicht zu seinem Bild einer dunklen, aufklärungsfeindlichen Kleriker-Restauration, die Galileo Galilei mit Folter bedroht, Giordano Bruno auf dem Scheiterhaufen verbrennt und Immanuel Kants *Kritik der reinen Vernunft* auf den *Index librorum prohibitorum* stellt. Mehr als zwei Stunden verbrachten wir in der zweigeschossigen Bibliothek, deren Wände bis zur Decke von Bücherkästen bedeckt sind. Wir erhielten Einblick in seltene Kartenwerke, die

in großen Querkästen aufbewahrt werde
bestaunten lange und neugierig das Decke
von Bartolomeo Altomonte.

Das Hauptmotiv des Freskos, sagte Albin Czerny, habe Propst Johann Georg Wiesmayr vorgegeben, in dessen Amtszeit die Fertigstellung des Neubaus fiel: *Die Vermählung von Tugend und Wissenschaft*, veranschaulicht durch allegorische Figuren. Und die Religion segnet diesen ungewöhnlichen Bund!, rief Raimund aus, ganz und gar erstaunlich!

Ja, mein lieber Raimund, auch das ist Kirche! Vernunft und Glaube, hier sind sie keine Gegensätze, die einander ausschließen, sondern zwei Teile eines Ganzen. Einzelwissenschaften und Tugenden, hier bilden sie gemeinsam das Hochzeitsgefolge. Die Philosophen der Antike, die als Heiden in der Kirchengeschichte oft unter Verdacht standen, hier ehrt man sie als Wegbereiter einer umfassenden Humanität. Ich musste das alles nicht oberlehrerhaft dozieren, Raimund sah es selbst.

Mein Freund war in eine Anspannung geraten, die mich überraschte. Als wir in der Basilika standen, begann mich sein Wissensdurst zu überfordern. Er fragte mich nach jedem Bildmotiv, jeder Heiligenfigur, insbesondere nach dem heiligen Augustinus, seinem Leben und seiner theologischen Lehre. Mein Wissen reicht nur für einen schmalen Einführungskurs. Der Kirchenvater gilt einerseits als aufgeschlossener Vermittler zwischen christlichem Glauben und antiker Philosophie, andererseits vertrat er in seinem Spätwerk ein pessimistisches und düsteres Glaubensverständnis. Es scheint, als habe der alte Augustinus, enttäuscht von der Schlechtigkeit der Welt, den Menschen vor allem als elenden Sünder wahrgenommen, auf Gedeih und Verderb der Gnade oder Ungnade eines sehr fernen, unbegreiflichen, aber beängstigend mächtigen Gottes ausgeliefert.

Wir hatten unseren Rundgang durch die Basilika beendet und blickten noch einmal zurück in die Höhe und Tiefe des Kirchenschiffs. Hältst du es für möglich, fragte ich Raimund, dass die jahrelange Wahrnehmung dieses Raums einen gleichermaßen religiösen wie hochmusikalischen Menschen so stark prägen kann, dass er diese architektonische Gestalt in seine sinfonische Bauform transformiert?

Bewusst oder unbewusst?, fragte er.

Eher unbewusst.

Eine extravagante These, ausschließen würde ich es aber nicht.

Ich will dich nicht mit Details langweilen, sagte ich, aber je genauer ich Bruckners Sinfonien studiere, umso mehr bestätigt sich mein Eindruck, sie alle hätten ein und denselben Grundriss.

Du meinst, Bruckner hätte im Grunde nur eine Sinfonie komponiert, aber neun Mal?

Das wäre die polemische Formulierung, entgegnete ich, ich spreche nicht von simpler Wiederholung, sondern von einer fundamentalen Urform, über der ein Genie meisterhaft improvisieren und experimentieren kann.

Raimund schwieg.

Noch eine kühne Idee!, rief ich aus, ich könnte mir vorstellen, in dieser Basilika eine Bruckner-Sinfonie aufzuführen. Das müsste sich fügen, insbesondere bei der Neunten, die er ja dem lieben Gott gewidmet hat.

Dieser Idee kann ich folgen, sagte Raimund. Immerhin werden heute ganze Messen ohne Liturgie in Konzertsälen aufgeführt, warum nicht Sinfonien in Kirchen? Ich hätte nichts dagegen einzuwenden, aber als Atheist kann ich natürlich leicht reden. Für viele Gläubige wäre ein sinfonisches Konzert in dieser Basilika wahrscheinlich zu weltlich.

Ich machte Raimund auf das Motto über dem Kirchentor aufmerksam: *Laetificabo eos in domo orationis meo.*

Denen, die im Haus meines Wortes sind, werde ich Freude schenken, übersetzte Raimund.

Eben, das würde doch passen!

Die Sonne stand schon tief, als wir die Basilika verließen. Wir beschlossen, nicht mehr auf unsere Zimmer zurückzukehren, sondern gleich zum

Gasthof weiterzugehen, in dem wir das Abendessen einnehmen wollten. Das Glaubensthema begleitete uns bis in die Wirtsstube und beherrschte das Tischgespräch. Raimund hat im letzten Jahr eine starke Neigung zur Philosophie von Friedrich Nietzsche entwickelt, derzeit kein Einzelfall unter uns Jüngeren.

Bei allem Respekt vor diesem Haus, sagte Raimund, aber seien wir ehrlich: Die Ideenwelt, die hier herrscht, das ist die von gestern und vorgestern. Das sind nur mehr Denkmäler vergangener Größe und Macht. In unserem Jahrhundert haben wir erkannt, dass Gott tot ist. Alles Neue, Kraftvolle, Zukunftstaugliche kommt ohne ihn aus. Wo er noch störend im Weg steht, räumt man ihn zur Seite. Denk an Ludwig Feuerbach, an Karl Marx und vor allem an unseren großen Nietzsche! Wo Fabriken, Bahnhöfe und Bankhäuser hochgezogen werden, mutieren die Kirchen zu Museen. In den großen Städten stehen sie jetzt schon so verloren herum, als hätten sie sich verirrt.

Raimund bedauerte den christlichen Gott als entmachteten Erben eines allmächtigen Vaters. Einem gekreuzigten Gott nachfolgen, das hieße nichts anderes, als sich zu den ewigen Verlierern stellen, sagte er. Immer gut sein, immer verzichten, vor allem auf die Fleischeslust, dem Angreifer beide Wangen hinhalten. Was wäre das für ein Sklavendasein! Wo bleiben da Kraft und Wille? Der Mensch ist kein sanftmütiges Lamm, manchmal vielleicht, aber er ist auch böse, egoistisch, zornig, gierig, lüstern. Er will sich behaupten und durchsetzen. Das haben ihm fast zweitausend Jahre Christentum nicht austreiben können. Der Mensch will sein kurzes Leben genießen! Alle Lust will Ewigkeit, tiefe, tiefe Ewigkeit! – Raimund zitierte Zarathustra: *Ich würde nur an einen Gott glauben, der zu tanzen verstünde!*

Was soll aus einem Volk werden, das einem guten Gott der Liebe nachfolgt und immerfort beide Wangen hinhält, nicht zum Kuss, sondern zur Ohrfeige?, fragte Raimund und beantwortete selbst seine Frage: Es verschwindet aus der Geschichte, es löst sich auf, als willenloses Opfer seiner Feinde. Schopenhauer würde das vielleicht gefallen, aber dem großen Nietzsche nicht! Wenn wir überhaupt einen Gott brauchen, Jakob, dann nicht nur einen Gott der Liebe, sondern auch einen der Diesseitslust und des selbstbewussten Lebenswillens. Ich würde, setzte er geradezu leidenschaftlich fort, sehr gerne wieder Kultstätten für die Götter der Griechen errichten, für Dionysos, Apoll, Artemis, Aphrodite, Poseidon. Und weißt du, was ich dir sage, mein lieber Jakob, der Gott des Alten Bundes, der ist mehr nach meinem Geschmack als dieser Jesus. Der Alte, der konnte noch richtig zornig werden. Diese verkommene Bagage, die er selbst erschaffen hatte, wollte er in einer Sintflut vernichten.

Mittlerweile hatte die Kellnerin unser Abendessen gebracht. Dieses köstliche Stück Selchfleisch, das du gerade in den Mund schiebst, sagte Raimund, nährt nicht nur deinen Körper, sondern auch deine sterbliche Seele. Leib und Seele sind nämlich eins. Im Übrigen ist mir aufgefallen, dass in katholischen Kreisen, allem *Memento mori* zum Trotz, erstaunlich viel und gut gegessen und getrunken wird. Das macht sie mir sympathisch. Ich wäre lieber der illegitime Sohn eines sündigen Chorherrn als der legitime in einem protestantischen Pfarrhaus, wo jeder Suppenlöffel nach Moral und Askese riecht.

Ich hätte manches einzuwenden gehabt gegen Raimunds Ausritt gegen den christlichen Gott und seine Kirchen, aber für ein Streitgespräch war ich zu müde nach diesem langen Tag der vielen Eindrücke und Gedanken. Ich genoss mein Abendessen und einige Gläser Bier als aufmerksamer, aber stummer Zuhörer.

Mich würde interessieren, sagte Raimund, wie eine Sinfonie klingt, die jemand komponiert hat, der so denkt wie ich, aber – im Unterschied zu mir – musikalisch hochbegabt ist. Was würde da rauskommen?

Bei einem Nietzsche der Musik, meinst du? Vielleicht eine Art musikalische Frühlingsfeier, mehr Rhythmus als Melodie, harmonisch radikal, ekstatisch, ohne Scheu vor Extremen in den Tempi und in der Lautstärke. Eine beunruhigende Musik auf jeden Fall, halb rastlose Zukunft, halb archaische Vergangenheit, halb Mythos, halb Technik …

Unruhig verliefen auch die ersten Stunden meiner Nacht. Obwohl ich müde war, fand ich lange keinen Schlaf. Raimunds Reden hatten mich unangenehm affiziert. Sie erschienen mir einseitig und widersprüchlich, aber sie wiesen mich darauf hin, dass ich selbst in Glaubensfragen unsicher geworden bin. In mancher Hinsicht teile ich Raimunds Ansichten. Der Glaube hat es schwer und wirkt veraltet in einer Zeit, die so sehr auf das positive Wissen und die verändernde Tat setzt. Die Neigung unserer christlichen Religion, das irdische Leben zu etwas Vorläufigem, Nebensächlichem zu erklären, das vor allem der Vorbereitung auf das jenseitige zu dienen habe, kann unserem Dasein tatsächlich den Eigenwert nehmen. Aber bestimmt diese weltverneinende, lebensabgewandte Haltung tatsächlich das tägliche Leben der meisten Christen? Ich kenne welche, die Handelsschiffe über den Atlantik schicken und Eisenbahnlinien bis nach Russland führen. Selbst in meinem ökonomisch bescheidenen Elternhaus ist die Sorge um den Brotverkauf ausgeprägter als die Sorge, Jesus könnte im Brot des Altarsakraments doch nicht anwesend sein. Nicht einmal in den Klöstern scheint mir die Weltverneinung alltagsbestimmend zu sein. Ist sie nicht eher ein wunderliches Restgefühl aus den frühen Jahren unserer Religion, als die Christen des Orients noch glaubten, die Endzeit sei gekommen und das letzte Gericht nahe?

Ganz so einfach, wie Raimund es darstellt, machen es sich auch die religionskritischen Philosophen unseres Jahrhunderts nicht. Marx nennt die Religion *das Opium des Volkes*, mit der sich die Verdammten dieser Erde trösten und benebeln, aber er nennt sie auch *den Seufzer der bedrängten Kreatur, das Gemüt einer herzlosen Welt* und den *Geist geistloser Zustände*. Wodurch wäre sie zu ersetzen? Allein durch eine Kranken- und Altersversicherung, wie sie Bismarck in Deutschland durchgesetzt hat? Selbst ein mächtiger Weltbund der Kommunisten böte wohl kaum einen würdigen Ersatz für eine spirituelle Weltkirche.

Friedrich Nietzsche sieht den vermeintlichen Tod Gottes weniger enthusiastisch als sein gläubiger Jünger Raimund – so wie ja oft die glutäugigen Adepten aus den Lehren ihrer großen Meister nur das herausziehen, was ihnen fasslich ist und gelegen kommt, und so die wahre Lehre verfälschen und vereinfachen. Diese Nietzsche-Parabel über den tollen Menschen, die Raimund mir so sehr empfohlen hat, halte ich nicht für eine triumphale Streitrede wider die Religion. Der seltsame Mann, der seinen Mitmenschen die Augen öffnen und die ernsten Folgen der Tötung Gottes bewusst machen will, ist nämlich gar nicht toll, er wird nur für toll gehalten von der ahnungslosen Mehrheit.

Eine Menschheit, die kein Höheres und Höchstes mehr über sich duldet, setzt sich selbst an dessen Stelle und entlässt sich in eine Freiheit, die sie herausfordert, zu Übermenschen zu werden. Sind sie aber dieser Herausforderung gewachsen? Der Nihilismus ist ein ebenso ernstes wie offenes Gedankenspiel.

Folge ich Raimunds Meinung, dann führt diese größte aller Befreiungen zur irdischen Seligkeit, aber kann sie nicht auch zu Willkür, Rechtlosigkeit und Gewalt führen? Könnte der Tötung Gottes nicht auch die Selbstvernichtung des Menschen folgen in einem grauenhaften Kampf aller gegen alle? Vielleicht stehen uns schwere Kriege bevor und eine entsetzliche Barbarei. Dein Hauptgott Dionysos, lieber Raimund, der hat auch eine sehr grausame Seite ... Wenn Anton Bruckner so kindlich brav und männlich fest zum alten, heute schwer bedrängten Glauben hielt, dann mag es uns Aufgeklärten seltsam oder sogar lächerlich erscheinen. Vielleicht besänftigte er aber so seine Furcht vor einem Freiheitswahn, dessen Folgen unberechenbar sind.

II

Vor seiner Abreise aus St. Florian wollte Raimund noch die Krypta besuchen. Lange betrachteten wir Bruckners Sarg und den Berg von Totenschädeln und menschlichen Knochen, den man hier aufgehäuft hatte. Sie sollen aus frühchristlicher Zeit stammen, könnten also mehr als 1700 Jahre alt sein.

Wie du weißt, sagte Raimund, ist mir an unserer Religion vieles rätselhaft, aber ganz und gar unbegreiflich ist mir der Brauch, die Körperteile von Toten aufzubewahren. Ein Glaube, der den Wert der Seele so hoch, den des Leibes hingegen so niedrig ansetzt, müsste doch nichts verwerflicher finden als die kultische Verehrung von Leichenteilen. Wie kommt jemand auf die Idee, er könne, indem er den Schädel oder Handknochen eines verstorbenen Heiligen berührt, Kontakt zu dessen unsterblicher Seele herstellen und so eine besondere Gnade erfahren? Das ist doch Magie. Die einzige nachweisbare Gnade ist das gute Geschäft, das betrügerische Reliquienhändler mit diesem Aberglauben jahrhundertelang gemacht haben.

Ich hatte nichts vorzubringen zur Verteidigung katholischer Reliquienverehrung und eines Wunderglaubens, der tatsächlich oft krude Auswüchse hervorgebracht hat. Sie scheinen mir aber kein katholisches Spezifikum zu sein, sondern die religiöse Variante einer allgemeinen menschlichen Eigenschaft.

Wenn du eine Originalhandschrift von Beethoven oder Mozart in der Hand hast, sagte ich zu Raimund, selbst wenn du nur ein Stehpult berührst, an dem Goethe oder dein verehrter Nietzsche geschrieben haben, dann empfindest du doch eine Art Ehrfurcht und ein Gefühl, als flöße aus diesem Gegenstand, der dich mit einem Großen verbindet, eine geheimnisvolle Kraft zu dir hinüber.

Raimund stimmte mir zu und wollte wissen, ob Anton Bruckner auch eine Neigung zu Reliquien gehabt hatte. Es schien ihm naheliegend bei einem Mann, der seinen Leichnam für die Nachwelt einbalsamieren und in einen Metallsarg legen ließ. Ich erzählte Raimund, dass Bruckner anwesend gewesen war, als die sterblichen Überreste von Schubert und Beethoven exhumiert worden waren. Über seinen hartnäckig vorgetragenen Wunsch, die Schädel der verblichenen Kollegen berühren zu dürfen, lächelte man. Ich hingegen frage mich: Ist es lächerlicher, den Meistern durch Berührung ihrer Schädel nahe zu sein als durch deren Vermessung? Zu diesem „wissenschaftlichen" Zweck hatte man nämlich die Exhumierung vorgenommen, aber welche Erkenntnisse wären daraus zu gewinnen? Dass die Jupiter-Sinfonie eine Frage von einigen Quadratmillimetern sein könnte? Was für ein naiver Materialismus!

Die vielen Anekdoten und angeblich wahren Geschichten, die man sich über Anton Bruckner erzählt, haben meist heiteren Charakter, es gibt aber auch andere. Die abgründigste berichtet von

Bruckners lebhaftem Interesse am Prozess gegen den Frauenmörder Hugo Schrenk. Der Mann war zum Tod verurteilt worden. Bruckner hatte, angeblich stark bewegt, am Prozess teilgenommen und wollte bei der Hinrichtung dabei sein, um für die Seele des Verurteilten zu beten. Dieses Ansinnen wurde ihm verweigert. Am Abend vor Schrenks Hinrichtung saß Bruckner mit einigen Schülern und jungen Ärzten im Riedhof. Einer dieser Ärzte behauptete im Scherz, der Mörder habe sich als Henkersmahlzeit ein Wiener Schnitzel aus dem Riedhof gewünscht. Es werde soeben zubereitet und dann geliefert. Bruckner nahm diesen makabren Scherz ernst, war sehr beunruhigt und ersuchte den Wirt, man möge ihm auch ein Schnitzel bringen – und zwar vom selben Stück Kalb, aus dem man die Henkersmahlzeit geschnitten habe.

Wir können über dieses ungewöhnliche Verhalten den Kopf schütteln oder dazu psychologische Überlegungen anstellen. Aus katholischer Sicht sehe ich darin einen berührenden Akt der *Imitatio Christi*. Auch Jesus, der Mensch gewordene Gott, setzte sich zu den Sündern, mied nicht den Kontakt zu den Ausgestoßenen und zeigte beim gemeinsamen Mahl sein Mitgefühl für die Geringsten unter seinen Mitmenschen.

Bruckners Anteilnahme am Schicksal des Frauenmörders Schrenk blieb kein Einzelfall. Verbrechen, die auch aus religiöser Sicht schwere Verfehlungen waren, bewegten ihn sehr. Verbürgt ist seine heftige Anteilnahme am Prozess gegen ein Ehepaar, dem mehrere Morde zur Last gelegt wurden. Die gefallene und die leidende Kreatur ließ Bruckner nicht unberührt. Bei einem Besuch auf der Burg Altpernstein ließ er sich für einige Minuten in ein dunkles Loch der Folterkammer sperren, um nachzuempfinden, was die hier Inhaftierten gelitten hatten. *Resurrexit!*, soll er ausgerufen haben, als man die Tür wieder aufsperrte.

||

Nach unserem Aufenthalt in der Krypta verabschiedete sich Raimund auffällig schnell, um nach Wien zurückzufahren. Er habe eine wichtige, wenn nicht sogar lebensbestimmende Herzensangelegenheit zu klären ... Dieser ernste Satz irritierte mich, er passte nicht zu meinem Freund. Da aber Raimund nicht geneigt schien, mir Genaueres mitzuteilen, drang ich nicht weiter in ihn und wünschte ihm alles Gute für die Reise und seine Absichten.

Einen Tag später trat ich selbst die Heimreise nach Waidhofen an, nicht ohne schlechtes Gewissen, denn ich hatte Hedwig versprochen, ihr von meinem Stiftsaufenthalt regelmäßig Berichte zu schicken, was ich aber nur in der ersten Woche eingehalten hatte. Ich hatte es schlicht und einfach vergessen ...

Hedwig wird es mir verzeihen, dachte ich. Sie gehört nicht zu den hochsensiblen Frauenzimmern, die sich durch jede kleine Nachlässigkeit gekränkt fühlen und erst wieder freundlich werden, wenn der Mann mehrmals alle Kunstgriffe der Wiedergutmachung angewandt hat. Außerdem – das schien mir in diesem Fall der entscheidende Entschuldigungsgrund zu sein – interessierte sich Hedwig für mein Werk ohnedies nur marginal. Hedwig ist nicht unmusisch. Sie hat eine klare Sopranstimme, singt in unserem Kirchenchor und mag romantische Lieder. Aber die Kunst ist ihr nicht viel mehr als eine hübsche Aufhellung des Alltags.

Meine Versuche, ihr eine Tür zur Welt Anton Bruckners zu öffnen, fanden nur schwache Resonanz. Bildlich gesprochen steckte sie zwar hin und wieder ihr Köpfchen hinein, aber setzte den Fuß nicht über die Schwelle. Anfangs hörte Hedwig meinen detailreichen Ausführungen zwar zu, aber eher aus Liebe zum Ausführenden als zum Gegenstand. In ihren Briefen nahm sie nur kurz auf, was ich ihr zum Fortgang meiner Forschungen mitgeteilt hatte, und berichtete mir umso umständlicher Neuigkeiten aus ihrer Welt: Ein Fuhrwerk war umgekippt, ein Tanzfest gelungen, eine Cousine niedergekommen und ein Ratsherr verstorben. Vor allem erwähnte sie jede Verlobung und Verheiratung und betonte das Glück der Protagonisten.

Während meiner Heimreise aus St. Florian wurde ich ein unangenehmes Gefühl nicht los, das ich im Nachhinein als Vorahnung bezeichnen würde, denn mich erwartete eine böse Überraschung. Am frühen Abend kam ich in Waidhofen an. Mein Bruder Franz begrüßte mich seltsam verhalten, teilte mir mit, dass Mutter und Schwester bei der erkrankten Tante Hanni seien, der Vater bei einer Probe des Gesangsvereins. Zum Küchenmädchen, das mit akribischer Umständlichkeit den Herd schrubbte, sagte er, es sei jetzt gut, sie könne heimgehen. Dann holte er einen Krug mit Apfelmost und zwei Gläser.

Setz dich zu mir, Jakob, ich muss dir eine Neuigkeit erzählen, und ich weiß nicht, wie du sie aufnehmen wirst. Es geht um Hedwig.

Was ist mit Hedwig?, fragte ich, und weil Franz so ernst war, fürchtete ich, ihr sei ein Unglück zugestoßen.

Ein Unglück? Wie man es nimmt, sagte er und lachte zweideutig, das Unglück des einen, das Glück der anderen. Hedwig wird sich in zwei Wochen verloben.

Franz' trockener, vorbereitungslos angesetzter Schlag traf mich hart ins Zentrum. Seit den Wochen meiner ersten Verliebtheit hatte mich der Name Hedwig nicht mehr in solche Gefühlsraserei versetzt. Der Grund war jetzt freilich ein anderer als vor fünf Jahren, eigentlich ein konträrer.

Verloben!?, rief ich, mit einem Mann!?

Ja, natürlich, allein geht das bekanntlich nicht.

Aber warum denn?

Warum verlobt man sich? Weil man verliebt ist und vor hat, irgendwann zu heiraten. Dazwischen verlobt man sich. Stell dich doch nicht so blöd an!

Und warum sagt mir das keiner?

Ich sag es dir ja. Also brüll nicht so unbeherrscht.

Aber zu spät! Du sagst es mir zu spät! Ich fasse es nicht. Was für eine Unverfrorenheit und Herzlosigkeit von ihr. Wie man sich täuschen kann in einem Menschen! Das hätte ich ihr nicht zugetraut!

Jetzt lass aber die Kirche im Dorf, Jakob! Soll sie noch fünf Jahre auf deine Entscheidung warten? Hedwig ist im besten Heiratsalter, eine hübsche, tüchtige, gesunde Frau aus gutbürgerlichem Haus! Meinst du denn, du bist der Einzige, der für sie infrage kommt? Bei der stehen die heiratswilligen Männer Schlange! Wir haben dir nicht nur einmal gesagt, dass du endlich Nägel mit Köpfen machen sollst, wenn du Hedwig halten willst. Und was machst du? Du haust nach Wien ab, treibst dich dann wochenlang in Linz herum, jetzt wieder bei den Chorherren in St. Florian. Du bist fast nie daheim, und das Einzige, was Hedwig von dir sieht, ist hie und da ein Brief, in dem es immer um diesen komischen Bruckner geht, aber nie um das Wesentliche, nämlich eure Liebe und deine ernsten Absichten.

Woher weißt du, was in meinen Briefen steht?, fragte ich empört.

Maria hat sie mir vorgelesen.

Maria!? Das heißt, Hedwig überlässt Maria meine Briefe für die Besprechung im Familienrat! Ich glaube es nicht!

Reg dich nicht auf, Jakob, das hast du selbst vergeigt, sieh es ein und nimm es wie ein Mann.

Und wer ist der Glückliche, der angeblich besser gegeigt hat als ich?

Ein gewisser Doktor Rebhandl aus Amstetten, Jurist und Amtsvorsteher.

Amstetten!, rief ich, meine Güte! Wie kommt denn meine Hedwig zu einer dermaßen mittelmäßigen Existenz, einem Amtsvorsteher aus Amstetten!?

Sie hat ihn schon vor einem Jahr kennengelernt, bei einem Sängerbund-Treffen. Ein honoriger Mann mit kräftigem Tenor ...

Ja, sicher, wahrscheinlich einer dieser Turnvater-Jahn-Germanen. Tenöre! Sängerbünde! Was für eine Schweinerei! Deutschtümelei ist ihr politischer Zweck, Kuppelei ihr privater, der dilettantische Singsang nur Mittel zum Zweck! Hedwig, Hedwig, an wen wirfst du dich da weg? Tief bist du gesunken!

So ging es noch eine Weile dahin. Ich war außer mir, wusste aber – nüchtern betrachtet – nicht so recht warum. Mein Bruder hatte ja recht. Ich hatte Hedwig vernachlässigt – und zwar nicht erst im letzten Jahr. Dennoch, mich einfach vor vollendete Tatsachen zu stellen, das ist … was weiß ich, was das ist … Franz brachte einen zweiten Krug mit Most, hörte sich meine schwächer werdenden Schimpfreden geduldig an, blieb aber dabei, dass ich mir diese trübe Suppe selbst eingebrockt hätte.

Mutter und Schwester kamen nach Hause und erkannten sofort, an welchem Gesprächsgegenstand wir uns abarbeiteten. Anders als Franz fanden sie zwar Worte des Mitleids und Trostes, aber auch sie verteidigten Hedwig gegen meinen Vorwurf dreister Herzlosigkeit. Das sei nicht gerecht von mir. Das Mädchen habe viel Geduld gehabt mit mir. Was jetzt passiert ist, sei absehbar gewesen. Wir haben dich gewarnt, Jakob, nicht nur einmal!

Ich fragte meine Schwester, ob ich durch ein Gespräch mit Hedwig das Blatt vielleicht noch wenden könnte, aber Maria winkte ab. Nein, das sei aussichtslos. Hedwig habe ihr aufgelistet, wie viele Vorzüge der Herr Doktor Rebhandl habe, vergleiche man ihn mit mir. Jakob, es tut mir leid für dich, aber diese Liste ist wirklich lang …

Gegen Mitternacht kam der Vater von der Probe des Gesangsvereins nach Hause, sah uns am Stubentisch sitzen, ahnte, was vorgefallen war, und klopfte mir wortlos auf die Schulter. Dann brachte er seinen alkoholisierten Körper zu Bett, ich den meinen.

||

Seit einer Woche bin ich wieder in Wien. Mein erster Weg hatte mich natürlich zu Raimund geführt, der aber selbst in unglücklicher Verfassung war. Bevor ich noch von Hedwigs Verlobung erzählen konnte, vertraute er mir an, dass ihm die Affäre mit seiner Geliebten, der verheirateten Frau W., in den letzten Wochen mit wachsender Geschwindigkeit über den Kopf gewachsen war. Nein, die Affäre sei nicht aufgedeckt worden, aber seine Gefühle für diese wunderbare Frau hätten sich dermaßen verstärkt, dass er sich mittlerweile fühle wie Goethes Werther. Mit einer Leidenschaft, die ich noch nie erlebte hatte bei meinem leichtlebigen Dandy-Freund, schwärmte er von seiner Fanny, ihrem geheimnisvollen, halb verborgenen Liebreiz, der sich für viele Männer gar nicht eröffne, am wenigsten ihrem eigenen, denn Fanny habe ein zurückhaltendes, bescheidenes, fast schüchternes Wesen. Ich müsse mir das Gegenteil einer Femme fatale vorstellen, aber nicht als Mauerblümchen, sondern als höchst hintergründige Versuchung. Schmuck und Schminke wähle sie ebenso dezent wie ihre Kleidung. Aber er, mit seinem sechsten Sinn für den verborgenen Eros, habe dieses stille, tiefe Wasser von Anfang an wahrgenommen und nach ihm gelechzt. Er habe sie als *seine* Frau erkannt im biblischen Sinn. Dass sie, konventionell betrachtet, die Frau eines anderen sei, habe auf der Waage der Liebe kein Gewicht.

Lange habe Fanny gezögert, seiner forcierten Werbung nachzugeben, was ja für ihren Charakter spreche, der edel sei wie nur wenige. Als sie aber im Innersten entschieden habe, die Seine zu werden, hätten sich ihre sittlichen Bedenken, Unsicherheiten und Peinlichkeitsgrenzen schnell aufgelöst. Nur in seinen Armen habe Fanny gefunden, was sie in ihrer Ehe von Anfang an vermisst hatte. Und er, Raimund, habe in ihren Armen gefunden, was ihm bisher in Liebesangelegenheiten noch nie gegönnt gewesen sei, die ernste Erkenntnis, das sei die Eine, für die er auf alle anderen verzichten könnte. Und in solch einem überwältigenden Augenblick sei er vor ihr auf die Knie gesunken und habe sie angefleht, ihr ödes Eheleben hinter sich zu lassen und seine Frau zu werden.

Raimund, rief ich aus, diese Frau ist um acht Jahre älter als du, sie hat zwei heranwachsende Söhne, hat Ruf und Stellung in der Gesellschaft!

Ja, antwortete er mit schwacher, nahezu weinerlicher Stimme, das hat sie auch gesagt. Zwar nicht so laut und grob wie du, sondern sanft und liebevoll, aber die Substanz war dieselbe. Gehen wir ein wenig auf Distanz, hat sie gesagt, nehmen wir uns ein wenig Zeit, damit sich die Gefühle beruhigen.

Deine Gefühle haben sich nicht beruhigt, sagte ich.

Nein, antwortete Raimund, aber ihre. Gestern habe ich dieses Kündigungsschreiben erhalten.

Raimund überreichte mir einen Brief – veilchenfarbenes Papier, eine schöne Schrift, weiche Linien, aber harte, grausame Worte. Fanny W. hat ihre Affäre mit meinem armen Freund beendet. Es falle ihr schwer, schrieb sie, aber diese unheilvolle Entwicklung der Gefühle lasse ihr keine andere Wahl. Ihre Entscheidung sei klar, fest und endgültig. Sie könne und wolle ihr Leben nicht so radikal aus seinen Grundfesten reißen ... Im Übrigen sei ihr bekannt – ihr Ton wurde nun ironisch und beinahe bitter – im Übrigen sei ihr bekannt, dass Raimund trotz ihrer Liebesbeziehung nicht auf andere Abenteuer verzichtet habe. Er werde sich schon zu trösten wissen. Und wenn sie eine letzte Bitte äußern dürfe, dann sei es die um Rücksichtnahme und Diskretion, denn auf sein Verständnis könne sie wahrscheinlich nicht hoffen, *noch* nicht ...

Ich war zu Raimund gekommen, um ihm von der Kränkung zu erzählen, die Hedwig mir zugefügt hatte. Aber konnte ich mir in Anbetracht seiner Lage überhaupt freundschaftlichen Beistand erwarten? Eine gewisse Ähnlichkeit der Dreiecksverhältnisse wurde mir bewusst. Allerdings stehe ich im Dreieck auf der Stelle, die in seinem Fannys Gatte einnimmt. Der Ehemann und Familienvater hat die älteren Rechte. Raimund ist der Freibeuter, der sich die Frau eines anderen holen will. Der Freibeuter in meinem Dreieck ist ein Amtsleiter aus Amstetten ... Aber halt! Mein Vergleich hinkt erheblich, denn was wären meine älteren Rechte? Ich bin kein Ehemann, ich bin kein Verlobter, ich habe Hedwig nicht einmal einen Antrag gemacht, ich bin für sie ein Freund, oft nur ein unzuverlässiger Brieffreund mit ungeklärten Gefühlen und Absichten …

Dennoch hat es mich verletzt, resümierte ich, als ich Raimund meine Waidhofener Liebesmisere erzählt hatte.

Dein Schmerz ist kein Liebesschmerz, sagte Raimund mit wegwerfender Handbewegung, das ist nur Eifersucht auf der niederen Stufe gekränkter Eitelkeit. Sieht man von einigen schwachen Minuten der Rückfälligkeit ab, wirst du die Sache in drei Wochen überwunden haben.

Ich wollte spontan protestieren, aber mein Einspruch zerbrach an der Überzeugungskraft von Raimunds ernüchterndem Urteil.

VIERTER SATZ. FINALE
Nicht sehr schnell. Nicht sehr feierlich

Der junge Bruckner auf dem Lande (1824–1845)

Familienbild mit Tod || Lehrjahre 1: Begabtenförderung in Hörsching, Lehrerausbildung in Linz || Lehrjahre 2: Der Schulgehilfe Anton Bruckner soll in Windhaag den Mist ausfahren || Lehrjahre 3: Über Kronstorf zurück nach St. Florian

Das Zimmer im Ansfeldener Schulhaus, in dem Anton Bruckner am 4. September 1824 geboren wurde, ist in damaliger Form nicht mehr erhalten. So stehe ich nur gedanklich an der Wiege unseres Meisters – und habe Bedenken. Ich misstraue der in unserer Zeit verbreiteten Mode, jede herausragende Individualität auf Abstammung, Familie, Sippe und Rasse zurückzuführen; kurz, dumpf und mythisch gesprochen: auf die Macht des Blutes. Dass Väter, Mütter, Töchter, Söhne über Generationen äußere Ähnlichkeiten aufweisen, beweist nicht zwangsläufig die Vererbung von Talent, Charakter und Neigung. Ich kann die Möglichkeit vererbter geistiger Anlagen nicht ausschließen, möchte aber mit dieser nicht ganz ungefährlichen Hypothese vorsichtig verfahren, denn unsere Wissenschaften können darüber keine zuverlässigen Aussagen machen. Vieles schwebt noch im Zustand des Vagen, Spekulativen, Vorläufigen. Der Geist weht, wo er will, der Ungeist auch.

Überzeugender und ergiebiger scheint es mir, das Milieu darzustellen, in dem ein Kind heranwächst, die sozialen und kulturellen Gewohnheiten der Gegend, die Familientradition, die Persönlichkeit der Mutter, des Vaters und anderer wirksamer Erzieher, förderliche Umstände, bedrückende Hemmnisse, glückliche und unglückliche Zufälle.

Dass ich selbst mit meinem Elternhaus ein glückliches Los gezogen habe, erwähne und würdige ich nicht zum ersten Mal. Die Dampf- und Zuckerbäckerei Weinberger ist seit dem frühen 18. Jahrhundert in Waidhofen an der Ybbs nachweisbar. Es gab – meist bedingt durch äußere Umstände wie Naturereignisse oder Kriege – ökonomisch bessere und schlechtere Tage, unser Gewerbe konnte aber auch in schweren Jahren ohne Unterbrechung weitergeführt werden. Haus, Geschäft und Besitz wurden nach und nach sogar erweitert, insbesondere durch die Tüchtigkeit meines Urgroßvaters Heinrich Benedikt, der in der Familienerinnerung eine herausragende Stellung genießt. Andere Abkömmlinge unseres Stammes bewährten sich in Handwerk und Gewerbe und zeigten, von wenigen Ausnahmen abgesehen, bei Eheschließungen eine alles in allem glückliche Hand.

Neben Pflichterfüllung und familiärer Fürsorge dürfen die Weinbergers auch einen gewissen Sinn für den moderaten bürgerlichen Lebensgenuss an Sonn- und Feiertagen zu ihrem Erbgut zählen. Die Berufung zum geistlichen Stand blieb in unserer Familie eine Seltenheit, eine ausgeprägte Neigung zu Kunst und Wissenschaft erweist sich, vertreten durch meine Person, bislang als Einzelfall. Dennoch legte meine bürgerliche Familie meinen musischen Interessen und Bestrebungen keine Hindernisse in den Weg. Mit meinen Geschwistern stehe ich in freundlichem, wenn auch nicht sehr vertraulichem Einvernehmen, meine

Mutter ist eine herzensgute, lebenslustige Frau, mein Vater ein gutmütiger Mann, der nicht viele Worte macht und den größeren Teil seiner Aufmerksamkeit dem Geschäft zuwendet.

Der Regens chori von Waidhofen übernahm in den ersten drei Jahren meine musikalische Ausbildung auf dem Klavier. Die Grundlagen des Cellospiels erlernte ich bei Herrn Friedmann, einem verwitweten Privatmann, der sich in Waidhofen niedergelassen hatte und sein Instrument leidlich gut beherrschte. Im Stift Seitenstetten hatte ich wechselnde Lehrer, manche besser, manche schwächer. Der Kirchengesang war obligatorischer Teil des Internatslebens. Vergeblich versuchte man mich für die Orgel zu begeistern. So weit, so gut. Ist aus dieser Konstellation erklärbar, wer ich heute bin, wo ich stehe, was ich treibe, wie ich wirke? Vielleicht. Ich weiß es nicht und denke kaum darüber nach, zumal alle Erklärungen auf ein ernüchternd unauffälliges Mittelmaß hinausliefen …

Anton Bruckner war der älteste Sohn von Anton Bruckner Senior, Schulmeister von Ansfelden, und seiner Gattin Theresia, geborene Helm. Die Familie der Mutter soll im 18. Jahrhundert im Bezirk Steyr über reichlich Feld- und Waldbesitz, das Verlags- und Klingenschmiederecht sowie eine Gastwirtschaft verfügt haben. Davon dürfte aber manches verloren sein, denn Theresias Elternhaus ist schon lange in fremdem Besitz. Sie selbst lebte als Kind einige Zeit bei einem verwitweten Onkel, dann im Pfarrhof von Wolfern, wo ihre Tante Haushälterin war und wo sie Anton Bruckner Senior kennenlernte. Theresia Helms Verbindung mit dem armen Landschullehrer lässt den Schluss zu, dass ihre Familie nicht mehr sehr wohlhabend war. Sonst hätte man ihr wahrscheinlich einen finanziell potenteren Bräutigam ans Herz und ins Ehebett gelegt.

Anton Bruckner der Ältere war der Sohn von Josef Bruckner, der ursprünglich Fassbinder gewesen war, dann als Quereinsteiger in den Lehrberuf wechselte, in Ansfelden die Nachfolge des Schulmeisters Sebastian Kletzer antrat und dessen Tochter Franziska heiratete. Bei dieser familiengeschichtlichen Forschungsarbeit habe ich entdeckt, wie oft es früher vorkam, dass der nachfolgende Schulmeister die Tochter des scheidenden heiratete, als wäre die Lehrerstelle ein Erbgut. Der aus dem Amt scheidende Schulmeister reichte es an den eigenen Sohn weiter – oder an eine Tochter, die aber, da sie selbst den Beruf nicht ausüben durfte, einen geeigneten Junglehrer heiraten musste. So konnte eine Lehrerstelle über Generationen im Familienbesitz bleiben. Was ich davon halten soll, weiß ich nicht so recht …

Bei meinem Besuch in Ansfelden bekam ich von einem sehr alten Paar, das den mythischen Gestalten

Philemon und Baucis ähnelte, den überraschenden Hinweis, die Familie Bruckner stamme in väterlicher Linie gar nicht aus dem Land ob der Enns, sondern aus der Gegend von Oed in Niederösterreich. Fassbinder und Gastwirte seien sie dort gewesen, Bauern vielleicht auch einmal. Diesem unbestätigten Hinweis muss ich nachgehen! Sollte er sich bestätigen, würde sich alles lokalpatriotische Gerede und Geraune vom kraftvoll-frommen oberösterreichischen Bauernstand, der angeblich aus Bruckners Musik erklänge, in jene lauwarme Luft auflösen, für die ich es ohnedies halte.

Anton Bruckner Senior heiratete Theresia Helm im September 1823. Ein Jahr später kam das erste Kind zur Welt, Anton Bruckner Junior, unser Meister. Seine ersten zwölf Lebensjahre rekonstruierend, geriet ich in eine beschwerte, betrübte Stimmung, denn ich hatte bis dahin nicht gewusst, wie beharrlich der Tod Bruckners Kindheit begleitet hatte. Ich skizziere die Chronik der Ereignisse: Schon im April 1825, sieben Monate nach Antons Geburt, kam das zweite Kind des Ehepaars Bruckner zur Welt, offensichtlich als Frühgeburt, es starb nach der Nottaufe. Ein schwaches Jahr später, im März 1826, starb das dritte Kind namenlos gleich nach der Geburt. Im Mai 1828 starb Theresia, das vierte Kind, wenige Wochen nach der Geburt an Keuchhusten. Als unser Anton Bruckner seinen vierten Geburtstag feierte, h er schon vier Geschwister verloren! Was macht diese Erfahrung mit einem Kind?

Die im Februar 1829 geborene Rosalia und die ein Jahr später geborene Josefa überlebten. Josefa, verheiratete Wagenbrenner, starb im 45. Lebensjahr, Rosalia lebt seit Jahrzehnten in Vöcklabruck. Sie ist dort mit einem Gärtnermeister verheiratet. Der 1831 geborene Alois starb schon zehn Tage, der 1832 geborene Ferdinand wenige Wochen nach der Geburt. Ignaz, das neunte Kind des Ehepaars Bruckner, wurde 1833 geboren, er lebt seit Jahrzehnten im Stift St. Florian und wurde anfangs als Gärtnergehilfe, dann als Chordiener und Blasbalgtreter bei der Orgel eingesetzt. Das letzte Kind war Maria Anna, geboren 1836, Bruckners Lieblingsschwester, die Nani. Sie führte, wie ich an anderer Stelle erwähnt habe, für ihren Bruder schon in Linz den Haushalt und begleitete ihn 1868 nach Wien. Dort starb sie 1870 an Lungentuberkulose. Bruckner litt sehr unter ihrem Tod und hielt sich für mitschuldig.

Zwölf Jahre, elf Schwangerschaften, elf Kinder, von denen sechs sterben. Was bedeutet das für die Gesundheit und die Gefühle einer Frau? Man sagt mir, auf dem Lande sei so etwas keine Seltenheit. Dennoch übersteigt es mein Vorstellungsvermögen. Ich werde mit meiner Mutter darüber sprechen … Diese selbstverständliche Präsenz und Macht des Todes, nicht für die Hochbetagten, sondern für die Jüngsten ... Wäre sie nicht ein Grund, die Vorstellung eines allmächtigen Gottes, der die Menschen liebt, für völlig verrückt zu erklären? Oder können die Menschen solch eine Härte des Daseins besser ertragen, wenn sie sich Gottes unerforschlichem Willen, seiner Gnade und Ungnade demütigst unterwerfen? Gott hat's gegeben, Gott hat's genommen, sagen die einfachen Leute, machen ihr Kreuzzeichen über den Särgen und gehen nach dem Leichenschmaus zur Tagesordnung über.

Bei meinem ersten Aufenthalt im Stift St. Florian hatte ich die Möglichkeit, mit Anton Bruckners Bruder Ignaz zu sprechen. Der Abt hatte mich darauf vorbereitet. Ignaz sei ein braver Mann, aber launenhaft und schwermütig. Sollte er sich verschlossen, abweisend oder schroff zeigen, läge es nicht an mir, sondern an seiner schlechten Tagesverfassung. Ich hatte einen guten Tag erwischt. Ignaz Bruckner war freundlich, geradezu redselig. Die äußere Ähnlichkeit mit Anton ist erstaunlich. Auffällig ist die markante Nase, die aber bei Ignaz schwer verbogen ist. Auf die Ursache kam er selbst zu sprechen. Mei' verdepschte Nas'n, sagte er, die hab i mir als Bua zuazog'n. Er sei mit einem Schlitten verunglückt, habe aber aus Angst vor Strafe den Vorfall verschwiegen. Daher sei ihm die schiefe Nase geblieben. Ob die Eltern strenge Erzieher gewesen seien, fragte ich, ob sie hart gestraft hätten. Ignaz schüttelte den Kopf. Eher noch die Mutter als der Vater, meinte er, ab und zu eine Watschen oder ein kräftiges Schopfbeuteln, wie es halt üblich sei, an Härteres erinnere er sich nicht.

Im Unterschied zum Tonerl sei er ein unbedeutender Mensch geblieben, sagte Ignaz, obwohl er zur Schulmeisterei auch eine Neigung gehabt hätte. Schon als Kind habe er aber an einer Sehschwäche gelitten, die immer schlimmer geworden und erst in den Achtzigerjahren durch eine Operation behoben worden sei. So sei er eben als Gärtnergehilfe ins Stift eingetreten. Dass man ihn später zum Chordienst überstellt habe, sei sein Glück gewesen. Musik möge er gerne, eine Sinfonie vom Tonerl habe er aber nie gehört. Das sei ihm zu hoch. Ungeachtet dessen sei er mit dem Bruder in herzlicher Verbindung. Er versorge ihn immer mit dem Bauern-Geselchten, das dem Tonerl so schmeckt, und der Tonerl bezahle mit herrschaftlichem Trinkgeld.

Die Bravste von den fünf Geschwistern sei die Nani gewesen, sagte Ignaz, leider habe sie so früh sterben müssen. Wer nicht so brav ist, lebt länger, scherzte er, das sieht man an der Sali. Das war immer eine Resche, die gern kommandiert hat. Dafür ist sie nicht mehr ganz richtig im Kopf.

||

Anton Bruckners erster musikalischer Erzieh war sein Vater. Dadurch dass ein kaiserlicher Er lass im Jahr 1805 das Amt des Landschullehrers mit dem des Kirchenmusikers verknüpfte, wurde der Schulmeister eine Art Allgemeinmusikant. Er ist der Regens chori der Dorfkirche, spielt die Orgel oder das Harmonium und beherrscht leidlich gut das eine oder andere Streich- und Blasinstrument. Über schlichte dörfliche Kirchenmusik und bäuerlich-festliche Tanzmusik gehen die Herausforderungen nicht hinaus. Mit dem bürgerlichen Kulturbetrieb der städtischen Zentren, der die Musikgeschichte unseres Jahrhunderts schreibt, hat die musikalische Praxis des Dorfes wenig zu tun. Das heißt aber nicht, dass daraus nicht mehr zu machen ist, wenn Begabung und Wille stark sind. Dass ausgebildete Lehrer als Musiker zumindest im regionalen Raum tüchtige Leistungen erbringen, ist durchaus kein Einzelfall; dass aus einem musizierenden Schulgehilfen zu Windhaag und Kronstorf ein international gefeierter Sinfoniker wird, allerdings schon.

Anton Bruckners musikalische Begabung und Neigung muss dem Vater bald aufgefallen sein. Es spricht für den Senior, dass er seinem Ältesten eine Förderung ermöglichen wollte, die den bescheidenen Ansfeldener Möglichkeiten überlegen war. Johann Baptist Weiß war Bruckners um zehn Jahre älterer Cousin und Firmpate. Weiß war seit

1830 Schulmeister in Hörsching und im Land ob der Enns aufgrund seiner überdurchschnittlichen musikalischen Fähigkeiten bekannt. Anton Weiß, Baptists Onkel, war der Stiftsorganist von Wilhering. Ihm verdankte der Neffe Kenntnisse des Barock und der Wiener Klassik. In den Jahren 1835 und 1836 wohnte Anton Bruckner im Haushalt seines Cousins in Hörsching, erhielt Unterricht auf der Orgel, wahrscheinlich auch eine erste Einführung in die Generalbass-Lehre. Hier lernte er Werke von Mozart und Haydn kennen und machte erste kompositorische Gehversuche: Orgel-Präludien und eine kleine Impression für Violine und Klavier.

Im Lauf des Jahres 1836 verschlechterte sich die Gesundheit von Bruckners Vater so sehr, dass Anton zur Unterstützung der Familie heimgeholt wurde. Der Abschied von Johann Baptist Weiß, dem Lehrer, dem Menschen, soll ihm schwergefallen sein. Am 7. Juni 1837 starb Vater Bruckner im 46. Lebensjahr. Wenige Wochen später wurde Anton als Sängerknabe im Stift St. Florian aufgenommen. Die nahezu freundschaftliche Beziehung, die Bruckner zu Johann Baptist Weiß entwickelt hatte, hielt bis zu dessen tragischem Tod im Jahr 1850. Weiß wurde die Unterschlagung von Vereinsgeldern vorgeworfen, zu Unrecht zwar, aber allein der geäußerte Verdacht kränkte den Mann so sehr, dass er sich auf dem Friedhof von Hörsching erschoss. Er war 37 Jahre alt.

Ob die Ausbildung zum Schullehrer der ausdrückliche Wunsch des sechzehnjährigen Bruckner gewesen ist, lasse ich offen. Eine gewisse Neigung und Begabung kann nicht in Abrede gestellt werden, da Bruckner auch noch Unterricht gegeben hat, als er schon ein bekannter Organist und Sinfoniker war. Ebenso plausibel ist aber, dass er, den ständischen Gewohnheiten folgend, einfach die Familientradition weitergeführt hat. Wenn der Opa und der Papa Lehrer sind oder waren, dann antwortet der Sohn auf die Frage, was er denn einmal werden wolle, nahezu reflexartig: Lehrer, wie der Papa. Lehrer, wie der Opa.

Mit 1. Oktober 1840 wurde Anton Bruckner zur Linzer Präparandie zugelassen. Die Aufnahmeprüfung hatte der angeblich strenge Direktor abgehalten, Johann Pauspertl, Wladyken von Drachenthal. Ich erwähne den Namen der Kuriosität wegen; er könnte dem Personenregister einer Nestroy-Posse entlehnt sein. Die Ausbildung zum Lehrer an Trivialschulen dauerte schlanke zehn Monate. Der Lehrplan beinhaltete vor allem Schreiben, Rechnen, Zeichnen und Religion. Die Geschichte, ein Unterrichtsfach, das der Bildung einer kritischen Bürgerschaft dienlich sein könnte, wurde sicherheitshalber nicht unterrichtet, ebenso wenig die Naturwissenschaften, deren selbstbewusste Vertreter nicht fragen, ob ihre Forschungsergebnisse mit der Bibel und den päpstlichen Enzykliken im Einklang stehen.

Einen vorderen Rang im Lehrplan der Präparandie hatte – gewiss zu Bruckners Freude – die Musik, denn die Absolventen brauchte man nicht nur als Lehrer und Mesner, sondern auch als Organisten und Chorleiter. Musikalische Elementarbildung war unverzichtbar. Der herausragende Linzer Musikpädagoge war Johann August Dürrnberger. Sein Großvater Michael war im vergangenen Jahrhundert Regens chori des Stifts Kremsmünster gewesen. Der im Jahr 1800 geborene Enkel besuchte dort das Stiftsgymnasium, seine musikalische Ausbildung erhielt er später in Wien, teils an der Lehrerbildungsanstalt St. Anna, teils am Konservatorium, wo ihm das Recht zugesprochen wurde, den Professorentitel zu führen. An der Linzer Präparandie gab Dürrnberger Unterricht in den Fächern Orgel, Choralgesang und Harmonielehre. Darüber hinaus unterrichtete er Orgel und Kirchengesang für Gymnasiasten, organisierte viel beachtete Aufführungen in der Minoritenkirche, leitete die Musikkapelle des Linzer Bürgerkorps und galt in mannigfacher Weise als ambitionierter Mitgestalter des Linzer Musiklebens. Er soll auch kompositorisch manches Brauchbare geschaffen haben. Für Anton Bruckner war Dürrnbergers musiktheoretisches Hauptwerk, das *Elementar-Lehrbuch der Harmonie- und Generalbasslehre*, die erste systematische Unterweisung dieser Art. Die Lehrer-Schüler-Beziehung wurde zur dauerhaften Freundschaft, die bis zu Dürrnbergers Tod im Jahr 1880 Bestand hatte.

Das Zeugnis, mit dem Anton Bruckner knapp vor seinem siebzehnten Geburtstag die Präparandie abschloss, enthält nur die Noten *Sehr gut* und *Gut*. Einer Anekdote zufolge soll ihn das *Gut* im Orgelspiel enttäuscht und verärgert haben. Ich erwähne diese Nebensache, weil sie mir typisch erscheint. Für Bruckner behielten Zeugnisse, öffentliche Anerkennungen, formale Abschlüsse und offizielle Würdigungen über die Schulzeit hinaus große Bedeutung, obwohl in unserem kulturellen Leben solche Dinge eher nachrangig sind. Wer fragt schon nach den Schul- und Studienzeugnissen eines Beethoven, Goethe oder Wagner!

II

Im frühen Oktober 1895 fuhr ich über Linz nach Freistadt und wanderte von dort durch eine sehr schöne, frühherbstliche Landschaft in das Dörfchen Windhaag. Es erschien mir wie ein Ort aus einer Novelle von Adalbert Stifter, gelegen auf einer Hochebene in der Nähe zum Kronland Böhmen, berührend und ehrlich in seiner Einfachheit aus Holz und Stein, aber auch düster, roh, misstrauisch und verschlossen, umstellt von tiefen Wäldern, die in grimmigen Wintermonaten gewiss feindselig wirken.

Windhaag besteht derzeit aus ungefähr vierzig Häusern. Als Anton Bruckner im Herbst 1841 als Schulgehilfe hierherkam, war das Dorf noch kleiner, es zählte rund zweihundert Einwohner. Franz Fuchs, der Schulmeister von Windhaag, hatte einen Gehilfen angefordert. Er bekam ihn, musste aber – so wie es üblich war – für dessen Lebensunterhalt selbst aufkommen. Der Schulmeister war ein armer Mann, noch ärmer war sein Gehilfe. Seine Hilfsdienste blieben nicht auf Schule und Unterricht beschränkt. Dass der Kirchendienst fester Teil des Lehrerdaseins ist, störte den gläubigen Bruckner sicher nicht, eher schon die Verpflichtung zur Feldarbeit. In der Rangordnung des ländlichen Schulhauses stand der Gehilfe nur unwesentlich über Mägden und Knechten.

Obwohl die Lebens- und Arbeitsverhältnisse ungünstig waren, ließ sich Bruckner auch in Windhaag nicht von seiner Leidenschaft für die Musik abbringen, und selbst hier, in der Abgeschiedenheit, Kunstferne und Rückständigkeit des nördlichsten Mühlviertels, blieb die Strahlkraft seiner Musikalität nicht ganz ohne Resonanz. In der Weberfamilie Sücka wurde gerne auf volkstümlichem und einfachem kirchenmusikalischem Niveau musiziert. Bruckner fühlte sich bei dieser Familie wohl und verbrachte im Sücka-Haus angeblich mehr freie Zeit als im Schulhaus. Ein Sücka-Sohn namens Franz soll überdurchschnittlich begabt gewesen sein. Bruckner bereitete ihn auf die Aufnahmeprüfung an der Linzer Präparandie vor, die Franz tatsächlich bestand.

Aus der Zeit in Windhaag sind, wie ich durch einen unerwarteten Umstand erfahren habe, zwei Kompositionen des Schulgehilfen Bruckner erhalten, ein *Pange Lingua*, Bruckners erste Komposition für gemischten Chor, und eine schlichte Landmesse in C-Dur für Altstimme, zwei Hörner und Orgel. Die Bürgerstochter Maria Jobst soll eine hübsche Gesangsstimme gehabt haben, auf ihre Möglichkeiten könnte Bruckner seine Komposition angelegt haben.

Meine Versuche, mit Windhaagern in ergiebige Gespräche zu kommen, brachten nur bescheidene Erfolge. Man hatte hier mitbekommen, dass es der ehemalige Schulgehilfe draußen in der großen Welt zu Ruhm und Ansehen gebracht hatte. So wollte kaum jemand ein schlechtes Wort über ihn riskieren. Er sei bei den Schülern beliebt gewesen, hörte ich, weil er selbst ein bisschen kindisch gewesen sei und keine strengen Strafen ausgesprochen habe. Kauzige Einfälle habe er bisweilen gehabt, die nicht alle lustig gefunden hätten. In eine Dreizehnjährige habe er sich verliebt und sich dabei zum Narren gemacht. Mit dem Schulmeister – darin waren sich alle einig, die sich erinnern konnten – mit dem Schulmeister, dem Fuchs Franz, habe sich der Bruckner nicht gut verstanden. Die zwei hätten nicht die Köpf' zueinander gehabt.

Nach allem, was ich gehört und gesehen habe, komme ich zu dem Schluss, dass der Schulmeister Franz Fuchs auf die musikalische und pädagogische Überlegenheit seines Gehilfen mit missgünstiger Sekkatur geantwortet hat. Bruckner war, wie ihm Fuchs in einer Beschwerde vorwarf, sicher nicht aufsässig. Zeit seines Lebens respektierte er Hierarchien und Autoritäten, als handle es sich auch hier um eine gottgewollte Ordnung. Es war Fuchs, der die Grenze überschritt, als er Bruckner dazu aufforderte, den Mist auszufahren – was selbst auf dem minderen Rang des Schulgehilfen eine bösartige Grenzüberschreitung war.

Bruckner weigerte sich zwar, beschwerte sich aber nicht über die entwürdigende Behandlung durch Fuchs. Es war umgekehrt, Franz Fuchs beschwerte sich darüber, dass Bruckner Anordnungen nicht ausführe und sich zu viel mit Musik beschäftige. Welche Rolle der Ortspfarrer in dieser Auseinandersetzung spielte, konnte ich nicht klären. Die einen sagten, Franz von Schwinghaimb sei auf Bruckners Seite gewesen, andere meinten, er habe sich der Beschwerde des Schulmeisters angeschlossen.

Wie auch immer, es ist ein wahrer Glücksfall, wenn solch ein Arbeitskonflikt auf dem Schreibtisch eines besonnenen Vorgesetzten landet, der mit Weitblick und Menschenliebe gesegnet ist. Die Pfarre Windhaag gehörte zum Stift St. Florian. Propst Michael Arneth wusste, dass der ihm gut bekannte Anton Bruckner nicht aufsässig war und schon gar nicht ungeeignet für den Schuldienst. Bruckner passte einfach nicht in diese engen Verhältnisse. Daraus musste man ihn befreien, zur Rettung des jungen Mannes und zur Beruhigung von Fuchsens Windhaag.

Sobald in St. Florian eine Lehrerstelle frei werde, würde Bruckner sie bekommen, sicherte ihm Propst Arneth zu, zur Überbrückung versetze er ihn vorläufig einmal nach Kronstorf bei Steyr. Sowohl der Schulmeister Fuchs als auch der Ortspfarrer stellten dem Gehilfen Anton Bruckner ein überraschend gutes Zeugnis aus. Man kennt solche Vorgangsweisen. Um einen unerwünschten Mitarbeiter störungsfrei an eine andere Institution weiterreichen zu können, wird er *seinem künftigen Vorgesetzten hiermit bestens empfohlen.*

||

Marktgemeinde hin oder her, auch Kronstorf ist ein Nest, noch kleiner als Windhaag sogar. In den vierziger Jahren zählte es ungefähr hundert Einwohner. Dennoch spürte ich schon bei der ersten Begegnung mit den Kronstorfern, dass Bruckner hier günstigere Verhältnisse vorfand als im nördlichen Windhaag. Begünstigt durch fruchtbare Landschaft und mildere Witterung konnte sich rund um Kronstorf ein selbstbewusster Bauernstand ausbilden, der auch eine gewisse kulturelle Aufgeschlossenheit im Allgemeinen, Freude an der Musik im Besonderen entwickelte. Im Haus des Großbauern Födermayr gab es jeden Sonntag Hausmusik und der neue, musikalisch versierte Schulgehilfe Bruckner empfahl sich dabei bald für eine Führungsrolle. Unter anderem gründete er ein Männerquartett, in dem er selbst den ersten Bass sang.

Heiter und menschenfreundlich war auch die Atmosphäre im Schulhaus. Mit dem Schulmeister Franz Seraph Lehofer und dessen Frau stand Bruckner in gutem Einvernehmen, ebenso mit dem Ortspfarrer Alois Knauer. Spannungen und Konflikte wie in Windhaag blieben aus. Kronstorf ist zwar ein Dörfchen, die Entfaltungsmöglichkeiten für ambitionierte Musiker sind zwangsläufig begrenzt. Aber in der näheren Umgebung fand der lernwillige Bruckner Orte der Anregung und Förderung. Enns ist keine zwei Gehstunden von Kronstorf entfernt, Steyr etwa doppelt so weit, ähnlich nah liegt das Stift St. Florian.

In Enns wirkte der vielseitige Leopold von Zenetti, Organist, Regens chori, Instrumentalist, Musiklehrer, Konzertveranstalter und – auf konservativ-schlichtem Niveau – auch Komponist.

Bruckner nahm bei Zenetti, dessen Können wir nicht unterschätzen sollen, Unterricht auf der Orgel, auf dem Klavier und in der Harmonielehre, in den Kronstorfer Jahren regelmäßig, später unregelmäßig, bis er 1855 Schüler von Simon Sechter wurde. Bruckner blieb seinen Lehrern – von Weiß über Dürrnberger bis Kitzler – dauerhaft in Dankbarkeit verbunden, das gilt auch für Leopold von Zenetti, der um fast zwanzig Jahre älter war als Bruckner und erst 1892 in Enns in hohem Alter starb.

Zur Stadt Steyr hatte Bruckner zeit seines Lebens eine enge Beziehung. Seine Mutter war in der Nähe von Steyr, im Dörfchen Neuzeug, geboren worden. Der Kronstorfer Pfarrer empfahl Bruckner seinem Steyrer Kollegen Joseph Plersch. So bekam Bruckner die Möglichkeit, auf der Orgel der Stadtpfarrkirche zu spielen, einem Instrument jenes Laibacher Orgelbauers Chrismann, der auch die große Orgel in St. Florian errichtet hatte. Neben Linz und St. Florian galt Steyr im Land ob der Enns als herausragende Pflegestätte für Kirchenmusik. Bruckner besuchte die Stadt noch regelmäßig, als er schon in Wien lebte. Er hatte hier Freunde und Förderer gefunden. Im Pfarrhof genoss er den sommerlichen Erholungsurlaub und fand ausreichend Muße und Ruhe, um an der Achten und Neunten Sinfonie zu arbeiten. Franz Xaver Bayer, ein Bruckner-Schüler, der in

Steyr seit 1888 Regens chori ist, machte sich im Jahr 1893 um die Erstaufführung von Anton Bruckners Messe in d-Moll verdient. Wohlhabende Steyrer Bürger gründeten 1890 ein Consortium, das Bruckner eine Jahresrente von 1000 Gulden gewährleistete. So konnte er auf die Einnahmen aus der Unterrichtstätigkeit im Konservatorium verzichten.

Anton Bruckners Kompositionen aus den Kronstorfer Jahren verraten den schöpferischen Willen des Zwanzigjährigen, aber noch nichts vom Rang des späteren Sinfonikers. Bekannt wurde mir ein Männerchor für zwei Tenöre und Bässe, den Bruckner *auf das feierliche Geburtsfest des Hochw. Herrn Dechants und Stadtpfarrers in Enns* komponierte, weiters ein *Libera* in F-Dur für gemischten Chor und Orgel, ein *Tantum ergo* in D-Dur für gemischten Chor a cappella, eine vierstimmige Choralmesse für den Gründonnerstag sowie eine weltliche Kantaten-Komposition mit dem Titel *Es blühten wunderschön auf der Au*. Ursprünglich war das nach künstlerischen Kriterien eher unwesentliche, auf einen Kitschtext komponierte Werk dem Kronstorfer Pfarrer Knauer zum Namensfest gewidmet, in einer bearbeiteten Version aus dem Jahr 1845 hingegen dem Chorherrn Friedrich Mayer, der damals Kanzleidirektor des Stifts war. Bei ihm wollte sich Bruckner wahrscheinlich in Erinnerung rufen, als er die Konkurs-

Prüfung abgelegt hatte, mit der seine Gehilfenzeit beendet war. Er war nun berechtigt, eine Schulleitung zu übernehmen. So glücklich für Bruckner die Kronstorfer Zeit gewesen war, sein nächstes Ziel, die Rückkehr nach St. Florian, verlor er nicht aus den Augen. Die Kantaten-Fassung, die er Friedrich Mayer widmete, trug den Titel *Vergissmeinnicht* – und der Herr Kanzleidirektor vergaß den ehemaligen Sängerknaben tatsächlich nicht. Am 25. September 1845 trat Anton Bruckner in St. Florian den Schuldienst an.

CODA

Wien, im Oktober 1897

Hedwig hat vor zwei Wochen ihren braven Herrn Rebhandl aus Amstetten geheiratet. Wie mir meine Schwester in einem unnötig ausführlichen Brief mitgeteilt hat, sei es eine *sehr würdige* Hochzeit gewesen, Hedwig eine *sehr schöne* Braut, auch der Bräutigam *habe durch charaktervolles Auftreten und eine schneidige Haltung allgemein recht gut gefallen*. Sie, Maria, habe in der Kirche herzlich geweint, in erster Linie vor Rührung, denn Hedwig sei ihr seit der Schulzeit eine besonders liebe Freundin. Ihr Ja-Wort zu hören und sie nun als Frau Doktor juris Hedwig Rebhandl zu sehen, habe sie stark angegriffen. Nicht verheimlichen wolle sie mir, dass sie auch aus einem anderen Grund geweint habe. *Immer wieder, lieber Jakob, musste ich daran denken, wie glücklich es mich gemacht hätte, dich an jener Stelle zu sehen, an welche deines Zauderns, Zögerns und Hinausschiebens wegen der Doktor Rebhandl getreten ist.*

Ich habe Waidhofen an Hedwigs Hochzeitstag bewusst gemieden. Es schien mir unpassend, an der Feier teilzunehmen. Wie hätte ich denn auftreten sollen? In der tragikomischen Rolle des Ehemaligen und Abgehängten? Oder verkleinert auf die verlogene Rolle des harmlosen Nachbarbuben? Marias Brief verursachte in mir widerstreitende Gefühle. Hedwig im Brautkleid, festlich aufgeputzt, selig lächelnd – das war ein Wehmuts- und Verlustbild, das mir zusetzte. An die Geschehnisse der Hochzeitsnacht durfte ich keine Sekunde denken, ohne von abscheulichen Affekten wie Zorn, Neid und Eifersucht gepeinigt zu werden. Gleichzeitig tröstete mich die Hoffnung, Herr Rebhandl werde sich im Alltagsleben als lauer Langweiler erweisen. Vielleicht wird sich Hedwig in gar nicht so ferner Zukunft fragen, ob sie an meiner Seite nicht ein spannenderes, kraftvolleres Leben führen würde. Und vielleicht wird sie eines Tages sogar bereit sein, mich an geheimen Orten zu treffen, um zumindest stundenweise in meinen Armen das Glück zu finden, das ein Doktor juris Rebhandl bestenfalls aus Romanen kennt! Stark ist die Versuchung zum Außerordentlichen …

Andererseits sollte Raimund recht behalten. Er hatte mir vorhergesagt, dass meine Hedwig-Schmerz-Gefühle zwar heftig, aber nicht tief sein würden, anfallsartig, aber nicht dauerhaft, auffahrend aufgrund unerwünschter Vorstellungen, rasch abklingend aufgrund mangelnder Ernsthaftigkeit. Schon nach wenigen Monaten würden sie verhallen, übertönt von anderen, jüngeren und stärkeren Eindrücken. So war es: Vor zwei Wochen erhielt ich einen anderen Brief, von einem anderen Absender, in anderer Sache. Er schob Marias sentimentale Worte beiseite:

Sehr geehrter Herr Weinberger!

Freunde und Musikerkollegen informierten mich in letzter Zeit darüber, dass Sie, Herr Weinberger, in recht zielstrebiger Weise Auskünfte über Anton Bruckner einholen. Möglicherweise erfolgt dies wirklich nur aus Begeisterung für das kompositorische Werk unseres verehrten Meisters. So wie sich die Sache darstellt, muss ich aber eher davon ausgehen, dass Sie Material für eine Biografie sammeln. Sollte dies tatsächlich der Fall sein, so ersuche ich Sie ehestens um ein ausführliches Gespräch. Sie wissen möglicherweise nicht, dass mich Meister Bruckner schon vor Jahren zu seinem Biografen bestimmt hat und zahlreiches Material, das für eine solide biografische Arbeit unentbehrlich ist, in meinen Händen ist.

Da Sie, wie man mir mitteilte, derzeit im Begriffe sind, Ihr Studium abzuschließen und noch durch keine berufliche Verpflichtung gebunden sind, können Sie gewiss freier über Ihre Zeit verfügen als ich. Darf ich Sie bitten, mich ehestens in Linz zu besuchen?

Über Ihre Zusage würde ich mich freuen
Ihr
August Göllerich

Dieser völlig unerwartete Vorstoß versetzte mich in die lebhafteste Spannung. Sofort trug ich den Brief zu Raimund, welcher mir riet, die im Grundton freundliche Einladung anzunehmen. Ich hätte ja nichts zu verlieren … Gesagt, getan! Wenige Tage nach meiner Zusage stand ich vor der Haustür des autorisierten Bruckner-Biografen August Göllerich.

Das stark pochende Herz, Beklemmungen im Brustkorb, Anspannung der Nerven, Schweiß auf den Handflächen. Ich bemühte mich um Contenance – je verzweifelter, umso erfolgloser. In wenigen Sekunden würde ich einem Mann gegenüberstehen, der mein Glück, aber auch mein Unglück sein könnte. Ängstlich zitternd vor der Tür, überflog ich in Gedanken seinen Brief, den ich vollständig im Kopf hatte. Er, Göllerich, sei im Besitz von *zahlreichem* Material, hatte er geschrieben (ich betone: zahlreich!), Material, das *unentbehrlich* sei (ich betone: unentbehrlich!) für eine *solide* (ich betone: solide!) biografische Arbeit! Was wollte er mir damit sagen? Du, Jakob Wendelin Weinberger, bist nicht im Besitz von *zahlreichem, unentbehrlichem* Material! Daher kannst du gar keine *solide* Bruckner-Biografie schreiben!

Hatte er recht? Dieser Mann ist mein Schicksal, ein Jupiter, dessen Blitz meine angemaßte Biografenexistenz mit einem Schlag in Schutt und

Asche legen wird! Der leibliche Drang zur Flucht war sehr stark, aber der tapfere Geist war stärker. Contenance, Jakob, Contenance! Du kannst dieser furchtbaren Begegnung nicht ausweichen. Nur sie kann Klarheit schaffen – und sei es auch eine zermalmende!

Ich klopfte zaghaft ... nichts ... klopfte forcierter ... erschreckend rasant öffnete Göllerich die Tür, packte mich geradezu leidenschaftlich mit beiden Händen, zog mich zu sich in den Raum und rief: Willkommen, mein lieber Weinberger! Treten Sie ein! Nehmen Sie Platz! Ein Freund von Bruckners Musik muss auch mein Freund sein!

Das Eis des Misstrauens, das ich in meinen Vorahnungen herbeifantasiert hatte, musste gar nicht gebrochen werden. Das Hassfeuer der Konkurrenz, auf das ich vorbereitet war, brannte nicht. Im Gegenteil. Barrierefrei und ohne jeden Umweg gerieten wir in das angeregteste Gespräch. August Göllerich, eine beeindruckende Erscheinung mit offenem Blick, männlich-edlen Gesichtszügen, wallendem Haupthaar und modisch geschnittenem Bart, fragte mit ehrlichem Interesse nach meinem Weg zu Bruckners Musik, und ich erzählte ihm ausführlich von meiner Initiation, von der Uraufführung der Achten Sinfonie, von meinen jahrelangen Bemühungen, Bruckners Genialität nicht nur zu bewundern, sondern sie auch musiktheoretisch zu verstehen, und ich deutete freimütig an, dass mir Anton Bruckner als Künstlerpersönlichkeit bis heute im innersten Wesen rätselhaft sei.

Göllerich fragte nach meinen Studienschwerpunkten, nach meinen Lehrern, nach meinen Plänen und knüpfte daran wie selbstverständlich die Frage, ob sein Eindruck, ich arbeite an einer Biografie unseres Meisters, richtig sei. Ich reagierte mit einer vorsichtigen Antwort, die in der Mitte zwischen ja und nein pendelte: Nun ja, ausschließen würde ich es nicht, wobei mir die immense Schwierigkeit des Unternehmens bewusst sei. Der harmlose Tonfall, um den ich mich dabei bemühte, wirkte wahrscheinlich etwas gekünstelt. Göllerich nickte ausdauernd und lächelte, als sei ihm die Bestätigung seiner Vermutung eine kleine Genugtuung.

Dann erzählte er von sich, seinen Umwegen zur Musik, und rückte seine langjährige Freundschaft mit Bruckner ins helle Licht. Er kenne den Tonerl schon seit einem Vierteljahrhundert, ein zehnjähriger Lausbub sei er gewesen, als er dem damals 45-jährigen Meister zum ersten Mal gegenübergestanden sei. Sein Vater, erzählte Göllerich, sei im Vorstand des Welser Männergesang-Vereins aktiv gewesen. Als er von Bruckners internationalen Erfolgen auf den Orgeln in Paris und Nancy erfahren habe, sei er im Verein erfolgreich für die Verleihung der Ehrenmitgliedschaft an Bruckner eingetreten. Der Meister sei nach Wels gekommen und habe zum Dank in der Stadtpfarrkirche konzertiert. Ich war dabei, sagte Göllerich, so ein kleiner Stöpsel war ich, wie gesagt, ein zehnjähriger Bub. Da traf mich zum ersten Mal der Strahl seines Auges und ich spürte: Das gilt fürs Leben!

Ein Jahrzehnt später sei er in Wien Bruckners Schüler geworden, habe seine Vorlesungen gehört, mit ihm und ausgewählten Kommilitonen auch viele gute Abendstunden im Gasthaus verbracht. So sei – selbstverständlich unter Beibehaltung des Respekts – eine herzliche Freundschaft entstanden, auch ein Briefverkehr, der mich sicher interessieren würde. Briefe, sagte Göllerich, sind ja ganz unentbehrlich für die solide biografische Arbeit.

Schon wieder! *Unentbehrlich*! *Solide*! Was wollte er mir damit sagen? Dieser Mann war vielleicht doch berechnender und strategischer, als ich dachte …

Es sei mir sicher bekannt, fuhr Göllerich fort, dass man Anton Bruckner in Wien jahrelang behindert und gedemütigt habe. Die übelste Rolle habe Hanslick übernommen und bis heute beibehalten. Eduard Hanslick, ein jüdischer Zeitungsschmierer und blutarmer Theoretisierer, sagte er, ohne jeden Sinn für das Natürliche, Kraftvolle, Ursprüngliche, das aus Bruckners Musik zu uns spricht. Dieser Intrigant habe stets versucht, Musiker und andere Kritiker auf seine Seite zu ziehen, sie gegen Bruckner aufzuhetzen, natürlich auch gegen den großen

Richard Wagner. Bei ihm, Göllerich, habe Hanslick es auch probiert, aber da sei er an den Falschen geraten! Er sei felsenfest zum Tonerl gestanden, sozusagen in Nibelungentreue!

Drei volle Stunden waren wie im Flug vergangen, als August Göllerich bedauerte, unser Gespräch beenden zu müssen. Der Sängerbund erwarte ihn zur Probe. Wir wollen aber, sagte er, nicht ohne Aussicht auf ein Wiedersehen voneinander scheiden, mein lieber Weinberger. Daher möchte ich Ihnen etwas mit auf den Weg geben. Ich habe Ihnen schon mitgeteilt, dass ich über zahlreiches Material für eine erste und wahrhaft große Bruckner-Biografie verfüge. Woran es mir mangelt, ist die Zeit, dieses Material zu bearbeiten.

Mich habe er nun als ehrlichen, leidenschaftlichen und fachlich versierten Bewunderer von Bruckners unsterblicher Musik kennengelernt. Ob ich mir vielleicht vorstellen könnte, die Kräfte zu bündeln. Kurz gesagt: Ich möchte Sie, lieber Weinberger, für eine Zusammenarbeit gewinnen. Sehen Sie, sagte Göllerich, indem er zu einem vorbereiteten Packen mit Papieren griff, ich habe hier einiges für Sie zusammengestellt, eine Auswahl aus meiner ersten Niederschrift. Nehmen Sie es leihweise mit, lesen Sie es und denken Sie in Ruhe nach, ob Sie mein Angebot annehmen möchten. Ich bin überzeugt, es wäre ein großer Vorteil für uns beide und vor allem für das Vorhaben.

Ich hatte mich von August Göllerich mit herzlichen Worten der Dankbarkeit verabschiedet und mit der Versicherung, wie sehr mich sein Angebot ehre. Den Weg zum Linzer Bahnhof ging ich, als schwebte ich auf Wolken. Mit vielem hatte ich gerechnet, im schlimmsten Fall mit Demütigung und endgültiger Niederlage, aber damit nicht! Noch stand ich ganz unter dem Eindruck meines Gesprächs mit diesem zweifellos bedeutenden Manne. Ich war tief berührt von der Freundlichkeit, der Wertschätzung und dem Vertrauen, welche er mir, dem Jüngeren, Unbedeutenden und Namenlosen entgegenbrachte. *Anton Bruckner. Eine Biografie. Von August Göllerich und Jakob Wendelin Weinberger*. Welch eine Vision!

II

Die erhebende Vorahnung künftiger Berühmtheit, die mich in Linz ergriffen hatte, verblasste immer mehr, als ich mich in August Göllerichs Manuskript vertiefte. *Anton Bruckner, ein Sohn Oberösterreichs, ein Volkskind im echtesten Sinne des Wortes, wuchs in der Stille und Schlichtheit des Landlebens, ferne dem weltstädtischen Getriebe, allein mit Gott, mit der Natur auf. So behütete sorgsam der seine Jugend umgebende ländliche Friede seine herrlichen Anlagen, so erstarkten im Jünglinge Bruckner die ihm nach rechter deutscher Art so eigene Herzlichkeit, Frömmigkeit und Bescheidenheit, so erstand ihm der köstliche, alles besiegende Humor, der deutsche Frohmut.*

Diese Prosa-Hymne auf das sittlich reine, charakterlich kräftigende Landleben mag gut gemeint sein, lieber Göllerich, sie passt vielleicht in eine Jubiläumsschrift der Heimatkunst-Bewegung, aber nicht in eine Künstler-Biografie wie meine. Ich stütze mich auf Fakten, Erfahrungen und Kenntnisse, ich stelle Zusammenhänge her, versehe Vermutungen mit einem Fragezeichen, begründe meine Urteile und stelle sie zur Diskussion. Das Landleben, das ich kenne – teils aus dem dörflich-bäuerlichen Umfeld meines Heimatorts, teils aus meinen Besuchen in Ansfelden, Windhaag und Kronstorf – ergibt eine mehrdeutige Skizze des wirklichen Lebens, nicht das idealisierende Ölgemälde einer göttlichen Natur, die *ferne dem weltstädtischen Getriebe Herzlichkeit, Frömmigkeit, Bescheidenheit und deutsche Frohmut* hervorbringt.

Die bäuerliche Arbeit ist hart, ihr Ertrag bleibt auf kleineren Höfen schmal, insbesondere in schlechten Erntejahren. Krankheit und Tod sind treue Lebensbegleiter. Verzweiflung an den Widrigkeiten und Mühen des Daseins ist auf dem Land nicht seltener als in den Städten. Die Sitten sind schlicht, bisweilen auch roh, die Bildung ist bescheiden. Kultureller Mittelpunkt ist die Kirche, einerseits Helferin und Trösterin, andererseits ein sittenstrenger Vormund, insbesondere für Frauen. Forderungen des Einzelnen nach Mündigkeit und Selbstermächtigung geraten schnell in den Verdacht von Sünde, Hybris und Rebellion. Feste und Feiern im kirchlichen Jahreskreis bringen manches Schöne und Heitere mit sich, Geselligkeit und Tanz, ebenso der natürliche Wechsel der Jahreszeiten, Blüte und Aussaat im Frühling, Frucht und Ernte im Herbst.

Mann und Frau finden zueinander, Kinder werden geboren, sterben im schlechteren Fall, überleben im besseren, wachsen heran, werden selbst zu Erwachsenen, während ihre Eltern Alte werden und den Generationen folgen, die ihnen vorangegangen sind. Verzögerte Zeit. Wenig Wandel. Viel Gewohnheit. Das Glück ist nicht unmöglich, das Unglück sicher. Man trägt es mehr oder weniger tapfer. Aber in welchen Lebensräumen des sterblichen Menschen wäre das anders?

Den engen Kreis der ländlichen Herkunft zu verlassen ist nur wenigen gegönnt. Der Fall Anton Bruckner, der Aufstieg eines Dorfkindes zum anerkannten Künstler, ist eine sehr seltene Ausnahme. Im Unterschied zu Anton Göllerich würde ich ihn nicht auf die natürlich bildende Kraft der deutschen Scholle zurückführen, sondern auf die kirchen- und volksmusikalischen Fähigkeiten einer Lehrerfamilie, in der ein begabtes Kind Anregungen bekommt, die es zur Entfaltung seiner Begabung braucht.

In Göllerichs Manuskript lese ich: *Tonerl zeigte sich als wildes Knäblein, das in freier Natur ungebändigt auf einem Boden sich reckte, wo ungeschwächte Menschen noch durch keine Stadt-‚Kultur' verbogen waren, in einer Landschaft, die in ihrer Dürftigkeit doch alle Vorzüge unentweiht-einsamer Natur darbot. Sein Glück fürs ganze Leben war, daß er von der großstädtischen Bildungsschraube unverletzt, in gesunder Ursprünglichkeit nie die Berührung mit der Heimat verlor und – den üblichen Begriffen nach – eigentlich nicht erzogen wurde.*

Wäre es so, wie August Göllerich es darstellt, dann müsste die große Mehrheit überragender Künstler vom Lande kommen, je wilder, urwaldnäher und zivilisationsferner, umso besser! Das Gegenteil ist aber der Fall. Es sind die Städte und ihre bürgerlichen Verhältnisse, in denen große Kunst entsteht, so wie es früher die Klöster und Fürstenhöfe waren. Göllerichs scharfe Entgegensetzung – auf der einen Seite das unverdorbene Landkind Bruckner, auf der anderen das verdorbene Wien – ist eine einseitige und grob vereinfachende Erzählung!

Dass es Anton Bruckner mit seinem sinfonischen Werk in Wien lange Zeit schwer hatte, dass Eduard Hanslick und sein Machtgefüge daran maßgeblich beteiligt waren, das haben auch meine Forschungen ergeben. Der Wahrheit zuliebe ist aber auch darauf hinzuweisen, dass es neue Kunst – der ungewohnte Klang, die noch nie gesehene Form, das unbekannte Wort – anfangs fast immer schwer hat. Bruckner fand in Wien auch Freunde und Förderer, nicht nur unter seinen Schülern und im Wagner-Verein. Doktor Oezelt stellte ihm zu einem sehr günstigen Mietpreis die schöne Wohnung in der Heßgasse zur Verfügung, Prinzessin Valerie die Parterrewohnung im Unteren Belvedere. In Bruckners letztem Lebensjahrzehnt häuften sich auch in Wien die Auszeichnungen und Ehrungen: das Ritterkreuz des Franz-Joseph-Ordens, das Ehrendoktorat der Universität Wien, die Ehrenmitgliedschaft im Wiener Akademischen Wagner-Verein, im Wiener Akademischen Gesang-Verein, in der Gesellschaft der Musikfreunde, im Wiener Männergesang-Verein im Wiener Schubert-Bund.

Bruckner hat an Wien gelitten, gewiss, aber ohne Wien wäre er wahrscheinlich ein oberösterreichischer Kirchenmusiker geblieben, eine Fußnote zur Musikgeschichte. Darüber und über viele andere Streitpunkte müsste ich mit August Göllerich reden, zum Beispiel über seine aufdringliche Betonung des „Deutschen“ an Bruckner. *Erlösende Geister sind oft dort geboren, wo sie am wenigsten erwartet wurden. So ist auch der größte Nur-Musiker, der letzte Naive unangewandter Tonkunst, als einer ihrer reinsten Beglücker, einer ihrer einsamsten Seher, – erstanden auf der fruchtbaren*

Scholle des kerndeutschen oberösterreichischen Ackerlandes.

Das „Deutsche“ – was immer es sein mag – scheint mir für das Verständnis von Anton Bruckners Musik recht nebensächlich zu sein, anders als bei Richard Wagner. Die kulturelle Konstante ist bei Bruckner das Katholische, das sich aber nicht national definiert, sondern universal. *Sub specie aeternitatis* sind Völker und Nationen unerheblich. Wie man in Bruckners Musik eine „kerndeutsche Natur“ nachweisen könnte, bleibt mir rätselhaft. Vielmehr habe ich den Verdacht, dass der Hauptgrund für die Betonung des Deutschen die Herabsatzung alles „Undeutschen“ ist, worunter gewisse Herrschaften das „Jüdische“, das „Slawische“ und das „Welsche“ verstehen. Richard Wagner beteiligte sich eifrig an solchen Aus- und Abgrenzungen.

Nicht nur in den Inhalten sehe ich schwer überwindbare Differenzen zwischen mir und August Göllerich. Sein mythisierend nationaler Geist zeigt sich auch in Sprache und Stil. Seine ausufernde Metaphorik kippt nicht selten in Kitsch, als hätte er sich bei den Liebesromanen der Frau Marlitt bedient. Und wenn es um den Satzbau geht, sollten Übersichtlichkeit und Klarheit stilbestimmend sein.

Auf Grund seines in der Lehrerbildungsanstalt vorgeschriebenen, im Verlage der k.k. Normal-

Hauptschule in der Weinmayrschen Druckerei zu Linz herausgegebenen ‚Elementar-Lehrbuches der Harmonie- und Generalbaßlehre', das ‚in einen theoretischen und praktischen Teil abgesondert', mit systematisch geordneten, vollständig ausgeführten Cadenzen und eigenen Orgelsätzen als Leitfaden zu den öffentlichen Vorlesungen wie auch zum Selbstunterrichte versehen war, setzte jetzt Anton ‚die Studien im Orgelspiel und im Generalbasse fort'.

O nein, Herr Göllerich! Wie kann man solch einen Wurstkranz aus Nebensätzen und Attributen anlegen, bevor man endlich einmal zum Hauptsatze kommt!

Ich hätte nach der Lektüre von August Göllerichs Manuskript keine Sekunde mehr daran gedacht, seine Einladung zur Mitarbeit anzunehmen, wäre da nicht ein gewichtiges Gegenargument gewesen: das Material! Schlage ich die Einladung aus, habe ich keine Chance, an die wertvollen Dokumente und Informationen heranzukommen, die der autorisierte Bruckner-Biograf zweifellos besitzt. Was tun?

||

In belastenden Stunden des Zweifels hat sich Raimund oft als anregender Gesprächspartner bewiesen. Ich wusste, dass er zu dieser Stunde im Café Griensteidl anzutreffen war, und machte mich unverzüglich auf den Weg. Als mich Raimund eintreten sah, sprang er auf, breitete die Arme aus und eilte auf mich zu. Schön dich zu sehen, rief er, ich hätte dich heute ohnedies noch besucht, weil ich eine enorme Neuigkeit für dich habe. Allerdings …

Was er mir mitteilen möchte, sei vertraulich, flüsterte mir Raimund zu. Das Griensteidl sei für vieles der geeignete Ort, aber nicht für Vertraulichkeiten. Was man hier unter dem Siegel der Verschwiegenheit weitergibt, sagte er, ist morgen Thema in den Salons und übermorgen steht es in der Zeitung. Drei Gassen weiter ist ein kleines Wirtshaus, in dem sich niemand für uns interessiert. Da gehen wir jetzt hin.

Noch auf dem Weg teilte ich Raimund mit, dass ich Göllerichs Manuskript gelesen hatte, dass es viel Wissenswertes enthalte, aber in vielen Punkten meiner Vorstellungen einer Bruckner-Biografie nicht entspreche. – Dann wird dich meine Neuigkeit umso mehr interessieren, sagte Raimund und lächelte vielsagend.

Was mir Raimund bei Bier und Würsten mitteilte, veränderte alles. Gestern, sagte er, bin ich beim Doktor Billroth eingeladen gewesen. Und weißt du, wer auch da war? Der Hanslick. Ich bin mit ihm ins Gespräch gekommen, er hat ein bisserl übers Altwerden gejammert und den Zustand der heutigen Musikkritik beklagt. Die Gelegenheit schien mir günstig. Ich hab ihm zuerst Honig ums Maul geschmiert und gesagt, dass nicht alle Zeitungen so ein Glück mit ihren Rezensenten hätten wie die *Neue Freie Presse*. Das liege halt auch daran, dass oft ungeeignete Leute auf maßgebliche Positionen kommen, durch Beziehungen, blöde Zufälle und so weiter. Sehen Sie, Herr Hanslick, hab ich gesagt, ich hab zum Beispiel einen guten Freund. Er hat am Konservatorium studiert und ich halte ihn für einen der gescheitesten Köpfe, die im Wiener Musikleben zu finden sind. Enorme Fachkenntnisse hat er, darüber hinaus allgemeine kulturelle Kenntnisse, ein scharfes Urteilsvermögen und er schreibt einen eleganten, pointierten Stil. Wie geschaffen für das Feuilleton! Da müssen Sie lang suchen, bis Sie so einen ein zweites Mal finden. Das Problem ist halt, er kommt aus der Provinz und hat in Wien wenig Kontakte, die ihm nützlich sein könnten. So gehen dem Zeitungswesen große Talente verloren. Schade ist das, traurig geradezu …

Und jetzt stell dir vor: Der Hanslick schaut nachdenklich ins Weinglas, trinkt, nickt und sagt: Wie heißt er denn, Ihr Freund? – Jakob Weinberger, sag ich, ein Bäckerbub aus Waidhofen an der Ybbs, aber eine große musikwissenschaftliche Begabung, soweit ich das beurteilen kann natürlich … – Na ja, sagt der Hanslick, dann soll er sich halt vorstellen bei mir, Ihr genialer Herr Weinberger. Ich schick ihn zu zwei, drei Konzerten, darüber soll er schreiben und mir beweisen, dass er das wirklich kann, was Sie so loben an ihm.

Hast du meine Bruckner-Biografie erwähnt?, fragte ich.

Natürlich nicht, du Trottel, antwortete Raimund. Ich bin doch nicht blöd und schmeiß die Tür, die ich grad erst aufgemacht habe, gleich wieder zu. Schau, Jakob, ich weiß ja, dass du den Hanslick nicht magst und mit deiner Bruckner-Verehrung ein bisserl ins Gedränge kommst. Aber das Leben läuft halt nicht immer geradlinig. Einen Versuch ist es auf alle Fälle wert. Geh zum Hanslick in die Redaktion, sag brav, wer du bist, und berufe dich auf mich. Alles weitere wird sich weisen. Vielleicht mag er dich eh nicht, vielleicht aber doch – und dann kannst du immer noch entscheiden, ob du bei der *Neuen Freien Presse* einsteigen willst. Mit deiner Bruckner-Biografie bist du ja sowieso in einer schwierigen Phase. Leg eine kleine Pause ein.

Und Göllerich?, fragte ich.

Den würde ich mir vorläufig auch warmhalten, sagte Raimund. Zwei Pferde im Rennen zu haben, ist immer ein Vorteil.

Damit hatte ich nicht gerechnet. Ich leerte den Bierkrug und bestellte einen zweiten.

Richtig so!, sagte Raimund, jetzt trinken wir ausgiebig und freuen uns über deine ersten abenteuerlichen Schritte zur musikwissenschaftlichen Instanz!

Und meine Bruckner-Biografie?
Die läuft dir nicht davon. Dein Tonerl ist ja mittlerweile eh schon kanonisiert. Bruckner ist tot, aber er stirbt nicht.

DATEN UND FAKTEN ZU ANTON BRUCKNERS LEBEN UND WERK

1824–1840

(Joseph) Anton Bruckner wird am 4. September 1824 in Ansfelden (Oberösterreich) als ältestes von elf Kindern geboren; Eltern: Anton Bruckner (Schullehrer und Kirchenmusiker), Theresia Bruckner, geb. Helm; erster Unterricht, auch für Klavier und Orgel, beim Vater

1835: der elfjährige Anton zieht zu seinem älteren Cousin und Firmpaten Johann Baptist Weiß nach Hörsching, Unterricht im Orgelspiel und im Generalbass

1836: schwere Erkrankung des Vaters und Rückkehr des Sohns ins Elternhaus

1837: Tod von Bruckners Vater, Anton wird Sängerknabe im Augustiner-Chorherrenstift St. Florian

1840–1845

Oktober 1840: Beginn der zehnmonatigen Ausbildung zum Schulgehilfen an der Präparandie der k.k. Normalhauptschule in Linz

Oktober 1841: Bruckner tritt seinen Dienst als Schulgehilfe in Windhaag bei Freistadt an

Jänner 1843: neue Dienststelle als Schulgehilfe in Kronstorf bei Steyr

1845: Lehrerprüfung am bischöflichen Konsistorium Linz, Dienstende in Kronstorf

1845–1855

ab September 1845 als Schulgehilfe in St. Florian

1848: Bruckner erhält Zeugnisse über die Befähigung als Organist, in weiterer Folge (möglicherweise erst 1850) Ernennung zum provisorischen Stiftsorganisten; Privatlehrer für die Sängerknaben ab 1850 Lehrer-Weiterbildung an der Unterrealschule und Aushilfstätigkeiten in der Bezirksgerichtskanzlei

Oktober 1854: Orgelprüfung in der Wiener Piaristen-Kirche

November 1855: Bruckner wird in Linz zum provisorischen Dom- und Stadtpfarrorganisten ernannt (ab Jänner 1856 definitiv), übersiedelt ins „Mesnerhäusl" am Linzer Pfarrplatz

seit 1855 Studium von Harmonielehre und Kontrapunkt bei Simon Sechter in Wien (bis 1861)

1856–1868

Anton Bruckner tritt der Linzer Liedertafel Frohsinn als Sänger bei, wird 1860 Chormeister

November 1860: Tod der Mutter

1861: Bruckner legt am Konservatorium der Gesellschaft der Musikfreunde in Wien mit großem Erfolg eine Prüfung ab und erhält ein Zeugnis des Konservatoriums

ab Dezember 1861: Kompositionsstudium beim Linzer Theaterkapellmeister Otto Kitzler

Kompositionen 1862–1868 (Auswahl): *Streichquartett* c-Moll WAB 111, *Drei Orchesterstücke* WAB 97, sog. *„Studiensinfonie"* in f-Moll WAB 99, *Germanenzug* WAB 70, *Messe* in d-Moll WAB 26, *Messe* in e-Moll WAB 27, *Erste Sinfonie* in c-Moll WAB 101 (Uraufführung 1868 in Linz)

1867: ernste Erkrankung, vermutlich wegen Überforderung; längerer Kuraufenthalt

1868: Bruckner tritt die Nachfolge von Simon Sechter an als Professor für Harmonielehre, Kontrapunkt und Orgelspiel am Konservatorium der Gesellschaft der Musikfreunde; er übersiedelt nach Wien

1868–1884

1869: erfolgreiche Orgel-Konzertreisen nach Nancy und Paris, 1871 nach London

1870: Tod der Schwester Maria Anna; die Haushaltsführung übernimmt Katharina Kachelmaier (bis zu Bruckners Tod)
1872: Erstaufführung der f-Moll-Messe unter Bruckners Leitung; Vollendung der *Zweiten Sinfonie* in c-Moll WAB 102
Bruckner widmet Richard Wagner seine im Dezember 1873 vollendete *Dritte Sinfonie* in d-Moll WAB 103
1874: Bruckner verliert seine Klavierlehrerstelle an der Präparandie St. Anna, wird aber – nach längerem Widerstand, vor allem von Eduard Hanslick – 1875 an der Universität Wien als (unbezahlter) Lektor für Harmonielehre und Kontrapunkt zugelassen
1877: Uraufführung der *Dritten Sinfonie* unter Bruckners Leitung in Wien; Übersiedlung in die Wohnung Heßgasse 7, die ihm der Besitzer kostenlos zur Verfügung stellt
1879: Vollendung des *Streichquintett* F-Dur WAB 112 (Uraufführung im November)
weitere Uraufführungen: *Os justi* WAB 30 und *Inveni David* WAB 20 (1879 in St. Florian), *Vierte Sinfonie* in Es-Dur (die „Romantische“) (1881 in Wien)
1883: Tod von Richard Wagner; Erstaufführung des ersten und dritten Satzes der *Siebten* in einer Fassung für zwei Klaviere im Februar 1884; im März vollendet Bruckner das *Te Deum* WAB 45

1885–1896

1885: Die bejubelten Aufführungen der *Siebten Sinfonie* in Leipzig und München bewirken Bruckners endgültigen Durchbruch in Deutschland. Im selben Jahr wird die *Dritte Sinfonie* in New York und in Dresden aufgeführt.
1886: Erstaufführung des *Te Deum* in Wien, österreichische Erstaufführungen der *Siebten* in Wien und Graz
Beginn der Neunzigerjahre: Bruckners Gesundheitszustand verschlechtert sich, er wird vom Unterricht am Konser-

vatorium beurlaubt, an der Universität unterrichtet er noch bis 1894; 1895 ermöglicht ihm Erzherzogin Marie Valerie die Übersiedlung von der Heßgasse (Wohnung im 4. Stock) in die Parterrewohnung des „Kustodenstöckl" im Oberen Belvedere. Seine kompositorische Arbeit setzt Bruckner trotz stark angegriffener Gesundheit fort.

Zahlreiche Ehrungen: Ehrenmitglied der Gesellschaft der Musikfreunde in Wien, Ehrendoktorat der Universität Wien, Ehrenmitglied des Wiener Männergesang-Vereins. Ehrenbürger von Linz u. a. m. Franz Brunner publiziert 1895 ein erstes literarisches Lebensbild von Bruckner.

11. Oktober 1896: Tod Anton Bruckners. Gemäß seinem Wunsch wird sein Leichnam in der Gruft unter der großen Orgel in der Stiftskirche von St. Florian beigesetzt.

GLOSSAR

a cappella: Seit dem 19. Jahrhundert Bezeichnung für Chormusik, die nicht durch Instrumente begleitet wird.

Adagio: Tempovorgabe (langsam, gemächlich)

Aequale: Komposition für mehrere gleiche Instrumente

Allegro: Tempovorgabe bzw. Vortragsart (heiter, munter, schnell)

Asperges: von lat. aspergere (besprengen); in der römisch-katholischen Kirche Begleitgesang zum sonntäglichen Taufgedächtnis, bei dem der Priester die Gemeinde mit Weihwasser besprengt

Choral: seit dem späten Mittelalter Bezeichnung für einstimmige liturgische Gesänge in der römisch-katholischen Kirche; in der evangelischen Kirche bezeichnet der Begriff Choral das von der Gemeinde gesungene Kirchenlied, das auch mehrstimmig sein kann

chromatisch: Bezeichnung für die aufsteigende oder absteigende Tonfolge in Halbtonschritten.

Coda: Schlussteil einer Komposition, eigenständig gestaltet als Anhang, Ausklang oder letzte Steigerung.

crescendo: ital. (wachsend); musikalische Vortragsbezeichnung zur allmählichen Steigerung der Lautstärke

Diatonik: von griech. diátonos, Einteilung der Tonleiter in Ganz- und Halbtöne; diatonische Intervalle sind: reine Quart, Quint und Oktav, große und kleine Sekund, Terz, Sext und Septim; die übermäßige Quart (siehe Tritonus) zählt zu den chromatischen Intervallen

diminuendo: ital. (vermindernd); musikalische Vortragsbezeichnung zur allmählichen Abnahme der Lautstärke, auch: decrescendo

Diskant: seit dem 17. Jahrhundert das höchste Instrument einer Instrumentenfamilie, z. B. Diskantposaune; der

Tonumfang dieser Instrumente lag in der oberen Hälfte des Tonbereichs; heute wird statt Diskant eher der Begriff Sopran verwendet, z. B. Sopranblockflöte, Sopransaxophon

Dominantseptakkord: ein auf der fünften Stufe einer diatonischen Tonleiter (Dominante) gebildeter Septakkord; Beispiel: In der C-Dur-Tonleiter ist die Dominante das G. Die Töne des zugehörigen Dominantseptakkords sind daher G-H-d-f.

Duole: Von einer Duole spricht man, wenn in einem Dreier-Rhythmus zwei Noten auf dieselbe Zeit verteilt werden, in der die drei Noten gespielt werden.

forte, fortissimo: musikalische Vortragsbezeichnung (laut, kräftig bzw. sehr laut, sehr kräftig)

Fuge: von lat. bzw. ital. fuga (Flucht); eine kontrapunktische Form bzw. Satzart, wobei ein zu Beginn aufgestelltes Thema von allen Stimmen imitierend aufgenommen und durchgeführt wird (siehe: Kontrapunkt)

Generalbass, auch **Basso continuo**: Darunter versteht man in der Musik des 17. und 18. Jahrhunderts (Barock) die durchlaufende Bassstimme in einer Komposition. Der Generalbass bildet die Grundlage, nach der auf einem Tasteninstrument Füllstimmen und Füllakkorde ausgeführt werden können.

gregorianischer Choral: Der chorisch oder solistisch einstimmige liturgische Gesang in der römisch-katholischen Kirche. Inwieweit diese Gesangsform tatsächlich auf die Neuordnung der Liturgie durch Papst Gregor I. (um 600) zurückzuführen ist, lässt sich nicht mit letzter Sicherheit klären.

Harmonielehre: Lehre von Aufbau, Bedeutung und Verbindung der Akkorde in der Dur-Moll-tonalen Musik des 18. und 19. Jahrhunderts.

Interludium: lat. Zwischenspiel

Intervalle: Die Begriffe Prime, Sekunde, Terz, Quarte, Quinte, Sexte, Septime, Oktave (Intervalle) bezeichnen den Abstand zwischen zwei Tönen, die gleichzeitig oder hintereinander erklingen.

Kantate: von ital. cantare (singen), ein aus mehreren Teilsätzen (Chorgesang, Solo, Duett, Terzett etc.) bestehendes, größeres Gesangswerk mit Instrumentalbegleitung

Kastrat: Sänger, dem schon als Kind die Hoden entfernt wurden. So behielt er seinen Knabensopran, der durch die Brustresonanz und Lungenkraft des Erwachsenen verstärkt wurde. Bis zum Anfang des 19. Jahrhunderts wurden Frauenstimmen in der Oper vereinzelt noch durch Kastraten besetzt.

Kirchentonarten: Die Kirchentonarten bilden das tonale Ordnungsprinzip der europäischen Musik vom frühen Mittelalter bis zum 16. Jahrhundert. Sie wurden dann durch das System der Dur- und Moll-Tonarten abgelöst, hatten aber Nachwirkungen bis ins 18. Jahrhundert.

Kontrapunkt: bezeichnet (im Unterschied zur Harmonielehre) die Kunst, mehrere Stimmen in einer Komposition selbständig nebeneinanderzuführen (siehe auch: Polyphonie)

Libretto: Textbuch zu einem musikalisch-szenischen Werk wie Oper, Operette, Musical

marcato: musikalische Vortragsbezeichnung (betont, hervorgehoben, markiert)

Missa solemnis: „feierliche" Messe, Bezeichnung für große orchestrale Vertonungen des Ordinarium missae; als repräsentativ gilt vor allem Ludwig van Beethovens Messe D-Dur op. 123

moderato: musikalische Vortragsbezeichnung (mäßig, gemäßigt), oft in Zusammensetzungen: z. B. allegro moderato

Motette: eine der wichtigsten Formen mehrstimmiger Vokalmusik, seit dem 15. Jahrhundert eng an die Kirchenmusik gebunden

neudeutsche Schule: seit 1859 selbst gewählte Bezeichnung einer Komponisten- und Musikergruppe um Franz

Liszt, die sich vor allem für Werke von Wagner, Liszt und Berlioz einsetzte; sie stand in Opposition zu Komponisten, die sich am Erbe der Wiener Klassik orientierten (R. Schumann, Mendelssohn Bartholdy, Brahms)

Oktave: eines der acht Intervalle; die Oktave ist vom Grundton acht diatonische Stufen entfernt, z. B. C – c (siehe auch: Intervalle)

Oratorium: mehrteilige Komposition für Solostimmen, Chor und Orchester, meist mit geistlichem Inhalt, aber ohne Bindung an die Liturgie.

Ordinarium missae: die in jeder Messfeier gleichbleibenden Texte einer heiligen Messe

Ostinato: ständiges, auch variierendes Wiederholen einer melodischen, rhythmischen oder harmonischen Formel, meist in einer tiefen Stimme

Pange lingua: lat. (Besinge, Zunge!); es handelt sich um die Anfangsworte eines berühmten eucharistischen Hymnus', der dem Theologen Thomas von Aquin (1225–1274) zugeschrieben wird

Partitur: die in allen Einzelheiten ausgeführte Aufzeichnung aller Einzelstimmen eines musikalischen Werks, sodass der vom Komponisten gewünschte Zusammenklang erkennbar wird

piano, pianissimo: musikalische Vortragsbezeichnung (leise, sehr leise)

Polyphonie: griech. (Vielstimmigkeit); eine Kompositionsweise, die durch weitgehende Selbständigkeit und kontrapunktischen Verlauf der Einzelstimmen gekennzeichnet ist (im Unterschied zur Homophonie)

Präludium: Vorspiel

Programmmusik: Instrumentalmusik, die ein außermusikalisches, literarisches „Programm" erkennbar machen will, z. B. eine Naturstimmung oder ein dramatisches Ereignis.

Psalmodie: Vortrag der biblischen Psalmen im rezitativischen Gesang

Quartsextakkord: Ein Akkord aus drei Tönen, der außer dem Grundton dessen Quarte und Sexte enthält.

Quintenparallele: in zwei verschiedenen Stimmen eines Werks parallel laufende Quinten (siehe auch: Intervalle); in der Kompositionslehre früherer Epochen waren Quintenparallelen umstritten, manchen galten sie als absolutes Tabu

Regens chori: lat., traditionelle Bezeichnung für den Chorleiter in der römisch-katholischen Kirche

Reprise: französ. Wiederaufnahme; identische oder variierende Wiederholung einer musikalischen Sequenz innerhalb einer Komposition, insbesondere als Gestaltungsmittel in der klassischen Sonatenform gebräuchlich

Requiem: lat.; in der römisch-katholischen Liturgie die Eucharistiefeier im Rahmen der Begräbnisliturgie, Totenmesse

Scherzo: In der Sinfonik seit Beethoven Bezeichnung für einen schnellen Satz im ¾-Takt mit einem Trio als Mittelteil.

Sextole: Eine Folge von sechs Noten, die an die Stelle von vier oder acht Noten bei gleicher Zeitdauer treten, ähnlich: Triole.

Sinfonie (auch: Symphonie): von griech. symphonía (das Zusammenklingen), Komposition für Orchester; im 18. Jahrhundert entstanden, wurde sie zu einer der wichtigsten Formen der Instrumentalmusik

sinfonische Dichtung: Eine von Franz Liszt kreierte Gattung der Orchestermusik. Der Komponist/die Komponistin gestaltet mit Tönen ein außermusikalisches, eher literarisches Programm (siehe: Programmmusik).

Sonatenform (auch: **Sonatensatz, Sonatenhauptsatzform**): Bezeichnung für das Formmodell vor allem des ersten Satzes in Sinfonien, Sonaten und kammermusikalischen Werken; üblich seit der zweiten Hälfte des 18. Jahrhunderts (Grundmuster: Exposition – Durchführung – Reprise – eventuell Coda)

Synkope: rhythmische Verschiebung gegenüber der grundlegenden Taktordnung (hörbar als Akzentverschiebung)

Tantum ergo: die letzten zwei Strophen des Pange lingua von Thomas von Aquin

Tremolo: sehr rasche, mehrmalige Wiederholung desselben Tons

Triole: Folge von drei Noten, die an die Stelle von zwei oder vier Noten im selben Zeitraum treten, ähnlich: Sextole.

Tritonus: Intervall aus drei Ganztönen (z. B. in C-Dur f-h), also eine übermäßige Quart, die als Dissonanz wahrgenommen wird

Tutti: ital. (alle); in der Konzertmusik Bezeichnung für Sequenzen mit dem ganzen Orchester (bzw. mit ganzem Chor in der Vokalmusik), im Unterschied zum Solo

VERWENDETE LITERATUR

Bruckner, Anton: Sämtliche Werke. Kritische Gesamtausgabe. Hg. von der Österreichischen Nationalbibliothek in Wien in Zusammenarbeit mit der Generaldirektion der Österreichischen Nationalbibliothek und der Internationalen Bruckner-Gesellschaft. Editionsleitung: Leopold Nowak, 25 Bde., Wien: Musikwissenschaftlicher Verlag der Internationalen Brucknergesellschaft 1951–2014

Brüstle, Christa: Anton Bruckner und die Nachwelt. Zur Rezeptionsgeschichte des Komponisten in der ersten Hälfte des 20. Jahrhunderts. Stuttgart: Verlag für Wissenschaft und Forschung 1998

Buchmayr, Friedrich: Mensch Bruckner! Der Komponist und die Frauen. Salzburg und Wien: Müry Salzmann 2019

Decsey, Ernst: Bruckner. Versuch eines Lebens. https://www.projekt-gutenberg.org/decsey/bruckner/titlepage.html (Letzter Zugriff 17.10.2023)

Fassone, Alberto: Anton Bruckner und seine Zeit. Regensburg: Laaber Verlag 2019

Floros, Konstantin: Anton Bruckner. Persönlichkeit und Werk. 2., durchgesehene Aufl., Hamburg: CEP Europäische Verlagsanstalt 2012

Föger-Harringer, Sandra/Farnberger, Franz: Die St. Florianer Sängerknaben. Jung seit 1071. St. Florian: Freunde der St. Florianer Sängerknaben 2021

Geck, Martin: Johannes Brahms: Reinbek b. Hamburg: Rowohlt 2013 (rororo Monographien 50686)

Göllerich, August/Auer, Max: Anton Bruckner. Ein Lebens- und Schaffens-Bild. 4 Bände in neun Teilen, Regensburg: Verlag Gustav Bosse 1922–1937

Gräflinger, Franz: Anton Bruckner. Sein Leben und seine Werke. Hamburg: Severus Verlag 2012 (Nachdruck der Originalausgabe von 1921)

Grebe, Karl: Anton Bruckner. Reinbek b. Hamburg: Rowohlt 1972 (rororo Monographien 50190)

Haider, Siegfried: Geschichte Oberösterreichs. Wien: Verlag für Geschichte und Politik 1987

Hanslick, Eduard: Vom Musikalisch-Schönen. Ein Beitrag zur Revision der Ästhetik der Tonkunst. Berlin: Hofenberg 2017 (Erstdruck 1854)

Harten, Uwe (Hg.): Anton Bruckner. Ein Handbuch. Salzburg und Wien: Residenz Verlag 1996

Hinrichsen, Hans-Joachim (Hg.): Bruckner Handbuch. Stuttgart und Weimar: Metzler 2010

Hinrichsen, Hans-Joachim/Lütteken, Laurenz (Hg.): Bruckner – Brahms. Urbanes Milieu als kompositorische Lebenswelt im Wien der Gründerzeit. Kassel: Bärenreiter Verlag 2006

Hinrichsen, Hans-Joachim: Bruckners Sinfonien. Ein musikalischer Werkführer. München: Verlag C. H. Beck 2016

Maier, Elisabeth: Verborgene Persönlichkeit. Anton Bruckner in seinen Aufzeichnungen. 2 Bde., hg. von Theophil Antoniček u. a., Wien 2001 (Anton Bruckner Dokumente und Studien 11)

Nowak, Leopold: Anton Bruckner. Musik und Leben, Wien und München: Österreichischer Bundesverlag 1964

Schnitzler, Arthur: Jugend in Wien. Eine Autobiographie. Hg. von Therese Nickl und Heinrich Schnitzler. Frankfurt a. M.: Fischer Taschenbuchverlag 1981

Sobotka, Wolfgang: Das Musikwesen in Waidhofen an der Ybbs, dargestellt am Beispiel des Männergesang-Vereins (1843), unveröffentl. Hausarbeit, Wien 1978

Ulm, Renate (Hg.): Die Symphonien Bruckners. Entstehung, Deutung, Wirkung. 6. Aufl., Kassel: Bärenreiter Verlag 2019

Wagner, Manfred: Bruckner. Leben – Werke – Dokumente. 2. Aufl., Mainz/München: Schott/Piper 1989 (Serie Musik Piper/Schott 8207)

Zweig, Stefan: Die Welt von gestern. Erinnerungen eines Europäers. Hg. und kommentiert von Oliver Matuschek. 2. Aufl., Frankfurt a. M.: S. Fischer Verlag 2017 (= Fischer Klassik 90258)